Elena Ferrante

Les jours
de mon abandon

*Traduit de l'italien
par Italo Passamonti*

Gallimard

Titre original :

I GIORNI DELL'ABBANDONO

© *Edizioni e/o - Roma, 2002.*
© *Éditions Gallimard, 2004, pour la traduction française.*

Elena Ferrante est l'auteur de plusieurs romans parmi lesquels *L'amour harcelant, Les jours de mon abandon, Poupée volée, L'amie prodigieuse* et *Le nouveau nom*, tous parus aux Éditions Gallimard.

1

Un après-midi d'avril, aussitôt après le déjeuner, mon mari m'annonça qu'il voulait me quitter. Il me le dit tandis que nous débarrassions la table, que les enfants se chamaillaient comme à l'ordinaire dans une autre pièce, et que le chien rêvait en grognant devant le radiateur. Il m'affirma qu'il était confus, qu'il était en train de vivre de bien mauvais moments faits de fatigue, d'insatisfaction, de lâcheté, peut-être. Il parla longuement de nos quinze années de mariage, de nos enfants, et il admit volontiers qu'il n'avait rien à nous reprocher ni à moi ni à eux, il garda comme toujours une attitude digne, excepté un geste excessif de la main droite lorsqu'il m'expliqua, avec une grimace enfantine, que des voix légères, une sorte de susurrement, étaient en train de le pousser ailleurs. Puis il se déclara coupable de tout ce qui arrivait et il referma prudemment la porte de l'appartement derrière lui, me laissant pétrifiée auprès de l'évier.

Désespérée dans le grand lit conjugal, je passai

la nuit à réfléchir. Pour autant que je me reportais aux épisodes les plus récents de notre relation, je ne parvenais pas à trouver de vrais signes de crise. Je le connaissais bien, c'était un homme aux sentiments paisibles, notre appartement et nos rites familiaux lui étaient indispensables. Nous parlions de tout, nous aimions encore nous serrer dans les bras l'un de l'autre, nous embrasser, il savait être parfois si amusant qu'il me faisait rire aux larmes. Il me sembla impossible qu'il voulût véritablement s'en aller. Lorsque je me souvins par la suite qu'il n'avait pas même emporté l'un des objets auxquels il tenait tant et qu'il avait même négligé de saluer les enfants, j'eus la certitude qu'il ne s'agissait de rien de grave. Il traversait l'un de ces moments dont on parle dans les livres, lorsqu'un personnage réagit de manière occasionnellement excessive au mal de vivre ordinaire.

Cela lui était déjà arrivé par le passé, du reste : à force de m'agiter dans mon lit, une époque et des faits me revinrent à l'esprit. Il y a bien des années, lorsque nous vivions ensemble depuis six mois seulement, aussitôt après m'avoir embrassée, il m'avait dit qu'il préférerait ne plus me revoir. J'étais amoureuse, à ces mots mes veines s'étaient éteintes, ma peau s'était glacée. J'avais eu froid, il s'en était allé, j'étais restée devant le parapet de pierre sous le château Sant'Elmo[1] à

---

1. *Sant'Elmo* : château du bord de mer à Naples. *(Toutes les notes sont du traducteur. Les mots en italique suivis d'un astérisque sont en français dans le texte original.)*

regarder la ville décolorée, la mer. Mais cinq jours plus tard, très embarrassé, il m'avait téléphoné, il s'était justifié, il avait affirmé qu'une sensation de vide s'était soudainement emparée de lui. Cette expression était restée gravée en moi, je l'avais longuement retournée en tous sens dans ma tête.

Il l'avait utilisée de nouveau beaucoup plus tard, un peu moins de cinq ans auparavant. Nous fréquentions alors Gina, l'une de ses collègues de l'Institut polytechnique, une femme intelligente et cultivée, issue d'une famille très aisée, veuve depuis peu. Elle avait une fille de quinze ans. Nous avions déménagé depuis quelques mois à Turin, elle nous avait trouvé un bel appartement donnant sur le fleuve. Au premier abord, la ville ne m'avait pas plu, elle m'avait semblé faite comme de métal ; mais j'avais vite découvert que depuis le balcon de notre appartement il était agréable de regarder les saisons : en automne, on voyait le vert du Valentino[1], effeuillé par le vent, jaunir ou s'empourprer, et les feuilles couraient dans l'air brumeux, elles filaient sur la lame grise du Pô ; au printemps, un souffle frais et miroitant montait du fleuve pour animer les bourgeons nouveaux, les branches des arbres.

Je m'étais rapidement acclimatée, d'autant plus vite que la mère et la fille s'étaient aussitôt beau-

---

1. *Valentino* : célèbre jardin public des bords du Pô à Turin, agrémenté d'un « bourg médiéval » de style néogothique, créé pour l'Exposition nationale de 1884.

coup démenées pour atténuer tout désagrément, elles m'avaient aidée à me familiariser avec les rues, elles m'avaient accompagnée chez les commerçants les plus fiables. Mais ces gentillesses avaient un arrière-plan ambigu. Selon moi, sans l'ombre d'un doute, Gina était tombée amoureuse de Mario, elle faisait trop de manières, je me moquais parfois explicitement de lui, je lui disais : Ta fiancée t'a appelé au téléphone. Il s'esquivait avec une certaine complaisance, nous en riions ensemble, mais sur ces entrefaites les liens qui nous unissaient à cette femme étaient devenus plus étroits, il ne se passait pas un jour sans qu'elle lui téléphonât. Tantôt elle lui demandait de l'accompagner ici ou là, tantôt il était question de sa fille Carla qui ne parvenait pas à faire un exercice de chimie, tantôt elle cherchait un livre qui n'était plus disponible dans le commerce.

D'un autre côté, Gina savait faire preuve d'une générosité impartiale, elle faisait toujours son apparition munie de petits cadeaux pour mes enfants et pour moi, elle me prêtait sa voiture utilitaire, elle nous confiait souvent les clefs de sa maison de campagne, près de Cherasco, afin de nous permettre d'y passer nos week-ends. Nous acceptions volontiers, nous nous y plaisions beaucoup, même si le risque de voir arriver soudainement la mère et la fille et de devoir mettre nos habitudes familiales sens dessus dessous était toujours présent. Qui plus est, à une faveur, il fallait répondre par une autre faveur et toutes ces bienséances étaient devenues une chaîne qui finissait par nous emprisonner. Mario avait petit à petit joué le rôle du tuteur de sa petite fille, il avait demandé un entretien avec tous ses professeurs comme s'il se substituait à son père défunt et, bien qu'il fût surchargé de travail, au bout d'un certain temps il s'était senti obligé de lui donner également des cours de chimie. Que faire ? J'avais un moment cherché à tenir la veuve en respect, j'aimais toujours moins cette façon qu'elle avait de prendre mon mari par le bras ou de lui parler à l'oreille en riant. Puis, un jour, tout était devenu clair. Depuis la porte de la cuisine, j'avais vu la petite Carla saluer Mario dans le couloir, après l'un de leurs cours, en l'embrassant sur la bouche plutôt que sur la joue. J'avais tout à coup compris que ce n'était pas à cause de la mère que je devais me faire du souci mais plutôt à cause de la fille. La jeune fille était en train d'éprouver par vagues, peut-être même sans s'en rendre compte, et qui sait depuis quand, la puissance de son corps, de ses yeux inquiets, sur mon mari ; et lui la regardait comme on regarde depuis une zone d'ombre une cloison blanche sur laquelle le soleil vient taper.

Nous en avions parlé, mais calmement. Je détestais les hauts cris, les mouvements trop brusques. Ma famille d'origine extériorisait ses sentiments à grand renfort de cris, pour ma part, au cours de mon adolescence surtout, même lorsque je me tenais muette, dans un recoin de notre appartement de Naples, les mains sur les oreilles, oppressée par le trafic de la rue Salvator Rosa, je sentais en moi une vie tapageuse et l'impression que toute chose pouvait tout à coup s'étaler à cause d'une phrase trop lancinante, d'un mouvement peu serein de mon corps. C'est pourquoi j'avais appris à peu parler, et toujours après avoir mûrement réfléchi, à n'être jamais pressée, à ne jamais courir, pas même lorsqu'il me fallait prendre un autobus, à allonger le plus possible le temps de mes réactions pour les emplir de regards perplexes, de sourires incertains. Le travail m'avait par la suite disciplinée. J'avais quitté ma ville avec l'intention de n'y plus revenir et travaillé à Rome deux longues années au service des réclamations d'une compagnie aérienne. Et cela, jusqu'à ce que, après mon mariage, je donne ma démission et suive Mario à travers le monde, là où son travail d'ingénieur le conduisait. Des lieux nouveaux, une vie nouvelle. Également, afin de contrôler l'angoisse des changements, je m'étais définitivement habituée à attendre patiemment que chaque émotion implose et converge dans une voix tranquille, que je garderais dans ma gorge afin de ne pas me donner en spectacle.

Cette autodiscipline s'était avérée indispensable, durant notre petite crise conjugale. Nous avions passé de longues nuits sans sommeil à échanger des arguments avec calme, et à voix basse, afin d'éviter que les enfants entendent, et d'empêcher des violences verbales qui ouvriraient des blessures inguérissables. Mario avait été vague comme un patient ne sachant dresser avec précision la liste de ses symptômes, je n'étais jamais parvenue à lui faire avouer ce qu'il ressentait, ce qu'il voulait, ce à quoi je devais m'attendre. Puis, un après-midi, après le travail, il était revenu à la maison avec un air épouvanté, ou peut-être n'était-ce pas une vraie épouvante mais seulement le reflet de l'épouvante qu'il avait lue sur mon visage. Le fait est qu'il avait ouvert la bouche pour me dire une chose et puis, en une fraction de seconde, il avait décidé de m'en dire une autre. Je m'en étais aperçue, il m'avait presque semblé voir comment les mots étaient devenus tout autres dans sa bouche, mais j'avais chassé la curiosité de savoir à quelles phrases il avait renoncé. Il m'avait suffi de prendre acte que cette mauvaise passe avait pris fin, cela avait été seulement un vertige momentané. Un sentiment de vide, m'avait-il expliqué avec une emphase inhabituelle, répétant cette expression qu'il avait utilisée bien des années auparavant. Ce même vide l'avait attaqué à la tête en lui ôtant la capacité de voir et de sentir de manière habituelle ; maintenant, cependant, plus rien, il n'éprouvait plus aucun trouble. Dès le lendemain, il avait cessé de fréquenter aussi bien Gina que Carla, il avait mis un terme à ses cours de chimie, il était redevenu l'homme de toujours.

Tels avaient été les peu notables incidents de notre vie sentimentale, cette nuit-là, je les examinai dans leurs moindres détails. Puis je sortis du lit, exaspérée par le sommeil qui ne venait pas, et je me préparai une camomille de plus. Mario était ainsi fait, me dis-je : tranquille des années et des années, sans le moindre instant d'égarement, et puis, à l'improviste, il se laissait déboussoler par un rien. Maintenant aussi, quelque chose l'avait bouleversé, mais je ne devais pas m'en soucier, il suffisait de lui donner le temps de se reprendre. Je restai longuement debout, devant la fenêtre donnant sur le jardin public sombre, cherchant à atténuer mon mal de tête, appuyant mon front contre la vitre froide. Je me ressaisis seulement lorsque j'entendis le bruit d'une automobile manœuvrer pour se garer. Je regardai en contrebas, ce n'était pas mon mari. J'aperçus le musicien du quatrième étage, un certain Carrano, remonter l'avenue, tête basse, portant en bandoulière le grand étui de je ne sais quel instrument. Lorsqu'il disparut sous les arbres de la petite place, j'éteignis la lumière et regagnai mon lit. Ce n'était qu'une question de jours, puis tout rentrerait dans l'ordre.

2

Une semaine s'écoula et non seulement mon mari fut fidèle à sa décision, mais il la répéta avec une sorte de bon sens impitoyable.

Les premiers temps, il venait à la maison une fois par jour, à la même heure, vers quatre heures de l'après-midi. Il s'occupait de nos deux enfants, il bavardait avec Gianni, il jouait avec Ilaria, tous trois sortaient parfois accompagnés par Otto, notre chien-loup, bon comme du pain blanc, afin de le promener le long des allées du jardin public, de le faire courir après des morceaux de bois, des balles de tennis.

Je faisais semblant d'être affairée dans la cuisine, mais j'attendais anxieusement que Mario passât chez moi, m'éclairât sur ses intentions, afin de savoir s'il avait démêlé ou non l'écheveau qu'il avait découvert dans sa tête. Tôt ou tard, il arrivait, mais de mauvaise grâce, avec un malaise qui devenait à chaque fois plus manifeste ; en vertu d'une stratégie que je m'étais prescrite durant ces nuits passées les yeux cernés, je lui opposais la mise en scène des gestes de notre vie domestique, un ton fait de compréhension, une douceur affichée et même accompagnée de quelques reparties joyeuses. Mario hochait la tête, il disait que j'étais trop bonne. J'étais émue, je le prenais dans mes bras, je cherchais à l'embrasser. Il reculait. Il était venu – soulignait-il – seulement pour me parler ; il voulait me faire comprendre avec qui j'avais vécu quinze années durant. C'est pourquoi il me racontait des souvenirs d'enfance cruels, certaines de ses mauvaises actions remontant au temps de son adolescence, les troubles fastidieux de sa prime jeunesse. Il avait seulement envie de dire du mal de lui-même, et quoi que je puisse lui répondre pour réfuter son violent désir d'autodénigrement, je ne parvenais pas à le convaincre, il voulait à tout prix que je le voie tel qu'il disait être : un bon à rien, incapable de sentiments véritables, un médiocre, à la dérive dans sa profession elle-même.

Je l'écoutais très attentivement, je lui répondais tranquillement, je ne lui posais aucune question, je ne lui lançais pas non plus d'ultimatum, je cherchais seulement à le convaincre qu'il pouvait toujours compter sur moi. Mais, je dois l'admettre, sous ces apparences, une vague d'angoisse et de fureur qui m'épouvanta prit très vite de l'ampleur. Une nuit, une figure noire de mon enfance napolitaine me revint à l'esprit, une grosse femme énergique, qui habitait dans notre immeuble, situé derrière Piazza Mazzini. Lorsqu'elle allait faire ses courses, elle traînait toujours derrière elle ses trois rejetons à travers le lacis des ruelles bondées. Elle revenait chargée de légumes, de fruits, de pain, ses paniers pleins à ras bord, avec ses trois enfants agrippés à sa robe qu'elle gouvernait à l'aide de quelques clappements de mots joyeux. Si elle me voyait jouer dans l'escalier de notre immeuble, elle s'arrêtait, posait son fardeau sur une marche, elle fouillait dans ses poches et distribuait des bonbons à mes amies, à moi, à ses enfants. Elle avait l'allure et les manières d'une femme heureuse de son labeur, elle exhalait également une bonne odeur, comme d'étoffe neuve. Elle était mariée à un homme originaire des Abruzzes, aux cheveux roux, aux yeux verts, un représentant de commerce, c'est pourquoi il voyageait sans cesse en voiture entre Naples et L'Aquila. De lui, je me rappelais maintenant seulement qu'il transpirait beaucoup, il avait un visage empourpré comme affecté d'une maladie de la peau, parfois il jouait avec ses enfants sur le balcon, confectionnant de petits drapeaux colorés avec du papier filigrané, mettant seulement fin à ces amusements lorsque la femme criait joyeusement : À table ! Puis entre eux quelque chose se brisa. Par la suite, de hauts cris, me réveillaient souvent en pleine nuit et semblaient fendre les pierres de notre immeuble et de notre ruelle, comme si la femme avait des dents en forme de scie – de longs cris et des pleurs qui parvenaient jusqu'à la place, jusqu'aux palmiers, aux arcatures longues des ramées et des feuilles vibrantes d'épouvante –, et l'homme abandonna le domicile conjugal à cause de l'amour d'une femme de Pescara, personne ne le revit plus. Dès cet instant, notre voisine commença à pleurer chaque nuit. Depuis mon lit, j'entendais ces pleurs bruyants, une sorte de râle qui tel un bélier défonçait les murs et m'atterrait. Ma mère en parlait avec ses ouvrières, elles coupaient, elles cousaient et elles parlaient, elles parlaient, elles cousaient et elles coupaient, tandis que je jouais sous la table avec les épingles, la craie, et je répétais pour moi-même ce que j'entendais, des mots à mi-chemin entre la tristesse et la menace, lorsqu'on ne sait pas garder un homme, on perd tout, des récits féminins de sentiments brisés, qu'arrive-t-il lorsque, comblées d'amour, nous ne sommes plus aimées, que nous nous retrouvons sans rien. La femme perdit tout, même son prénom (peut-être s'appelait-elle Emilia), elle devint pour tous « la pauvrette », nous commençâmes à l'appeler ainsi. La pauvrette pleurait, la pauvrette criait, la pauvrette souffrait, déchirée par l'absence de l'homme roux toujours en sueur, aux yeux verts de perfidie. Elle frottait un mouchoir humide dans ses mains, elle disait à tout un chacun que son mari l'avait abandonnée, effacée de sa mémoire et de ses sens, et elle tordait son mouchoir avec les blanches jointures de ses doigts, médisait de l'homme qui, tel un animal goulu, s'était enfui par-delà la colline du Vomero[1]. Une douleur si ostensible commença par me dégoûter. J'avais huit ans mais j'avais honte pour elle, elle n'était plus accompagnée par ses enfants, elle n'exhalait plus une bonne odeur. Maintenant, elle descendait les escaliers raides, le corps comme desséché. Elle avait perdu l'embonpoint de sa poitrine, de ses hanches, de ses cuisses, elle avait perdu son visage large et jovial, son sourire clair. Sur ses os, sa peau était devenue transparente, ses yeux étaient noyés dans des mares violacées, ses mains en toiles d'araignée humides. Ma mère s'exclama une fois : La pauvrette, elle est devenue sèche comme un anchois en saumure ! Depuis lors je la suivis chaque jour du regard afin de la surveiller tandis qu'elle franchissait la porte d'entrée de notre immeuble, avec une démarche chancelante, sans panier à commissions, sans yeux dans ses cernes. Je voulais découvrir sa nature nouvelle de poisson gris-bleu, les cristaux de sel qui miroitaient sur ses bras, sur ses jambes.

C'est également à cause de ce souvenir que

1. *Vomero* : colline (et quartier) dominant le centre de Naples et délimitant la ville, côté terre.

je continuai à me conduire comme je le faisais avec Mario, affichant une réflexivité affectueuse. Mais quelque temps plus tard, je ne sus plus quoi répliquer à ses historiettes pleines d'exagération, de névrose et de tourments infantiles ou adolescents. Dans la mesure où ses visites aux enfants commençaient elles aussi à se raréfier, en l'espace de dix jours je sentis croître en moi une rancœur acide, à laquelle, à un moment, s'ajouta un soupçon : il était en train de me mentir. Je pensai que de la même façon que je lui montrais, non sans calcul, toutes mes vertus de femme amoureuse, et pour cette raison prête à le soutenir dans cette crise opaque, non sans calcul, il essayait de me dégoûter, de manière à me pousser à lui dire : Va-t'en, tu me répugnes, je ne peux plus te supporter.

Mon soupçon devint très vite une certitude. Il voulait m'aider à accepter la nécessité de notre séparation ; il voulait que ce soit moi qui lui dise : Tu as raison, tout est fini entre nous. Mais à cette occasion non plus, je ne réagis pas sans retenue. Je continuai à me comporter avec circonspection, comme je le faisais toujours face aux accidents de la vie. Le seul signe extérieur de mon désarroi intérieur fut ma disposition au désordre et la faiblesse de mes doigts : plus l'angoisse montait, moins ils se refermaient solidement autour des choses.

Tout au long de presque deux semaines, je ne posai jamais la question qui m'était venue aussitôt sur le bout de la langue. C'est seulement lorsque je ne parvins plus à supporter ses mensonges, que je décidai de le mettre au pied du mur. Je préparai de la sauce tomate avec des boulettes de viande, il aimait beaucoup, je coupai des pommes de terre en rondelles pour les cuire au four avec du romarin. Mais je ne fis pas la cuisine avec plaisir, j'étais nonchalante, je me coupai avec l'ouvre-boîtes, une bouteille de vin me glissa des mains, du verre et du vin giclèrent çà et là, même sur les murs blancs. Aussitôt après, au moment de prendre une serpillière, d'un geste trop brusque, je fis également tomber le sucrier. Le crissement de cette pluie de sucre explosa alors à mes oreilles durant une longue fraction de seconde, d'abord sur le marbre de la cuisine, puis sur le dallage taché de vin. Je ressentis un tel sentiment de lassitude que je laissai tout sens dessus dessous et je m'en allai dormir, oubliant les enfants et le reste, bien qu'il fût onze heures du matin. À mon réveil, à mesure que ma nouvelle condition de femme abandonnée me revenait petit à petit à l'esprit, je décidai que je n'en pouvais plus. Je me levai tout hébétée, je remis la cuisine en ordre, je courus chercher les enfants à l'école et j'attendis qu'il fît un saut par amour pour eux.

Il arriva dans la soirée, il me sembla de bonne humeur. Après les civilités d'usage, il disparut dans la chambre de Gianni et d'Ilaria, il y resta en leur compagnie jusqu'à ce qu'ils s'endorment. Lorsqu'il refit son apparition, il voulut s'esquiver, mais je le contraignis à dîner avec moi, je mis la marmite de sauce tomate et les pommes de terre que j'avais préparées sous son nez et je recouvris les macaronis fumants d'une épaisse couche de pulpe rouge sombre. Je voulais qu'il vît dans cette assiettée de pâtes tout ce que, s'en allant, il ne pourrait plus effleurer, pas même du regard, ou lécher, ou caresser, écouter, sentir : jamais plus. Mais je ne sus attendre davantage. Nous n'avions pas encore commencé à manger que je lui demandai :

« Tu es tombé amoureux d'une autre femme ? »

Il sourit, puis il nia sans embarras, faisant montre d'une surprise désinvolte face à cette question hors de propos. Il ne me convainquit nullement. Je le connaissais bien, il se comportait ainsi lorsqu'il proférait des mensonges, d'ordinaire il était mal à l'aise face à tout type de question directe. Je répétai :

« Il y a, n'est-ce pas ? Il y a une autre femme. Et qui est-ce, je la connais ? »

Puis, pour la première fois depuis que cette histoire avait commencé, je haussai le ton, je criai que j'avais le droit de savoir, je lui dis aussi :

« Tu ne peux pas me laisser ici à espérer, alors qu'en réalité tu as déjà tout décidé. »

Les yeux rivés au sol, nerveux, il me fit signe de baisser le ton d'un geste de la main. Maintenant, il était visiblement soucieux, peut-être ne voulait-il pas que les enfants se réveillent. Je sentais, au contraire, en moi, toutes les remontrances que j'avais refrénées, bien des mots évoluaient déjà le long de cette trajectoire au-delà de laquelle on ne parvient plus à se demander ce qu'il est bien à propos de dire et ce qu'il l'est moins.

« Je n'entends nullement baisser le ton, soufflai-je, tout le monde doit savoir ce que tu m'as fait. »

Il fixa son assiette, puis il me regarda droit dans les yeux et dit :

« Oui, il y a une autre femme. »

Alors, avec une fougue surprenante, il transperça tout un tas de macaronis avec sa fourchette et porta les pâtes à sa bouche presque pour se faire taire, pour ne pas risquer d'en dire plus qu'il ne le devait. Mais il avait finalement dit l'essentiel, il s'était décidé à le dire, et je sentais maintenant une longue douleur dans ma poitrine qui était sur le point de me priver de tout sentiment. Je m'en rendis compte lorsque je m'aperçus que je restais sans réaction face à ce qui était en train de lui arriver.

Il avait commencé à mâcher sa nourriture méthodiquement, selon son habitude mais soudainement quelque chose avait craqué dans sa bouche. Il avait cessé de mâcher, sa fourchette était tombée dans son assiette, il avait poussé un gémissement. Il était maintenant en train de cracher sa bouchée dans la paume de sa main, des pâtes, de la sauce tomate et du sang, c'était véritablement du sang, du sang rouge.

Je regardais sa bouche tachée sans me sentir aucunement concernée, comme on regarde la projection d'une diapositive. Les yeux cernés, il se nettoya la main à l'aide de sa serviette, il enfila ses doigts dans sa bouche et retira un éclat de verre de son palais.

Effrayé, il le regarda fixement puis il me le montra en hurlant, hors de lui, avec une haine dont je ne l'aurais jamais cru capable :

« C'est comme ça ? C'est ça que tu veux me faire ? Vraiment ça ? »

Il sauta sur ses pieds, renversa sa chaise, il la souleva de nouveau, il l'abattit à plusieurs reprises sur le sol comme s'il espérait pouvoir la fixer définitivement au carrelage. Il dit que j'étais une femme déraisonnable, incapable de comprendre ses motivations. Jamais, au grand jamais, je ne l'avais véritablement compris, et seule sa patience, ou peut-être son insuffisance, nous avait liés l'un à l'autre aussi longtemps. Mais maintenant, c'en était trop. Il me cria que je lui faisais peur, mettre du verre dans ses pâtes, comment avais-je pu, j'étais folle. Il sortit en claquant la porte, sans se soucier le moins du monde des enfants qui dormaient.

3

Je restai assise un certain temps, je parvenais seulement à penser qu'il y avait une autre femme dans sa vie, qu'il était tombé amoureux d'une autre, il l'avait admis. Puis, je me levai et je commençai à débarrasser la table. Sur la nappe, je vis un éclat de verre entouré d'une auréole de sang, à l'aide de mes doigts je fouillai dans la sauce tomate, je repêchai deux autres fragments de la bouteille qui m'avait glissé des mains le matin même. Je ne parvins plus à me retenir, j'éclatai en sanglots. Une fois calmée, je jetai la sauce tomate dans la poubelle, puis Otto arriva pour japper tout près de moi. Je pris sa laisse et nous sortîmes.

La petite place était déserte à cette heure-là, la lumière des réverbères était emprisonnée parmi le feuillage des arbres, il y avait des ombres noires pour ranimer mes peurs enfantines. D'ordinaire, c'était Mario qui emmenait le chien se promener, il sortait entre onze heures du soir et minuit, mais depuis qu'il était parti, cette tâche m'incombait. Les enfants, le chien, les courses, le déjeuner et le dîner, l'argent. Tout me signalait les conséquences pratiques de son abandon. Mon mari avait retiré ses pensées de ma personne pour les transférer ailleurs. À partir de maintenant, il en irait ainsi, je serais seule pour toutes les responsabilités qu'auparavant nous partagions.

Je devais réagir, je devais m'organiser.

Ne pas céder, me dis-je, ne pas m'étaler de tout mon long.

S'il aime une autre femme, quoi que tu puisses faire, cela ne servira à rien, tu glisseras sur lui sans laisser chez lui la moindre trace. Comprimer sa douleur, ôter la possibilité du geste, d'une voix stridente. Prends acte du fait qu'il a changé d'avis, quitté sa chambre, couru s'enclore dans une autre chair. Ne fais pas comme la pauvrette, ne t'épuise pas en pleurs. Évite de ressembler aux femmes rompues d'un livre célèbre[1] de ton adolescence.

---

1. Allusion au roman de Simone de Beauvoir, *La femme rompue – Monologue – L'âge de discrétion*, Gallimard, Paris, 1967 (Folio n° 960).

J'en revis la couverture dans ses moindres détails. C'est mon professeur de français qui me l'avait imposé lorsque je lui avais dit avec trop d'impétuosité, avec une passion naïve, que je voulais être écrivain, c'était en 1978, il y a maintenant plus de vingt ans. « Lis ça », m'avait-elle dit, et, moi, je l'avais lu diligemment. Mais lorsque je lui avais rendu cet ouvrage, une phrase pleine de superbe m'était venue : Ces femmes sont stupides. Des femmes cultivées, appartenant à un milieu aisé, elles se brisaient comme des fanfreluches dans les mains d'hommes distraits. Elles m'avaient semblé sentimentales et sottes, je voulais être différente, je voulais écrire des histoires de femmes aux nombreuses ressources, de femmes aux paroles invincibles, non un manuel de l'épouse abandonnée avec son amour perdu juché au faîte de ses pensées. J'étais jeune, j'avais bien des prétentions. Je n'aimais pas les pages trop refermées, telles des persiennes toutes baissées. J'aimais la lumière, l'air entre les lattes. Je voulais écrire des histoires pleines de courants d'air, de rayons filtrés où danse la poussière. Et puis j'aimais l'écriture de qui vous fait vous pencher au-dessus de chaque ligne pour regarder en contrebas et sentir le vertige de la profondeur, la noirceur de l'enfer. Hors d'haleine, je le lui dis tout d'une traite comme jamais je ne l'avais fait, et mon professeur eut un petit sourire ironique, quelque peu hargneux. Elle aussi devait avoir perdu quelqu'un, quelque chose. Et maintenant, plus de vingt ans plus tard, c'est ce qui allait également m'arriver. J'étais en train de perdre Mario, peut-être l'avais-je déjà perdu. Tendue, j'emboîtais le pas à l'impatience d'Otto, je sentais le souffle humide du fleuve, l'asphalte froid en dépit des semelles de mes chaussures.

Je ne parvins pas à me calmer. Était-il possible que Mario me quittât ainsi, sans préavis ? Il me semblait invraisemblable que, de but en blanc, il se désintéressât de ma vie comme d'une plante arrosée depuis des années qu'on laisserait soudainement mourir sous la canicule. Je ne parvenais pas à concevoir qu'il eût décidé unilatéralement de ne plus me devoir d'attention. Deux ans auparavant seulement, je lui avais dit que je voulais recommencer à avoir des horaires personnels, un travail qui me fît sortir de la maison un certain nombre d'heures chaque jour. J'avais trouvé un travail dans une petite maison d'édition, ma curiosité était tout en éveil, mais il m'avait poussée à ne pas donner suite à ce projet. Je lui disais que j'avais besoin de gagner de l'argent à moi, même si c'était une petite somme, ne serait-ce qu'une toute petite somme, mais il m'avait déconseillé de le faire, il avait dit : Pourquoi maintenant, le pire est passé, nous n'avons pas besoin d'argent, tu souhaites recommencer à écrire, fais-le. J'avais suivi son conseil, j'avais donné ma démission quelques mois plus tard et j'avais trouvé pour la première fois une femme de ménage qui m'aiderait à expédier les tâches domestiques. Mais je n'avais pas été capable d'écrire, j'avais perdu beaucoup de temps en tentatives aussi prétentieuses que confuses. J'éprouvais un sentiment de honte à voir une femme de ménage astiquer notre appartement, une Russe orgueilleuse, peu disposée à subir des critiques et des reproches. Aucune fonction, donc, pas d'écriture, peu de fréquentations personnelles, les ambitions de ma jeunesse qui s'effilochaient comme une étoffe trop élimée. J'avais congédié la domestique, je ne tolérais pas qu'elle s'éreintât à ma place lorsque je ne parvenais pas à me donner un moment de joie récréative, empli de moi-même. C'est ainsi que j'avais recommencé à m'occuper de la maison, de mes enfants, de Mario, comme pour me dire que désormais je ne méritais pas autre chose. Voici, plutôt, ce que je méritais. Mon mari s'était trouvé une autre femme, des larmes me vinrent aux yeux, je ne pleurai pas. Se montrer résistante, l'être. Je devais prouver que j'étais quelqu'un. Si je m'imposais cette obligation, je me sauverais.

Finalement, je libérai Otto et, tremblant de froid, je m'assis sur un banc. De ce livre de mon adolescence, me revinrent à l'esprit quelques phrases que j'avais apprises par cœur à cette époque : je suis sans taches et je joue cartes sur table. Non, me dis-je, c'étaient des affirmations dignes d'un déraillement. Toujours mettre des virgules, pour commencer, je devais m'en souvenir. Qui prononce ces paroles ainsi a déjà franchi la ligne, il sent bien la nécessité de l'auto-exaltation et c'est pourquoi il se rapproche de l'égarement. Puis également : les femmes sont toutes mouillées, qu'il ait une trique bien raide les fait se sentir sait-on quoi. Petite fille, j'avais aimé le langage obscène, il me procurait un sentiment de liberté masculine. Je savais maintenant que l'obscénité pouvait faire lever des étincelles de folie, si elle naissait dans une bouche contrôlée telle la mienne. C'est pourquoi, comprimant mes paupières je fermai les yeux, je me pris la tête entre les mains. La maîtresse de Mario. Je l'imaginais mûre, toutes jupes relevées, dans des toilettes, et lui affalé sur elle, besognant ses fesses en sueur, lui fourrant les doigts dans le trou de son cul, le dallage ruisselant de sperme. Non, arrêter. Je me relevai brusquement, je sifflai pour appeler Otto, un sifflement que Mario m'avait appris. Chasser de moi ces images, ce langage. Chasser de moi les femmes rompues. Tandis qu'Otto courait deci de-là, choisissant avec soin les lieux où uriner, je sentis dans le moindre repli de mon corps les coups de griffes de l'abandon sexuel, le danger de me noyer dans le mépris de moi-même, dans la nostalgie de sa personne. Je me levai, je parcourus la petite allée en sens inverse, je sifflai encore, j'attendis le retour d'Otto.

Je ne sais combien de temps passa, j'oubliai le chien, le lieu où je me trouvais. Sans m'en apercevoir, je glissai dans les souvenirs d'amour que j'avais en commun avec Mario, et je le fis avec douceur, avec une excitation légère, avec rancœur. C'est le son de ma propre voix qui m'aida à me ressaisir ; comme une cantilène, j'étais en train de me dire à moi-même : « Je suis belle, je suis belle. » Ensuite je vis Carrano, le musicien, notre voisin, traverser l'avenue et se diriger vers la petite place, vers le portail d'entrée de notre immeuble.

Voûté, les jambes longues, noire silhouette portant son instrument, il passa à cent mètres de moi et j'espérai qu'il ne me verrait pas. Il était de ces hommes timides qui n'ont pas de vraie mesure dans leurs rapports avec les autres. S'ils perdent leur calme, ils le perdent sans contrôle ; s'ils sont gentils, ils le sont jusqu'à devenir collants comme du miel. Il avait souvent dû sermonner Mario, tantôt en raison d'une fuite d'eau dans notre salle de bains qui avait taché ses plafonds, tantôt parce que Otto l'importunait avec ses aboiements. Avec moi non plus il n'entretenait pas de bons rapports, mais pour des raisons de moindre importance. Lorsque je l'avais croisé, j'avais lu dans ses yeux un intérêt qui m'avait toujours plongée dans l'embarras. Non qu'il fût vulgaire ; il était incapable de vulgarité. Mais les femmes, toutes les femmes, me semble-t-il, le mettaient dans un état d'agitation, et alors, extériorisant involontairement son désir, il se trompait de regards, il se trompait de gestes, il se trompait de mots. Il le savait, il en avait honte et lorsque cela se produisait, peut-être sans le vouloir, il m'impliquait dans sa propre honte. C'est pourquoi je cherchais toujours à ne pas avoir affaire à lui, il m'était pénible de lui dire ne serait-ce que bonjour ou bonsoir.

Je l'observai tandis que, grand, encore agrandi par la silhouette de son étui, maigre et néanmoins doté d'un pas lourd, les cheveux grisonnants, il traversait la place. Tout à coup un sursaut, un effort, comme pour ne pas glisser, vint modifier son allure nonchalante. Il s'arrêta, il examina la semelle de sa chaussure droite et il pesta. Puis, il m'aperçut, il me lança plein d'amertume :

« Vous avez vu, j'ai souillé ma chaussure. »

Il n'y avait rien pour prouver une faute qu'on aurait pu m'imputer. Bien embarrassée, je lui demandai néanmoins pardon et je me mis à appeler Otto, Otto, comme si le chien devait se justifier directement auprès de notre voisin et me laver ainsi de toute faute. Mais, d'une couleur jaunâtre, Otto passa à vive allure à travers les taches de lumière des réverbères et puis il disparut dans les ténèbres.

Le musicien frotta nerveusement sa semelle sur l'herbe qui avait poussé en bordure de l'allée, puis il l'inspecta avec une attention méticuleuse.

« Il n'est pas nécessaire que vous vous excusiez, emmenez simplement votre chien quelque part ailleurs. Il y a des gens qui se sont plaints...

— Je regrette, mon mari est d'ordinaire si attentif...

— Votre mari est, pardonnez-moi, un mal élevé...

— C'est vous qui êtes maintenant mal élevé..., répétai-je non sans impétuosité, et, après tout, nous ne sommes pas les seuls à avoir un chien. »

Il hocha la tête, fit un geste large comme pour signifier qu'il ne voulait pas que nous nous disputions, il marmonna :

« Dites à votre mari de ne pas exagérer. Je connais des gens qui n'hésiteraient pas à truffer cet endroit de boulettes de viande empoisonnée.

— Je ne dirai rien à mon mari », m'exclamai-je

rageusement. Et, de manière incohérente, j'ajoutai, rien que pour me le rappeler : « Je n'ai plus de mari. »

À cet instant, je le plantai là, au beau milieu de l'allée et je me mis à courir sur la pelouse, dans la région enténébrée des buissons et des arbres, appelant Otto à pleins poumons comme si cet homme voulait me suivre et que j'avais besoin d'un chien pour me défendre. Lorsque, essoufflée, je me retournai, je vis que le musicien examinait pour la dernière fois la semelle de ses chaussures avant de disparaître en direction du portail de son pas nonchalant.

4

Les jours suivants, Mario ne se montra pas. Pour autant que je m'étais imposé un code de conduite, j'avais décidé, en tout premier lieu, d'éviter de téléphoner aux amis que nous avions en commun, je n'y tins plus, je téléphonai malgré tout.

Je découvris que personne ne savait rien de mon mari, il semblait qu'on ne l'avait pas vu depuis des jours et des jours. Je leur annonçai à tous autant qu'ils étaient, et non sans rancœur, qu'il m'avait quittée pour une autre femme. Je pensais les étonner, mais j'eus l'impression qu'ils ne l'étaient nullement. Lorsque, feignant l'indifférence, je demandai s'ils savaient qui était sa maîtresse, quel âge elle avait, ce qu'elle faisait, s'il vivait déjà chez elle, je ne reçus que des réponses évasives. L'un de ses collègues de l'Institut polytechnique, un certain Farraco, s'essaya à me consoler en disant :

« C'est l'âge, Mario a quarante ans, ça arrive. »

Je ne le supportai pas et je sifflai perfidement :

« Ah oui ? Alors cela t'est arrivé, à toi aussi ? Est-ce que cela arrive à tous ceux de votre âge, sans exception ? Et pourquoi donc vis-tu encore avec ta femme ? Passe-moi un peu Lea, je veux lui dire que cela t'est arrivé à toi aussi ! »

Je n'aurais pas dû réagir ainsi. Une autre règle consistait à ne pas devenir odieuse. Mais je ne parvenais pas à me contenir, je ressentais aussitôt une agitation de mon sang qui bientôt me rendait sourde, me brûlait les yeux. Le bon sens des autres et ma propre volonté d'agir avec sang-froid me tapaient sur les nerfs. Mon souffle s'accumulait dans ma gorge, se préparait à assener des mots rageurs. J'éprouvais le besoin de me crêper le chignon avec quelqu'un et, effectivement, je me disputai d'abord avec nos amis de sexe masculin, ensuite avec leurs épouses ou compagnes, pour finir, j'en vins à m'affronter avec tous ceux, mâles ou femelles, qui cherchaient à m'aider à accepter ce qui était en train d'arriver dans ma vie.

C'est surtout Lea, l'épouse de Farraco, qui s'y essaya patiemment, une femme prédisposée à jouer les médiatrices, à chercher des solutions, si sage, si compréhensive, que s'en prendre à elle ressemblait à un affront pour le petit nombre des gens de bonne compagnie. Mais je ne parvins pas à me refréner, je commençai bien vite à me méfier d'elle aussi. Je me convainquis qu'aussitôt après m'avoir parlé elle courait chez mon mari et sa maîtresse leur raconter par le menu comment je réagissais, comment je m'en tirais avec les enfants, le chien, combien de temps il me faudrait encore pour accepter cette situation. C'est ainsi que je cessai brusquement de la voir, je n'eus plus aucune amie à qui m'adresser.

Je commençai à changer. En l'espace d'un mois, je perdis l'habitude de me maquiller avec soin, je passai d'un langage élégant, attentif à ne pas blesser mon prochain, à une façon de m'exprimer toujours sarcastique, coupée de grands éclats de rire quelque peu vulgaires. En dépit de ma résistance, j'en vins petit à petit même au langage obscène.

L'obscénité affleurait sur mes lèvres avec naturel, il me semblait qu'elle servait à communiquer aux quelques connaissances qui cherchaient encore froidement à me consoler que je n'étais pas femme à se laisser embobiner par de beaux discours. Dès que j'ouvrais la bouche, je sentais l'envie de me moquer, de traîner dans la boue, de salir Mario et sa putasse. Je détestais penser qu'il savait tout de moi tandis que, pour ma part, je ne savais que peu de chose ou rien de lui. Je me sentais comme un aveugle se sachant observé par ceux qu'il entendrait précisément épier attentivement. Est-il possible – me demandai-je avec une rancœur croissante – que des gens déloyaux, telle Lea, puissent rapporter à mon mari tout ce qui me concernait et que je ne parvienne pas même à savoir avec quel type de femme il avait décidé d'aller foutre, pour laquelle il m'avait quittée, ce qu'elle pouvait bien avoir, celle-là, de plus que moi ? C'était la faute des mouchards, pensai-je, des faux amis, des gens qui se rangent toujours derrière ceux qui vivent libres et heureux, jamais avec les malheureux. Je le savais très bien. Ils préféraient les nouveaux couples, toujours joyeux, toujours à se promener jusqu'à la tombée de la nuit, les visages repus de ceux qui n'ont rien d'autre à faire sinon baiser. Ils s'embrassaient, se mordaient, se léchaient et se suçaient afin de goûter la saveur des braquemarts, des chattes. De Mario et de sa nouvelle compagne, je ne m'imaginais que cela, désormais : comment et combien de fois ils foutaient. J'y pensais nuit et jour et, sur ces entrefaites, prisonnière de mes pensées, je me négligeais, je ne me coiffais pas, je ne me lavais plus. Combien de fois ils baisaient – je me le demandais avec une douleur insupportable –, où et comment. C'est ainsi que, pour finir, le très petit nombre de ceux qui cherchaient encore à m'aider prit également du champ, il leur était difficile de me supporter. Je me retrouvai seule et épouvantée par mon propre désespoir.

5

Parallèlement, un sentiment de détresse permanente commença à se frayer la voie en moi.

Le fardeau de mes deux enfants – la responsabilité mais également les exigences matérielles de leur vie – devint une hantise permanente. Je craignais de ne pas être capable de prendre soin d'eux, dans un moment de lassitude, ou de distraction, je redoutais même de leur nuire. Ce n'est pas qu'auparavant Mario eût fait grand-chose pour m'aider, il était toujours surchargé de travail. Mais sa présence – ou mieux son absence, qui pouvait cependant toujours se changer en présence, si cela était nécessaire – me rassurait. Maintenant, le fait de ne plus savoir où il était, de ne pas connaître son numéro de téléphone, d'appeler son portable avec une fréquence exaspérante pour découvrir qu'il était toujours désactivé – sa façon de se rendre injoignable, à tel point que ses collègues de travail, ses complices, peut-être, me répondaient qu'il était absent pour cause de maladie, ou qu'il avait pris un congé de repos, ou même, encore, qu'il était à l'étranger, sur le terrain – faisait de moi comme une sorte de boxeur ne sachant plus porter les bons coups, errant sur le ring les jambes molles et la garde basse.

Je vivais avec la terreur d'oublier que je devais aller chercher Ilaria à l'école ; et si j'envoyais Gianni faire des courses chez les commerçants des environs, j'avais peur qu'il lui arrive quelque chose ou, pire encore, que, accaparée par mes préoccupations, j'oublie son existence et ne pense plus à vérifier s'il était bien rentré.

Bref, j'étais dans un état de fragilité, auquel je réagissais en prenant sur moi, tendue, exténuée. J'avais la tête occupée par Mario, par des chimères concernant cette femme et lui, par le besoin de reconsidérer notre passé sous tous ses angles, par l'effort visant à comprendre dans quel domaine j'avais été insuffisante ; et je veillais, d'autre part, désespérément à toutes les tâches qui m'incombaient : faire attention à saler les pâtes, faire attention à ne pas les saler deux fois, faire attention à la date de péremption des produits alimentaires, faire bien attention à ne pas laisser le robinet du gaz ouvert.

Une nuit, j'entendis des bruits dans l'appartement, comme une feuille de papier qui glisserait rapidement sur le sol à cause d'un courant d'air.

Terrorisé, le chien se mit à japper. Bien qu'il fût un chien-loup, Otto n'était pas courageux.

Je me levai, je regardai sous le lit, sous le meuble. Parmi les moutons de poussière qui s'étaient accumulés dans l'appartement, je vis à un moment une forme noire jaillir de sous la table de nuit, sortir de ma chambre, se faufiler dans la chambre des enfants tandis que le chien aboyait.

Je courus chez eux, j'allumai la lumière et, tout ensommeillés qu'ils étaient, je les tirai hors de la pièce, je fermai la porte. Mon épouvante les épouvanta, c'est pourquoi je trouvai petit à petit la force de me calmer. Je dis à Gianni d'aller prendre le balai et lui, qui était un enfant d'une sombre diligence, revint aussitôt apportant également la poubelle. En revanche, Ilaria commença aussitôt à hurler :

« Je veux papa, téléphone à papa. »

Non sans colère, je martelai :

« Votre papa nous a quittés. Il est allé vivre dans un autre quartier avec une autre femme, il n'a plus besoin de nous. »

En dépit de l'horreur que me faisait tout être vivant évoquant de près ou de loin les reptiles, j'ouvris bien précautionneusement la porte de la chambre des enfants, je repoussai Otto qui voulait entrer et je la refermai derrière moi.

C'est par là que je devais commencer, me suis-je dit. Avec rage et horreur, je fourrai le balai sous les lits de Gianni et d'Ilaria, puis sous l'armoire. Un lézard vert, d'un vert jaunâtre, qui était parvenu je ne sais comment jusque chez nous, un cinquième étage, s'enfuit telle une flèche le long des cloisons à la recherche d'un trou, d'une fissure où se dissimuler. Je le coinçai dans un recoin et je l'écrasai en poussant de tout mon poids sur le manche du balai. Puis, dégoûtée, je mis la charogne du grand lézard vert dans la poubelle, et je leur dis :

« Tout va bien, nous n'avons pas eu besoin de papa ».

Ilaria répliqua avec dureté :

« Papa ne l'aurait pas tué, il l'aurait attrapé par la queue et il l'aurait porté sur la pelouse. »

Gianni hocha la tête, il s'approcha de moi, il examina le lézard vert, m'enlaça la taille. Il me dit :

« La prochaine fois, c'est moi qui veux le massacrer. »

Dans ce mot excessif, massacrer, je perçus tout son malaise. C'étaient mes enfants, je les connaissais sur le bout des doigts, ils étaient sur le point d'assimiler, sans le donner à entendre, la nouvelle que je venais tout juste de leur apprendre : leur père s'en était allé ; à eux comme à moi il avait préféré une étrangère.

Ils ne me demandèrent rien, aucune explication. Tous deux se remirent au lit, épouvantés par l'idée de sait-on quelles autres bestioles du jardin public qui auraient pu grimper le long de la façade de notre immeuble jusqu'à notre appartement afin de s'y introduire. Ils eurent du mal à se rendormir et à leur réveil je les vis différents, comme s'ils avaient découvert qu'il n'y avait plus aucun sanctuaire sur terre. C'était, du reste, également ce que je pensais.

6

Après l'épisode du lézard vert, les nuits, au cours desquelles je dormais déjà peu, devinrent un véritable supplice. D'où venais-je, qu'étais-je en train de devenir. À dix-huit ans, je me tenais pour une jeune fille originale, promettant beaucoup. À vingt ans, je travaillais déjà. À vingt-deux, j'avais épousé Mario, nous avions quitté l'Italie, nous avions d'abord vécu au Canada, puis en Espagne et finalement en Grèce. À vingt-huit ans, j'avais eu Gianni et, au cours de ma grossesse elle-même, j'avais écrit un long récit d'ambiance napolitaine que j'avais publié sans difficulté aucune l'année suivante. Lorsque j'avais trente et un ans, Ilaria était née. À trente-huit, maintenant, j'étais réduite à rien, je ne réussissais pas même à me conduire comme il me semblait devoir le faire. Sans travail, sans mari, gagnée par la torpeur, désappointée.

Quand les enfants étaient à l'école, je m'allongeais sur le canapé, je me levais, je me rasseyais, je regardais la télévision. Mais aucun programme ne parvenait à me faire m'oublier. La nuit, j'errais à travers l'appartement, je passais vite sur les chaînes où les femmes, surtout des femmes, s'agitaient sur leur lit comme des hochequeues sur les branches des arbres. Elles grimaçaient horriblement derrière leur numéro de téléphone surimprimé, derrière des didascalies qui promettaient de grandes jouissances. Ou, encore, se contorsionnant, elles faisaient guili-guili avec des voix mielleuses. Je les regardais pensant que la putain de Mario était peut-être de celles-là, un rêve, ou le cauchemar d'un pornographe, et que c'est ce qu'il avait secrètement désiré durant les quinze années que nous avions passées ensemble, précisément cela, et que je ne l'avais pas compris. C'est pourquoi je me mettais en colère d'abord contre moi-même, puis contre lui, jusqu'à fondre en larmes comme si, se touchant les seins gigantesques de façon si exaspérante ou en se léchant elles-mêmes leurs mamelons, se tordant de plaisir simulé, ces femmes de la nuit télévisuelle composaient un spectacle triste à pleurer.

Pour me calmer, je commençai à prendre l'habitude d'écrire jusqu'à l'aube. J'essayai d'abord de travailler à un livre que je cherchais à composer depuis des années, puis, dégoûtée, je laissai tout en plan. Nuit après nuit, j'écrivis des lettres à Mario, même si je ne savais pas où les lui expédier. J'espérais que tôt ou tard j'aurais l'occasion de les lui donner, j'aimais à penser qu'il les lirait. J'écrivais dans l'appartement silencieux, on entendait seulement les enfants respirer dans l'autre chambre et Otto qui, soucieux, errait à travers les pièces en grognant. Dans ces lettres, très longues, je m'efforçais d'avoir un ton plein de bon sens, familier. Je lui disais que j'étais en train de minutieusement reconsidérer notre relation sous tous ses angles et que j'avais besoin de son aide pour comprendre où je m'étais trompée. Les contradictions de la vie d'un couple sont si nombreuses – admettais-je –, et je travaillais justement pour prendre en compte toutes celles qui nous concernaient et les surmonter. L'essentiel, la seule chose que je lui demandais véritablement, c'était qu'il m'écoute, qu'il me dise s'il avait l'intention de collaborer à mon travail d'auto-analyse. Je ne supportais pas qu'il ne donnât plus aucun signe de vie, il ne devait pas me priver d'une confrontation qui était pour moi nécessaire, il était mon débiteur, à tout le moins d'une attention, comment pouvait-il trouver le courage de me laisser toute seule, écrasée, à observer notre vie commune au microscope, année après année. Peu importait – lui écrivais-je, non sans mentir – qu'il revînt ou non vivre avec moi et mes enfants. L'urgence qui était la mienne était d'une tout autre nature, mon urgence était de comprendre. Pourquoi avait-il gâché avec autant de désinvolture quinze années de sentiments, d'émotions, d'amour ? Il m'avait pris du temps, encore du temps, tout le temps de ma vie, et seulement pour s'en défaire avec une légèreté capricieuse. Quelle décision injuste, unilatérale. Souffler sur le passé comme sur un insecte horrible qui s'est posé sur sa main. Mon passé, et non seulement le sien, avait abouti à ce désastre. Je lui demandai, je le suppliai de m'aider à comprendre si ce temps-là avait au moins eu une certaine densité, et à partir de quel moment il avait pris cette allure de dissolution, et, bref, s'il avait été véritablement un gaspillage d'heures, de mois, d'années, ou si, au contraire, une signification secrète le rédimait, en faisait une expérience susceptible de donner de nouveaux fruits. Il m'était nécessaire, urgent de le savoir, concluais-je. C'est seulement en le sachant que je pourrais me ressaisir et survivre, fût-ce sans lui. En revanche, ainsi, dans la confusion de cette vie au hasard, j'étais en train de dépérir, j'étais sur le point de me dessécher, j'étais sèche comme un coquillage vide abandonné l'été sur une plage.

Lorsque mon stylo avait creusé mes doigts gonflés jusqu'à me faire mal, que mes yeux devenaient aveugles d'avoir trop pleuré, j'allais à la fenêtre. J'entendais la vague du vent heurter les arbres du jardin public ou la tristesse muette de la nuit, tout juste illuminée par les tiges des réverbères et leurs lumineux bourgeons assombris par le feuillage. Au cours de ces longues heures-là, je fus une sentinelle de douleur, je veillai parmi une nuée de paroles mortes.

7

Durant la journée, je devins au contraire frénétique et toujours plus inattentive. Je m'imposais des tâches à accomplir, je courais d'un bout à l'autre de la ville pour des affaires nullement urgentes que j'affrontais, malgré cela, avec l'énergie des moments de crise. Je voulais sembler mue par quelque détermination et j'avais, au contraire, un piètre contrôle de mon corps, sous la surface de ce surcroît d'activité, je vivais telle une somnambule.

Turin me faisait l'effet d'une grande forteresse munie de remparts semblables au fer, des murs d'un gris glacé que le soleil du printemps ne parvenait pas à réchauffer. Au cours des belles journées, une lumière froide se répandait par les rues, qui me faisait transpirer d'angoisse. Si je sortais à pied, je butais contre les choses et les gens, je m'asseyais souvent n'importe où pour me calmer. En voiture, je ne faisais que des sottises, j'oubliais que j'étais au volant. Des souvenirs très vifs du passé, ou des fantaisies pleines de rancœur, se substituaient à la rue, et je cabossais facilement les ailes de ma voiture ou, encore, je freinais au dernier moment, mais rageusement, comme si la réalité était inopportune et qu'elle intervenait pour décomposer un monde évoqué, à pareil instant, le seul qui comptât pour moi.

En de telles circonstances, je bondissais hors de mon véhicule telle une furie, je me prenais le bec avec le chauffeur de la voiture que j'avais heurtée, je lui lançais à la tête des insultes bien senties, s'il était de sexe masculin, je lui disais que je me demandais ce qui pouvait bien lui passer par la tête, à coup sûr des cochonneries, une maîtresse petite fille.

Je ne fus gagnée par la frayeur que la fois où j'avais permis à Ilaria de s'asseoir à côté de moi. Je roulais cours Massimo D'Azeglio, j'étais à la hauteur de Galileo Ferraris. Il pleuvassait malgré le soleil et je ne sais plus à quoi j'étais en train de penser, peut-être m'étais-je adressée à ma petite fille pour vérifier si elle avait attaché sa ceinture, peut-être pas. Très certainement, je ne vis le feu rouge qu'au dernier moment, une ombre d'homme efflanqué était sur le point de traverser sur le passage piéton. L'homme regardait droit devant lui, j'eus l'impression que c'était Carrano, mon voisin. Peut-être était-ce lui, mais sans son instrument en bandoulière, tête basse, cheveux gris. J'appuyai sur la pédale du frein, la voiture s'arrêta avec un long grincement à quelques centimètres à peine du passant, le front d'Ilaria alla heurter le pare-brise qu'il fit voler en éclats, un éventail de fissures lumineuses s'élargit sur la vitre, sa peau devint aussitôt livide.

Pleurs et hurlements, j'entendis le vacarme du tramway à ma droite, me dépassant, sa masse gris-jaune passa de l'autre côté du trottoir, de l'autre côté de la grille. Je restai muette au volant tandis qu'Ilaria me donnait de furieux coups de poing et braillait :

« Tu m'as fait mal, tu es vraiment stupide, tu m'as fait très mal ! »

Quelqu'un m'adressa des phrases incompréhensibles, peut-être précisément mon voisin, si tant est que c'était bien lui. Je me ressaisis, je lui répondis quelque chose de blessant. J'abandonnai ma voiture, je pris Ilaria dans mes bras, je vérifiai qu'il n'y avait pas de sang, je hurlai contre les klaxons qui retentissaient avec insistance, je repoussai les passants fastidieusement prévenants, une nébuleuse d'ombres et de sons, je cherchai de l'eau. Je traversai la voie du tramway et je me dirigeai de façon insensée vers une vespasienne grise sur laquelle un estampillage suranné précisait « casa del fascio[1] ». Puis je changeai d'avis, qu'étais-je donc en train de faire, je revins sur mes pas. Je m'assis sur le banc à l'arrêt du tramway, avec Ilaria dans mes bras qui braillait, repoussant avec des gestes cassants les ombres et les voix qui se pressaient autour de moi. Lorsque j'eus calmé la petite fille, je décidai de me rendre à l'hôpital. Je me souviens que je pensai seulement clairement, et de manière insistante, à une seule et

---

1. *Casa del fascio* : maison du faisceau licteur, autrement dit remontant à la période fasciste.

unique chose : quelqu'un ira raconter à Mario que sa fille est blessée et il donnera alors signe de vie.

Mais l'état de santé d'Ilaria s'avéra excellent. Avec un certain orgueil, elle fit longuement étalage d'une bosse violacée située au centre de son front, rien de bien inquiétant pour personne, moins que jamais pour son père, si tant est qu'on lui en ait parlé. Preuve de mesquinerie désespérée, ce type de pensée-là – le désir irréfléchi d'utiliser la petite fille pour ramener Mario à la maison et lui dire : Regarde un peu ce qui peut arriver lorsque tu n'es pas là – fut le seul souvenir désagréable de cette journée. La direction vers laquelle tu es en train de me pousser, jour après jour, est-elle bien claire ?

J'en éprouvai de la honte. D'un autre côté, je ne pouvais rien y faire, je ne pensais à rien sinon à la manière de le ramener de nouveau à mes côtés. Très vite je fus obsédée par cette idée : le rencontrer, lui dire que je n'en pouvais plus, lui montrer ce à quoi j'étais en train d'en arriver du fait de son absence. J'en étais certaine, frappé de je ne sais quelle cécité des sentiments, il avait perdu la capacité de nous voir, mes enfants et moi, dans notre condition réelle et il s'imaginait que nous continuiions à vivre, comme toujours, bien tranquillement. Peut-être pensait-il même que nous étions un peu soulagés, parce que finalement je n'avais plus à m'occuper de lui et que les enfants n'avaient plus à redouter son autorité, bref, si Gianni frappait Ilaria, il n'était plus grondé, et Ilaria n'était plus grondée si elle importunait son frère, et tous baignions – nous d'un côté, lui d'un autre – dans le bonheur. Je me disais qu'il fallait lui ouvrir les yeux. J'espérais que s'il avait pu nous voir, s'il avait pu constater dans quel état la maison se trouvait, s'il avait pu partager ne serait-ce qu'un jour la vie qui était désormais la nôtre – désordonnée, à bout de souffle, aussi tendue qu'un fil de fer déchirant des chairs –, s'il avait pu lire mes lettres et comprendre quelle activité sérieuse je déployais pour identifier ce qui avait mal tourné dans notre relation, il se serait aussitôt convaincu qu'il lui fallait revenir au sein de notre famille.

Bref, jamais il ne nous aurait abandonnés s'il avait su dans quelles conditions nous vivions. Le printemps lui-même, qui avait désormais commencé et qui devait peut-être lui sembler, où qu'il pût être, une saison splendide, avait seulement été pour nous la toile de fond de notre malaise, de notre abattement. Jour et nuit, le jardin public semblait pousser en direction de notre appartement comme s'il voulait le dévorer de ses branches, de ses feuilles. Le pollen envahissait le bâtiment, il rendait Otto fou de vitalité. Les paupières d'Ilaria avaient gonflé, des boutons étaient apparus sur le pourtour des narines et derrière les oreilles de Gianni. Moi-même, en raison de mon épuisement, de mon affaiblissement, je sombrais toujours plus souvent dans le sommeil à dix heures du matin et je me réveillais juste à temps pour courir chercher les enfants à l'école, à un point tel que par peur de ne pas parvenir à sortir

de chez moi à l'heure voulue du fait de cette somnolence soudaine, je commençai à les habituer à
rentrer à la maison tout seuls.

Par ailleurs, ce sommeil durant la journée, qui
auparavant m'inquiétait comme un symptôme de
maladie, maintenant me plaisait, je l'attendais.
J'étais parfois réveillée par le timbre lointain de
la sonnette électrique. C'étaient les enfants qui
sonnaient à la porte depuis je ne sais combien
de temps. Une fois, j'ouvris après un assez long
moment, Gianni me dit :

« J'ai pensé que tu étais morte. »

8

Ce fut au cours de l'une de ces matinées passées
à dormir que je fus réveillée en sursaut comme
par la piqûre d'une aiguille. Je crus que c'était
déjà l'heure du retour des enfants, je regardai
l'heure à ma montre, il était tôt. Je m'aperçus que
c'était la sonnerie de mon portable qui m'avait
transpercée. Je répondis rageusement, avec le
ton hargneux qui était désormais le mien avec
tout un chacun. Mais c'était Mario, ma voix se
modifia aussitôt. Il dit qu'il m'appelait sur mon
portable car sur le téléphone fixe quelque chose
ne fonctionnait pas, il avait souvent essayé de me
joindre et il n'avait entendu que des sifflements,
des conversations lointaines d'autres interlocu-

teurs. Sa voix, l'intonation aimable qui était la sienne, la notification de sa présence je ne sais où de par le monde m'émurent. La première chose que je lui dis fut :

« Le morceau de verre dans les pâtes, tu ne dois pas t'imaginer que je l'y avais mis sciemment. C'était un hasard, j'avais cassé une bouteille.

— Mais ne te fais donc pas de soucis, répondit-il, c'est moi qui ai mal réagi. »

Il me raconta qu'il avait dû partir en toute hâte, il était allé au Danemark, un beau voyage mais bien épuisant. Il me demanda s'il pouvait passer saluer les enfants dans la soirée, prendre certains livres dont il avait besoin, et, avant toute chose, ses notes.

« Certainement, répondis-je, tu es ici chez toi. »

Le temps d'un instant, dès que j'eus raccroché le combiné téléphonique, mon intention de lui montrer l'état de précarité de notre appartement, des enfants, le mien s'évanouit. J'astiquai la maison de fond en comble, je la remis en ordre. Je pris une douche, je me séchai les cheveux, je me les lavai de nouveau car le résultat ne me paraissait pas satisfaisant. Je me maquillai avec application, je passai un vêtement léger, déjà estival, qu'il m'avait offert et qui lui plaisait. Je pris soin de mes mains et de mes pieds, de mes pieds surtout, j'en avais honte, ils me semblaient d'une forme grossière. Je fis attention au moindre détail. Je consultai même mon agenda, je fis le compte pour découvrir non sans déception que mes règles étaient sur le point d'arriver. J'espérai qu'elles tarderaient.

Lorsque les enfants rentrèrent de l'école, ils en eurent le souffle coupé. Ilaria dit :

« Tout est bien propre, toi aussi. Que tu es belle. »

Mais les signes de satisfaction s'arrêtèrent là. Ils s'étaient habitués à vivre dans le désordre et le retour soudain de l'ordre ancien les inquiéta. Je dus longuement batailler pour les convaincre de prendre une douche, je les parai eux aussi comme pour une fête. Je leur dis :

« Ce soir votre père va venir, nous devons tous faire en sorte qu'il ne reparte plus. »

Ilaria lança, comme si c'était une menace :

« Alors je vais lui parler de ma bosse.

— Tu lui raconteras ce que tu voudras. »

Gianni dit avec beaucoup d'émotion :

« Quant à moi je vais lui dire que depuis qu'il est parti je rate tous mes devoirs, et que je n'arrive plus à suivre à l'école.

— Bien, approuvai-je, dites-lui tout. Dites-lui que vous avez besoin de lui, dites-lui qu'il doit choisir entre vous et cette nouvelle femme qu'il a. »

À l'approche du soir, je me relavai, je me remaquillai, mais j'étais nerveuse, depuis la salle de bains, je ne faisais que hurler contre les enfants qui fabriquaient je ne sais quoi avec leurs jouets et mettaient tout sens dessus dessous. J'étais en proie à un croissant malaise, je pensais : Voilà, j'ai des boutons sur le menton et sur les tempes, jamais je n'ai eu de chance dans ma vie.

Puis, l'idée me vint de mettre les boucles d'oreilles ayant appartenu à la grand-mère de

Mario, des bijoux auxquels il tenait beaucoup, sa mère les avait portés, elle aussi, toute sa vie. C'étaient des objets de valeur, en quinze ans, il ne m'avait permis de les porter qu'une fois à l'occasion du mariage de son frère, et, même en pareille circonstance, il avait fait mille difficultés. Il en était excessivement jaloux, non de peur que je les perdisse, ou qu'on me les volât, ou parce qu'il les tenait pour un bien exclusif. Je crois plutôt que, m'en voyant parée, il craignait de gâcher je ne sais quels souvenirs ou fantaisies de son enfance, de son adolescence.

Je décidai de lui montrer une fois pour toutes que j'étais la seule incarnation possible de ces mêmes fantaisies. Je me regardai dans le miroir et, en dépit de mon amaigrissement, de mes cernes bleuâtres, de mon teint jaune que le fard lui-même ne parvenait pas à masquer, il me sembla être belle ou, pour mieux dire, je voulus à tout prix paraître belle à mes propres yeux. J'avais besoin d'avoir confiance en moi. Ma peau était encore tendue. On ne voyait pas que j'avais trente-huit ans. Si je réussissais à me dissimuler à moi-même l'impression que ma vie avait été aspirée comme du sang, de la salive et du mucus au cours d'une opération chirurgicale, peut-être parviendrais-je tout aussi bien à tromper Mario.

Aussitôt après pourtant, je me décourageai. Je sentis mes paupières lourdes, mon dos me faire mal, j'eus envie de pleurer. Je vérifiai l'état de mon slip, il était tout taché de sang. Je prononçai une affreuse obscénité dans mon dialecte maternel, et avec une telle impétuosité rageuse dans la voix que je craignis que les enfants ne m'aient entendue. Je me lavai encore, je me changeai. On sonna finalement à la porte.

Je fus aussitôt agacée, ce monsieur jouait à l'étranger, il n'utilisait pas les clefs de son appartement, il voulait souligner qu'il n'était qu'en visite. Otto fut le premier à s'élancer dans le couloir avec des bonds proprement extraordinaires et des aboiements de reconnaissance enthousiastes, pour le flairer jusqu'à l'essoufflement. Gianni arriva ensuite, il ouvrit la porte et se pétrifia comme au garde-à-vous. Derrière lui, se cachant presque derrière son frère, mais rieuse, les yeux brillants, Ilaria prit position. Je restai au fond du couloir, près de la porte de la cuisine.

Mario entra avec tout un tas de paquets dans les bras. Il y avait exactement trente-quatre jours que je ne l'avais pas vu. Il me sembla plus jeune, plus soigné extérieurement, et même plus reposé, et mon estomac se contracta de manière si douloureuse que je fus bien près de m'évanouir. Dans son corps, sur son visage, il n'y avait nulle trace de notre absence. Tandis que je portais cette même absence et tous les signes de la souffrance gravés sur la figure – c'est à peine si son regard m'effleura, inquiet, j'en fus certaine –, il ne parvenait pas à cacher ceux de son bien-être, de son bonheur peut-être.

« Les enfants, n'importunez pas votre père », dis-je d'une voix faussement joyeuse, lorsque Ilaria et Gianni eurent fini de déballer leurs cadeaux, de lui sauter au cou, de l'embrasser et de se chamailler afin d'attirer son attention. Mais je ne fus pas entendue. Irritée, je restai dans un coin tandis que, en y mettant beaucoup d'affectation, Ilaria essayait la petite robe que son père lui avait apportée, tandis que Gianni lançait à travers le couloir une voiture électronique derrière laquelle Otto courait en aboyant. Le temps me sembla en ébullition, comme s'il débordait en vagues pâteuses d'une marmite posée sur la cuisinière à gaz. Je dus tolérer que la petite fille racontât l'histoire de sa bosse et les fautes qui étaient les miennes en noircissant le tableau à dessein, Mario qui l'embrassait sur le front et lui assurait que ce n'était rien, Gianni qui exagérait ses mésaventures scolaires et lui lisait à voix haute le devoir que sa maîtresse avait peu apprécié, dont son père lui faisait l'éloge, en le rassurant. Quel petit tableautin pathétique. À la fin, je n'y tins plus, je poussai plutôt brusquement les enfants dans leur chambre, je fermai la porte, menaçant de les punir s'ils en sortaient et, après un effort considérable pour redonner à ma voix un ton enjôleur, effort qui échoua misérablement, je m'exclamai :

« Eh bien. As-tu pris du bon temps au Danemark ? Ta maîtresse t'a-t-elle accompagné ? »

Il hocha la tête, il serra les lèvres, il répondit d'un ton apaisant :

« Si tu me traites de cette manière, je prends mes affaires et je m'en vais sur-le-champ.

— Je suis seulement en train de te demander

comment ton voyage s'est passé. On ne peut pas te le demander ?

— Pas sur ce ton.

— Non ? Et comment est-il mon ton ? Quel ton dois-je prendre ?

— Celui d'un individu bien élevé.

— As-tu été bien élevé avec moi ?

— Je suis tombé amoureux.

— Moi, je l'étais déjà. De toi. Mais tu m'as humiliée et tu continues à m'humilier. »

Il baissa les yeux, il me sembla sincèrement désolé, et je fus alors émue, j'en vins à lui parler soudainement avec affection, je ne pus m'en empêcher. Je lui dis que je comprenais sa situation, je lui dis que j'imaginais combien il était confus ; mais moi – murmurai-je, avec de longues pauses imposées par la souffrance –, pour autant que je cherchais à poursuivre un ordre, à comprendre, à attendre patiemment que la tempête passât, parfois je cédais, parfois je n'y parvenais pas. Puis, afin de lui donner la preuve de ma bonne volonté, je sortis du tiroir de la table de la cuisine le monceau de lettres que je lui avais écrites et je les posai devant lui avec empressement.

« Voici combien j'ai travaillé, lui expliquai-je, il y a là mes arguments et l'effort que je suis en train de faire pour comprendre les tiens. Lis.

— Maintenant ?

— Et quand donc alors ? »

Il déplia la première feuille d'un air mortifié, il parcourut quelques lignes, il me regarda.

« Je les lirai à la maison.

— La maison de qui ?

— Arrête, Olga. Donne-moi du temps, je t'en prie, ne crois pas que cela soit facile pour moi.

— C'est à coup sûr plus difficile pour moi.

— Ce n'est pas vrai. C'est comme si j'étais en train de m'effondrer. J'ai peur des heures, des minutes... »

Je ne sais pas bien ce qu'il dit de précis. Si je dois être honnête, je crois qu'il a seulement fait allusion au fait que, à vivre ensemble, à dormir dans un seul et même lit, le corps de l'autre devient comme une horloge, « un compteur », avait-il affirmé – il recourut exactement à cette expression – « compteur de la vie qui s'en va en laissant un sillage d'angoisse ». Mais j'eus le sentiment qu'il voulait dire autre chose, je compris en réalité à coup sûr plus qu'il n'en avait laissé filtrer, et avec une vulgarité calculée, toujours plus marquée, qu'il chercha d'abord à repousser et qui ensuite lui cloua le bec, je serinai :

« Entends-tu dire que je t'angoissais ? Veux-tu dire que dormant avec moi tu te sentais plus vieux ? La mort, tu la mesurais sur la peau de mon cul, combien il était doux autrefois et comme il est maintenant devenu ? C'est ça que tu veux dire ?

— Les enfants sont là...

— Par-ci, par-là... Et moi où suis-je ? Et moi, où me mets-tu ? C'est ça que je veux savoir ! Si tu t'angoisses de ton côté, toi, sais-tu au moins combien je m'angoisse, moi ? Lis, lis mes lettres ! Je ne parviens pas à en venir à bout ! Je ne comprends pas ce qui s'est passé ! »

Il regarda mes lettres avec un regard chargé de répulsion.

« Si tu en fais une obsession, tu ne comprendras jamais.

— Ah, oui ? Et comment devrais-je me comporter pour ne pas en faire une obsession ? Dis-le-moi donc !

— Tu devrais te distraire. »

Je ressentis une brusque contraction intérieure, et j'eus le violent désir de comprendre s'il pouvait au moins éprouver de la jalousie, s'il tenait encore à la possession de mon corps, s'il pouvait accepter l'intrusion d'un autre.

« Bien sûr que je me distrais, dis-je, en prenant un ton frivole, ne pense pas que je sois là à t'attendre. J'écris, je cherche à comprendre, je me tarabuste l'esprit. Mais je le fais pour moi, pour les enfants, certainement pas pour te faire plaisir. Il ne manquerait plus que ça. As-tu jeté un coup d'œil à la maison ? As-tu vu comment nous vivons bien tous trois ? Et moi, m'as-tu seulement regardée ? »

Je bombai le torse, je fis se balancer mes boucles d'oreilles, lui offrant ironiquement d'abord un profil puis l'autre.

« Tu te portes bien, dit-il sans conviction.

— Bien, mon cul. Je vais très bien. Demande à notre voisin, demande à Carrano comment je me porte.

— L'interprète ?

— Le musicien.

— Tu le vois ? » me demanda-t-il nonchalamment.

57

J'éclatai de rire dans une sorte de sanglot.

« Oui, disons que je le vois. Je le vois exactement comme tu vois ta maîtresse.

— Pourquoi précisément lui ? Je n'aime pas ce type-là.

— C'est moi qui baise avec, pas toi. »

Il cacha son visage dans ses mains, il se frotta longuement le visage, puis il murmura :

« Tu le fais même devant les enfants ? »

Je souris.

« Quoi, foutre ?

— Parler de cette façon. »

Je perdis toute contenance, je commençai à hurler :

« Parler comment ? J'en ai ma claque de faire la gnangnan. Tu m'as blessée, tu es en train de me détruire, et je devrais parler en brave épouse bien élevée ? Va te faire foutre ! Quels mots devrais-je utiliser pour évoquer tout ce que tu m'as fait, tout ce que tu es en train de me faire ? Quels mots devrais-je utiliser pour ce que tu fais avec cette autre ? Parlons-en ! Tu lui lèches la motte ? Tu la lui mets dans le cul ? Dis-le-moi un peu ! D'autant plus que je vous vois ! Je vois avec mes propres yeux tout ce que vous faites ensemble, je le vois cent mille fois, je le vois la nuit et le jour, de mes propres yeux grands ouverts et les yeux fermés. Pourtant, pour ne pas troubler monsieur, pour ne pas troubler ses enfants, je devrais utiliser un langage châtié, je devrais être fine, je devrais être élégante ! Fous le camp d'ici ! Barre-toi, sale con ! »

Il se leva aussitôt, il entra en toute hâte dans

son bureau, il fourra des livres et des cahiers dans un cartable, il s'arrêta un instant comme ébahi par son ordinateur, il prit un étui contenant certaines disquettes, d'autres choses encore dans ses tiroirs.

Je poussai un soupir, je lui courus après. J'avais à l'esprit une foule de récriminations. Je voulais crier : Ne touche à rien, ce sont des choses auxquelles tu as travaillé tandis que j'étais là, que je m'occupais de toi, que je faisais les courses, la cuisine, ce temps-là m'appartient également un peu, laisse tout ici. Mais maintenant, j'étais atterrée par les conséquences de chacun des mots que j'avais prononcés, par ceux que j'aurais pu prononcer, je redoutais de l'avoir dégoûté, qu'il s'en allât vraiment.

« Mario, excuse-moi, viens, parlons… Mario ! Je suis seulement un peu nerveuse… »

Il se dirigea vers la porte, me repoussant, il l'ouvrit et il me répondit :

« Je dois y aller. Mais je reviendrai, ne te fais pas de soucis pour ça. Je reviendrai pour les enfants. »

Il essaya de sortir, il s'arrêta et dit :

« Ne porte plus ces bijoux. Ils ne te mettent pas en valeur. »

Puis il disparut sans même refermer la porte derrière lui.

Je poussai l'huis avec force, c'était une vieille porte si mal en point qu'elle claqua et rebondit en arrière pour se rouvrir. Non sans fureur, je donnai alors des coups de pied contre le battant jusqu'à ce qu'il se ferme. Puis je courus au balcon tandis que, soucieux, le chien grondait tout autour de moi. J'attendis qu'il apparaisse dans la rue, désespérée, je lui criai :

« Dis-moi où tu habites, laisse-moi au moins un numéro de téléphone ! Comment dois-je faire si j'ai besoin de toi, si les enfants sont malades... »

Il ne leva pas même la tête. Hors de moi, je criai :

« Je veux savoir comment s'appelle cette putain, tu dois me le dire... Je veux savoir si elle est belle, je veux savoir quel âge elle a... »

Mario monta dans sa voiture, il la mit en marche. La voiture disparut sous la végétation, au centre de la petite place, elle réapparut, disparut de nouveau.

« Maman », appela Gianni.

9

Je me retournai. Les enfants avaient ouvert la porte de leur chambre, mais ils n'osaient pas en franchir le seuil. Mon aspect ne devait pas être bien engageant. De là, terrorisés, ils m'épiaient.

Ils avaient un regard tel que je pensais qu'ils voyaient, comme certains personnages des histoires de fantômes, plus qu'il n'était en réalité possible de voir. Peut-être avais-je auprès de moi, rigide comme une statue funèbre, la femme abandonnée de mes souvenirs d'enfance, la pauvrette. Elle était venue de Naples à Turin pour me retenir par un pan de ma jupe, avant que je ne me jette du cinquième étage. Elle savait que je voulais pleurer sur mon mari des larmes de sueur froide et de sang, je lui criai : Reste ! Elle, la pauvrette, je me souvins qu'elle l'avait fait. Arrivée à un certain stade, un soir, elle s'était empoisonnée. Ma mère disait à voix basse à ses ouvrières, l'une brune, l'autre blonde : « La pauvrette avait cru que son mari se repentirait et accourrait aussitôt à son chevet pour se faire pardonner. » Au contraire, il était resté loin, prudemment, avec cette autre femme que maintenant il aimait. Et ma mère riait amèrement de l'acrimonie de cette histoire et d'autres en tous points semblables qu'elle connaissait. Les femmes sans amour mouraient vives. C'est ce qu'elle disait tandis qu'elle cousait des heures et des heures et, entre-temps, elle coupait des vêtements sur ses clientes qui, à la fin des années soixante, venaient encore chez elle faire tailler leurs habits sur mesure. Récits, médisances et couture : j'écoutais. Le besoin d'écrire des histoires, c'est là que je l'ai découvert, sous la table, tandis que je jouais. L'homme infidèle qui avait fui à Pescara n'était pas accouru, pas même lorsque sa femme s'était mise intentionnellement entre la vie et la mort, et il avait été nécessaire d'appeler une ambulance, de l'emmener à l'hôpital. Des phrases qui étaient restées gravées dans ma mémoire pour toujours. Se mettre intentionnellement entre la vie et la mort, en équilibre comme un funambule. J'entendais les mots de ma mère et, je ne sais pourquoi, je m'imaginais que la pauvrette s'était allongée sur le fil de l'épée par amour pour son mari, et que ce fil avait coupé sa robe, sa peau. Lorsque je vis qu'elle était rentrée de l'hôpital, elle me sembla encore plus pauvrette qu'auparavant, elle avait une coupure rouge sombre sous sa robe. Les voisins la fuyaient, mais seulement parce qu'ils ne savaient comment lui parler, quoi lui dire.

Je me ressaisis, ma hargne revint, je voulais tomber sur Mario de tout mon poids, le persécuter. À compter du jour suivant, je décidai de recommencer à téléphoner à nos vieux amis pour reprendre contact. Mais le téléphone ne fonctionnait pas, Mario avait dit la vérité sur ce point. Dès que je soulevais le combiné téléphonique, un sifflement insupportable, des bruits de voix lointaines se faisaient entendre.

Je recourus au portable. Je m'adressai méthodiquement à toutes mes connaissances d'un ton artificiellement doux, je laissai entendre que j'étais en train de me calmer, que j'étais en train d'apprendre à accepter la réalité nouvelle. À ceux qui me paraissaient disponibles, j'en vins à demander prudemment des nouvelles de Mario, de cette femme, avec l'air de qui sait déjà tout et entend seulement bavarder un peu pour s'épancher. La plupart me répondirent par des monosyllabes, devinant que j'étais en train de mener mon enquête sournoise. Mais quelques-uns d'entre eux ne surent résister, ils me dévoilèrent prudemment de petits détails : la maîtresse de mon mari possédait une Volkswagen gris métallisé ; elle portait toujours de vulgaires petites bottines rouges ; c'était une petite blonde plutôt quelconque, d'un âge indéfinissable. En fait de bavardages, Lea Farraco se révéla la plus disponible. À vrai dire, elle ne s'abandonna à aucun commérage, elle se borna à me raconter ce qu'elle savait. Pour ce qui est de les rencontrer, elle ne les avait jamais rencontrés. De la femme, elle n'était en mesure de rien me dire. Elle savait en revanche qu'ils vivaient ensemble. Elle ne connaissait pas leur adresse, mais selon une rumeur ils habitaient bien du côté de l'esplanade Brescia. Ils s'étaient réfugiés au loin, dans un quartier qui n'était pas véritablement captivant, car Mario ne voulait ni voir personne ni être vu de quiconque, et absolument pas de ses vieux amis de l'Institut polytechnique.

J'étais en train de la pousser dans ses derniers retranchements pour en savoir davantage, lorsque mon téléphone portable, dont j'ignore depuis combien de temps je ne l'avais pas rechargé, ne donna plus signe de vie. Je cherchai frénétiquement à travers la maison le petit fil pour le recharger, je ne le trouvai pas. La veille, j'avais remis le moindre recoin de l'appartement en ordre à cause de la visite de Mario, je l'avais à l'évidence fourré dans un lieu sûr dont maintenant, tandis que je fouillais nerveusement partout, je ne parvenais plus à me souvenir. Je fus gagnée par l'une de mes crises de colère, Otto commença à aboyer de manière insupportable, je lançai le téléphone portable contre un mur pour ne pas le lancer sur le chien-loup.

L'appareil se brisa en deux, les morceaux retombèrent sur le sol en deux coups secs, le chien se jeta sur eux en aboyant comme s'ils avaient été vivants. Lorsque je retrouvai mon calme, je pris le téléphone fixe, je soulevai le combiné, j'entendis une fois de plus ce long sifflement, ces voix lointaines. Mais au lieu de raccrocher, d'une manière presque irréfléchie, d'un geste familier de mes doigts, je composai le numéro de Lea. Le sifflement s'interrompit brusquement, la tonalité revint, les mystères des téléphones.

Ce deuxième coup de téléphone se révéla inutile. Un peu de temps s'était écoulé maintenant, et lorsque mon amie me répondit, je la trouvai douloureusement réticente. Son mari lui avait peut-être fait des reproches ou elle-même s'était repentie de contribuer à compliquer une situation manifestement déjà bien emmêlée. Avec un affectueux malaise, elle me dit qu'elle n'en savait pas davantage. Elle n'avait pas vu Mario depuis un bon bout de temps, et pour ce qui était de sa maîtresse, elle en ignorait vraiment tout, si elle était jeune, si elle était vieille, si elle travaillait. Quant à leur appartement, esplanade Brescia était seulement une indication générique : il pouvait tout aussi bien s'agir de cours Palermo, rue Teramo, rue Lodi, difficile à dire, il n'y avait que des noms de villes dans ce quartier-là. Il lui semblait de toute façon plutôt anormal que Mario ait pris racine là-bas. Elle me conseilla de n'y plus penser, le temps arrangerait tout.

Tout cela ne m'empêcha pas, le soir même,

d'attendre que les enfants s'endorment pour sortir ensuite en voiture et d'aller et venir jusque vers une heure, deux heures du matin tout le long de l'esplanade Brescia, cours Brescia, cours Palermo. J'avançai lentement. Dans cette partie, la ville me sembla déchirée dans sa compacité, une large échancrure matérialisée par les rails luisants du tramway la blessait. Le ciel noir, seulement repoussé par une grue haute et élégante, comprimait les bâtiments bas et la lumière malade des réverbères, comme le fond implacable d'un piston en mouvement. Mues par la brise, des toiles blanches ou bleues, étendues sur les balcons, claquaient contre les plats gris des antennes paraboliques. Je me garai, je me promenai par les rues avec une obstination hargneuse. J'espérais rencontrer Mario et sa maîtresse. Je me le souhaitais. Je pensais pouvoir les surprendre tandis qu'ils sortaient de sa Volkswagen à elle, revenant du cinéma ou d'un restaurant, joyeux comme nous l'avions été lui et moi du moins jusqu'à la naissance des enfants. Mais rien : des voitures et des voitures inoccupées, des commerces fermés, un ivrogne blotti dans un recoin. À des bâtiments restaurés depuis peu succédaient des constructions délabrées animées par des voix étrangères. Sur le toit de tuiles d'un immeuble peu élevé je lus en lettres jaunes : Silvano libre. Il était libre, nous étions libres, nous étions tous libres. Dégoût des tourments qui enchaînent, des liens d'une vie accablante. Sans énergie, je m'appuyai contre le mur peint en bleu d'une bâtisse de la rue Alessandria, des lettres gravées dans la pierre, « Maternelle du prince de Naples ». Voilà où j'étais, des accents du Sud hurlaient dans ma tête, des villes lointaines devenaient un seul et même étau, la plaque bleue de la mer et la tache blanche des Alpes. La pauvrette de Piazza Mazzini d'il y a trente ans s'appuyait contre un mur, contre une cloison, lorsque, comme pour moi maintenant, le souffle venait à lui manquer à cause de son désespoir. Je ne parvenais pas, comme d'ailleurs elle n'y était pas non plus parvenue, à soulager ma peine en protestant, en me vengeant. Même si Mario et sa nouvelle compagne s'étaient véritablement terrés dans l'une de ces bâtisses – dans cet immeuble massif donnant sur une vaste cour, une inscription à l'entrée : « Aluminium », les murs aux si nombreux balcons et pas un qui fût dépourvu de toile[1] – pour se protéger des regards indiscrets des voisins –, ils dissimuleraient sûrement leur bonheur d'être ensemble derrière l'une de ces toiles cirées, et, quant à moi, avec toute ma souffrance, avec toute ma rage, je ne pourrais rien faire, absolument rien, pour déchirer l'écran derrière lequel ils se cachaient et me montrer à eux afin que mon malheur les réjouisse.

J'errai longuement à travers les rues noir violacé, avec la certitude insensée (l'une de ces certitudes sans aucun fondement qu'on appelle

_____

1. *Toile* : sur les balcons des villes italiennes, des toiles épaisses protègent souvent les occupants des regards indiscrets et du soleil.

prémonitions, ce débouché fantastique de nos désirs) qu'ils étaient là, quelque part, derrière un portail, dans un recoin, derrière une fenêtre, et peut-être aussi me voyaient-ils et se retiraient-ils comme des criminels satisfaits de leurs crimes.

Mais je n'arrivai à rien, je rentrai à la maison vers deux heures du matin, épuisée par ma déception. Je me garai dans l'avenue, je remontai vers la petite place, je vis la silhouette de Carrano, il se dirigeait vers la porte d'entrée. Tel un aiguillon, l'étui de son instrument dépassait de ses épaules voûtées.

Une impulsion soudaine me poussait à l'appeler, je ne supportais plus la solitude, j'avais besoin de parler, de me quereller avec quelqu'un, de crier. Je hâtai le pas afin de le rattraper, mais il avait déjà disparu de l'autre côté de la porte d'entrée. Même si je m'étais mise à courir (et je n'en avais pas le courage, je redoutais que le goudron, le jardin public, le moindre tronc d'arbre et même la surface noire du fleuve se déchirent), je ne serais pas parvenue à le rejoindre avant qu'il entre dans l'ascenseur. J'étais pourtant en train de le faire, lorsque je vis que par terre, sous la tige à deux corolles d'un réverbère, il y avait quelque chose.

Je me penchai, c'était le protège-carte plastifié d'un permis de conduire. Je l'ouvris, je découvris le visage du musicien, mais beaucoup plus jeune : Aldo Carrano ; il était né dans un petit village du Sud ; d'après sa date de naissance, il avait presque cinquante-trois ans, il les fêterait au mois d'août.

J'avais maintenant une excuse valable pour aller sonner chez lui.

Je mis le document dans ma poche, j'entrai dans l'ascenseur, j'appuyai sur la touche portant le numéro quatre.

L'ascenseur me sembla plus lent que d'ordinaire, dans le silence absolu son bourdonnement accéléra les battements de mon cœur. Mais, lorsqu'il s'arrêta au quatrième étage, je fus prise de panique, je n'hésitai pas un seul instant, j'appuyai sur la touche numéro cinq.

À la maison, tout de suite à la maison. Si les enfants s'étaient réveillés, s'ils m'avaient cherchée à travers les pièces vides ? Je rendrais à Carrano son permis de conduire le lendemain. Pourquoi aller frapper à la porte d'un étranger à deux heures du matin ?

Un enchevêtrement de rancœurs, un sentiment de revanche, la nécessité de mettre à l'épreuve la puissance offensée de mon corps étaient en train de détruire tout ce qui me restait en fait de bon sens.

Oui, à la maison.

10

Le lendemain, non sans résistance, Carrano et son permis de conduire passèrent aux oubliettes. Les enfants venaient tout juste de partir pour l'école, lorsque je me rendis compte que l'appartement avait été envahi par des fourmis. Dès que l'été arrivait, c'était chaque année la même chose. En groupes compacts, elles avançaient depuis les fenêtres, depuis le balcon, elles jaillissaient du parquet, elles couraient se terrer de nouveau, elles se dirigeaient ves la cuisine, vers le sucre, le pain, la confiture. Otto les flairait, il aboyait et, sans le vouloir, parce qu'elles étaient cachées sous ses poils, il les disséminait dans le moindre recoin de la maison.

Je courus prendre une serpillière et je lavai bien soigneusement chaque pièce. Je frottai un zeste de citron dans les endroits qui me semblaient présenter davantage de risques. Puis, très nerveuse, j'attendis. Dès qu'elles refirent leur apparition, j'identifiai avec précision leurs accès à l'appartement, les entrées de leurs innombrables tanières, leurs sorties, et je les remplis de talc. Lorsque je me rendis compte que ni le talc ni le citron ne suffisaient, je décidai de recourir à un insecticide, tout en redoutant son effet sur la santé d'Otto qui léchait toute chose et tout le monde sans faire le partage entre ce qui est sain et ce qui est nocif.

J'allai fouiller dans le débarras, et je trouvai là une bombe spray. Je lus attentivement son mode d'emploi, j'enfermai Otto dans la chambre des enfants et je vaporisai le liquide nuisible dans les moindres recoins de l'appartement. Je le fis non sans malaise, comprenant que la petite bombe pouvait très bien être le vivant prolongement de mon organisme, un nébuliseur du fiel que je sentais dans mon corps. Puis j'attendis, cherchant à ne pas prêter attention aux aboiements d'Otto qui grattait la porte. Je me mis au balcon pour éviter de respirer l'air empoisonné de la maison.

Le balcon s'avançait dans le vide comme le tremplin d'une piscine. Il faisait une chaleur accablante qui pesait sur les arbres immobiles du jardin public, elle enlaçait la plaque bleue du Pô, les yoles grises et bleues des canotiers, les arcades du pont Principessa Isabella. Je vis Carrano en contrebas errant de-ci de-là, cassé en deux le long de l'avenue, évidemment à la recherche de son permis de conduire. Je lui criai :

« Monsieur ! Monsieur Carrano ! »

Mais j'ai toujours eu la voix faible, je ne sais pas crier, mes mots tombent non loin de moi comme du gravier lancé à deux mains par un enfant. Je voulais lui dire que j'étais en possession de son permis, mais il ne se retourna même pas. Alors, depuis le cinquième étage, je restai silencieuse à le regarder, il était maigre mais large d'épaules avec des cheveux gris et fournis. Je sentais monter en moi une hostilité à son égard d'autant plus virulente qu'elle me paraissait plus irrationnelle. Comment savoir quels secrets d'homme seul étaient les siens, l'obsession masculine du sexe, peut-être, le culte du braquemart jusqu'à un âge avancé. Fort probablement, lui aussi ne voyait pas plus loin que le bout du sien, avec son flot de sperme toujours plus misérable, il n'était content que lorsqu'il pouvait vérifier qu'il se dressait encore, comme les feuilles mourantes d'une plante quand elles reçoivent de l'eau. Fruste avec les corps de femmes qu'il lui arrivait de rencontrer, expéditif, sale, son seul objectif était très certainement de marquer des points comme dans un champ de tir, de s'enfoncer dans une chatte rouge comme dans une pensée fixe couronnée de cercles concentriques. Tant mieux si la tache des poils est jeune et luisante, ah, la vertu d'un cul bien ferme. C'est ce qu'il pensait, je lui attribuai ces pensées, je fus traversée par les fulgurations d'une rage furibonde. Je ne me ressaisis que lorsque, regardant en contrebas, je me rendis compte que la fine silhouette de Carrano ne coupait plus l'avenue de sa lame sombre.

Je rentrai dans l'appartement, l'odeur d'insecticide n'était plus aussi forte. Je balayai les traces noires des fourmis mortes, lèvres serrées, je lavai de nouveau le sol avec fougue, j'allai libérer un Otto désespéré qui glapissait. Mais je découvris avec dégoût que c'était au tour de la chambre des enfants de subir maintenant leur invasion. Depuis les lames disjointes du vieux parquet, avec l'énergie du désespoir, très déterminées, de noires patrouilles éperdument en fuite sortaient en files.

Je me remis au travail, que pouvais-je faire d'autre, mais nonchalamment désormais, humiliée par une impression d'inéluctabilité d'autant plus désagréable pour moi que ce fourmillement me semblait être comme une demande de vie active, intense, ne connaissant d'obstacle d'aucune sorte mais qui, bien au contraire, face au moindre écueil, faisait montre d'une volonté têtue, tenace et cruelle de n'en faire qu'à sa tête.

Après avoir également vaporisé l'insecticide dans cette pièce, je mis sa laisse à Otto et je le laissai, haletant, me tirer tout le long des escaliers, étage après étage.

11

Le chien cheminait le long de l'avenue, ennuyé par le frein que je lui imposais et par la morsure de son collier. Je passai devant le moignon du sous-marin vert que Gianni aimait tant, je me faufilai dans le tunnel recouvert d'inscriptions obscènes, je montai en direction du bosquet de pins. À cette heure-là les mères – des groupes grouillants de mères jacasseuses – s'arrêtaient à l'ombre des arbres, encloses dans le cercle de leurs poussettes comme des pionniers durant une halte dans un western, ou, encore, elles surveillaient leurs enfants, âgés de quelques années à peine, qui braillaient plus loin en tapant dans un ballon. La plupart n'aimaient pas les chiens en liberté. Elles projetaient leurs frayeurs sur ces animaux, elles redoutaient qu'ils saisissent les enfants entre leurs crocs ou qu'ils souillent les espaces réservés à leurs jeux.

Le chien-loup en souffrait, il voulait jouer et courir, mais je ne savais qu'y faire. Je sentais mes nerfs à fleur de peau, je voulais éviter tout prétexte de conflit. Mieux valait retenir Otto par de violentes secousses que me disputer.

Je pénétrai dans le bosquet de pins, espérant qu'aucun mauvais coucheur ne s'y trouverait. Le chien flairait maintenant la terre en frémissant. Je m'en étais toujours peu occupée, mais j'avais de l'affection pour lui. Lui aussi m'aimait, mais sans attendre grand-chose de moi en retour. C'est Mario qui l'avait toujours nourri, et qui avait toujours joué avec lui en plein air. Et maintenant que mon mari avait disparu, en animal doué d'un bon caractère, Otto s'habituait à son absence avec un peu de mélancolie et des aboiements d'ennui à cause de certaines habitudes bien établies que je ne respectais pas. Mario lui aurait, par exemple, sûrement ôté sa laisse depuis un bon bout de temps, dès le tunnel franchi, et, entre-temps, il se serait lancé dans une longue conversation avec les femmes assises sur les bancs publics pour les calmer et répéter que notre chien-loup était doté d'un bon naturel, qu'il aimait les enfants. Moi, au contraire, même dans le bosquet, je voulus être sûre qu'il ne fît enrager personne et c'est alors seulement que je le libérai. Il devint fou de joie, il fila comme une flèche de-ci de-là.

Je ramassai une longue branche souple et je l'essayai en l'air, d'abord nonchalamment, puis avec résolution. J'en aimais le sifflement, c'était un jeu auquel je m'adonnais lorsque j'étais petite fille. Une fois, je me trouvais dans la cour de notre maison, j'avais ramassé une mince branche de ce type et je fendais les airs en la faisant siffler. Ce fut alors que j'entendis dire que, n'étant pas parvenue à se procurer la mort grâce au poison, notre voisine

73

s'était noyée du côté du cap Misène. La rumeur courait d'une fenêtre à l'autre, d'un étage à l'autre. Ma mère m'appela aussitôt à la maison, elle était nerveuse, elle se mettait souvent en colère après moi pour des peccadilles, je n'avais rien fait de mal. J'avais parfois le sentiment que je ne lui plaisais pas, comme si elle reconnaissait sur mon visage quelque chose qu'elle détestait chez elle, un mal secret personnel. À cette occasion, elle m'interdit de descendre encore dans la cour, de rester dans les escaliers. Je me tins dans un recoin sombre de la maison à rêver à propos du récit du corps empli d'eau et dépourvu de souffle de la pauvrette, un anchois argenté à mettre en saumure. Et, par la suite, chaque fois que je jouais à fouetter l'air pour en tirer des plaintes, je pensais à elle, à la femme en saumure. J'en entendais la voix tandis qu'elle se noyait, tandis qu'elle filait dans l'eau tout au long de la nuit, jusqu'au cap Misène. Rien qu'à y penser, maintenant, j'avais envie de fouetter l'air du bosquet toujours plus fort, comme lorsque je le faisais petite fille afin d'évoquer les fantômes, peut-être afin de les chasser, et plus d'énergie j'y mettais, plus le sifflement devenait cinglant. J'éclatai de rire toute seule, me voyant ainsi, une femme de trente-huit ans en grave difficulté qui en revient tout à coup à l'un de ses jeux d'enfant. Oui, me disais-je, même lorsque nous sommes adultes, nous faisons tout un tas de choses insensées, à cause de notre joie ou de notre épuisement. Et je riais en agitant cette branche longue et mince, j'avais toujours plus envie de rire.

Je cessai seulement lorsque j'entendis crier. Le long cri d'une femme jeune, une jeune fille était soudainement apparue au fin fond du sentier. Grande, point grosse, elle avait une ossature robuste sous sa peau blanche, et son visage était tout aussi marqué, des cheveux très noirs. Se tenant fermement aux poignées de son landau, elle lançait des hurlements auxquels les vagissements de son nouveau-né faisaient écho. Entre-temps, la menaçant, Otto aboyait dans sa direction, épouvanté à son tour par ces hurlements, ces vagissements. Je me mis à courir de ce côté-là, criant au chien : Couché, couché ! Mais il continua à aboyer et la femme me cria :

« Ne savez-vous pas que vous devez le tenir en laisse ? Ignorez-vous que vous devez lui mettre une muselière ? »

La sale connasse. C'était elle qui avait besoin d'une laisse. Sans parvenir à me retenir, je le lui hurlai :

« Avez-vous un tant soit peu de jugeote ? Si vous vous mettez à hurler, vous allez effrayer votre bébé, et le bébé hurlera lui aussi, et, tous les deux effrayés, vous effrayerez le chien qui de ce fait aboiera ! Action, réaction, merde, action, réaction ! C'est vous qui devriez porter une muselière ! »

Elle réagit de manière tout aussi agressive. Elle s'en prit à moi, et à Otto qui continuait à aboyer. Menaçante, elle mit son mari sur le tapis, elle dit que lui saurait comment agir, qu'il mettrait définitivement bon ordre à l'indécence de ces chiens en liberté dans le jardin public, elle brailla que les espaces verts étaient destinés aux enfants et non aux animaux. Puis elle se saisit de son rejeton et le serra contre sa poitrine en murmurant des mots rassurants, je ne sais si c'était pour elle-même ou pour lui. Enfin, regardant Otto, elle siffla les yeux grands ouverts :

« Vous le voyez ? Vous l'entendez ? Si je n'ai plus de lait, je vous le ferai payer ! »

Je ne sais pas, ce fut peut-être cette allusion au lait, mais je sentis une sorte de secousse dans ma poitrine, un brusque réveil de mon ouïe, de mes yeux. Je vis tout à coup Otto dans toute sa réalité, ses crocs pointus, ses oreilles tendues, son poil hérissé, son regard féroce, le moindre muscle prêt à bondir, ses aboiements menaçants. C'était un spectacle véritablement effrayant, il me sembla hors de lui, affrontant un autre chien à la grande et imprévisible méchanceté. Le méchant chien-loup stupide des fables. Qu'il ne se fût pas couché en silence comme je le lui avais ordonné, mais qu'en outre il continuât à aboyer, compliquant ainsi la situation, avait constitué – me convainquis-je – un acte de désobéissance intolérable. Je lui criai :

« Ça suffit maintenant, Otto, arrête ! »

Puisqu'il ne changeait pas d'attitude, je soulevai la branche que j'avais en main de manière menaçante, mais même à cet instant il refusa de se calmer. J'en fus au plus haut point irritée, je le fouettai avec force. J'entendis le sifflement fendre l'air et je vis son regard effaré lorsqu'il reçut le coup sur l'une de ses oreilles. Chien stupide, chien stupide qu'encore tout petit Mario avait offert à Gianni et à Ilaria, qui avait grandi chez nous, qui était devenu une grosse bête affectueuse, un cadeau qu'en réalité mon mari s'était fait à lui-même, il rêvait d'un tel chien depuis qu'il était tout jeune, c'était tout autre chose qu'un désir de Gianni et d'Ilaria, un chien gâté, une bête qui faisait toujours tout ce qui lui passait par la tête. J'étais maintenant en train de lui hurler bête, grosse bête, et j'entendais distinctement ce que je disais tandis que je le faisais, je le fouettais, je le fouettais et je le fouettais encore et, quant à lui, il glapissait, couché, immobile et triste, le corps toujours collé contre le sol, les oreilles basses, sous cette volée de coups incompréhensibles.

« Mais que faites-vous donc ? », murmura cette femme.

Mais, comme je ne lui répondais pas et que je continuais à frapper Otto, elle s'éloigna en toute hâte poussant son landau d'une seule main, désormais non plus atterrée par le chien mais bien par moi.

12

Lorsque je me rendis compte de cette réaction, je cessai aussitôt. Je regardai la femme qui courait presque le long du sentier, soulevant un peu de poussière, et par la suite, j'entendis Otto qui, malheureux, jappait le museau entre les pattes.

Je jetai mon fouet au loin, je m'accroupis auprès de lui, je le caressai longuement. Que lui avais-je fait. En mon for intérieur, je m'étais décomposée,

77

comme sous un acide, sentant la pauvre bête abasourdie. Je lui avais infligé la bousculade brutale de tout ce qui arrive à tort et à travers. J'avais saccagé la composition stratifiée de son expérience, maintenant, tout était un flux capricieux. C'est ça, mon pauvre Otto, lui murmurai-je, je ne sais pendant combien de temps, oui, c'est ça.

Nous revînmes à la maison. J'ouvris la porte, j'entrai. Mais je sentis que la maison n'était pas vide, il y avait quelqu'un.

Retrouvant sa vitalité et son allégresse, Otto s'élança telle une flèche à travers le couloir. Je courus dans la chambre des enfants, ils étaient là, chacun était assis sur son lit, l'air perplexe, les cartables étaient posés sur le sol. Je vérifiai l'heure, il était arrivé que je les avais oubliés.

« C'est quoi, cette mauvaise odeur ? demanda Gianni, esquivant les mamours d'Otto.

— De l'insecticide. Nous avons des fourmis dans la maison. »

Ilaria se plaignit :

« Quand est-ce qu'on mange ? »

Je hochai la tête. J'avais une question confuse à l'esprit, et, entre-temps, j'expliquai aux enfants à voix haute que je n'avais pas fait les courses, que je n'avais pas fait la cuisine, que je ne savais pas quoi leur donner à manger, c'était à cause des fourmis.

Puis, je sursautai. Ma question était la suivante :

« Comment êtes-vous entrés à la maison ? »

C'est ça, comment étaient-ils entrés ? Ils n'avaient pas les clefs, je ne les leur avais pas données, je doutais qu'ils pussent se débrouiller avec une serrure. Je les serrai contre moi avec une force excessive, je les enlaçai pour m'assurer que c'étaient vraiment eux en chair et en os et que je n'étais pas en train de m'adresser à des silhouettes vaporeuses.

Gianni répondit :

« La porte était entrouverte. »

J'allai à la porte, je l'examinai. Je ne trouvai aucun signe d'effraction, mais c'était normal, la serrure était bien vieille, il suffisait d'un rien pour l'ouvrir.

« Il n'y a personne dans la maison ? » demandai-je aux enfants, en proie à la plus grande agitation, et, entre-temps, je pensais : et si des voleurs ont été surpris par de jeunes enfants et qu'ils se tiennent maintenant rencognés quelque part ?

Je m'avançai dans la maison, serrant très fort mes enfants, seulement rassurée par le fait qu'Otto continuait à sautiller de-ci de-là sans révéler le moindre signe d'appréhension. Je regardai partout, personne. Tout était parfaitement en ordre, bien propre, il n'y avait plus même trace du va-et-vient des fourmis.

Ilaria insista encore :

« Quand est-ce qu'on mange ? »

Je préparai une omelette. Gianni et Ilaria la dévorèrent, je grignotai seulement un peu de pain et de fromage. Je le fis distraitement, j'écoutai tout aussi distraitement les bavardages des enfants, ce qu'ils avaient fait à l'école, ce qu'avait dit tel ou tel camarade, à quelles impolitesses ils avaient été confrontés.

Sur ces entrefaites je pensais : les voleurs fouillent partout, ils renversent les tiroirs, s'ils ne trouvent rien à voler, ils se vengent en déféquant sur les draps, en urinant partout. Dans l'appartement, rien de tout cela. Et, du reste, ce n'était pas une règle. Je me perdis dans le souvenir d'un épisode vieux de vingt ans, lorsque je vivais encore chez mes parents. Il contredisait tous les racontars circulant sur le comportement des voleurs. En rentrant chez nous, nous avions trouvé notre porte forcée, mais la maison était parfaitement en ordre. Il n'y avait pas même la trace d'horribles vengeances. C'est seulement quelques heures plus tard que nous découvrîmes que le seul objet de valeur que nous possédions avait disparu : une montre en or que mon père avait offerte à ma mère bien des années auparavant.

Je laissai les enfants dans la cuisine et j'allai vérifier si l'argent était encore à l'endroit où j'avais l'habitude de le mettre. Il était bien là. En revanche, je ne retrouvai pas les bijoux de la grand-mère de Mario. Ils n'étaient pas à leur place, dans le tiroir de la commode, et ils n'étaient nulle part ailleurs dans la maison.

13

Je passai la nuit et les jours qui suivirent à réfléchir. Je me sentais engagée sur deux fronts : m'en tenir fermement à la réalité des faits en contenant le flux de mes images mentales, de mes pensées ; chercher dans le même temps à me donner du courage en m'imaginant telle une salamandre occupée à traverser un feu sans en ressentir aucune douleur.

Ne pas succomber, je m'éperonnais. Lutte. Je redoutais surtout mon incapacité croissante à me fixer sur une pensée et une seule, à me concentrer en vue d'une action nécessaire. Les contorsions brusques et incontrôlées m'effrayaient. Mario, écrivais-je afin de me stimuler, n'a pas emporté le monde, il n'a emporté que lui-même. Et toi, tu n'es pas l'une de ces femmes d'il y a trente ans. Tu es une femme d'aujourd'hui, agrippe-toi à l'aujourd'hui, ne régresse pas, ne t'égare pas, tiens bon. Surtout ne t'abandonne pas à des monologues distraits, médisants ou rageurs. Efface les points d'exclamation. Il est parti, toi, tu restes. Tu ne jouiras plus de l'éclair de ses yeux, de ses paroles, et quand bien même ? Organise tes défenses, préserve ton intégrité, ne te laisse pas rompre tel un bibelot, tu n'es pas une fanfreluche, aucune femme n'est une fanfreluche. *La femme rompue, ah, rompue**, rompue mes couilles. Ma tâche, pensais-je, consiste à démontrer qu'on peut rester saine d'esprit. Me le démontrer à moi-même, et à nul autre. Si je suis en butte aux lézards verts, je lutterai contre les lézards verts[1]. Si je suis en

---

1. *Lézard vert (ramarro)* : en italien ce vocable désigne également le sexe masculin.

butte aux fourmis, je lutterai contre les fourmis. Si je suis en butte aux voleurs, je lutterai contre les voleurs. Si je suis en butte à moi-même, je lutterai contre moi-même.

Sur ces entrefaites, je me demandais : qui a donc bien pu pénétrer dans cette maison, qui a précisément bien pu prendre les boucles d'oreilles et elles seules. Je me répondais : lui. Il a pris les boucles d'oreilles de sa famille. Il entend me faire comprendre que je ne suis plus comme si j'étais faite de son sang, il a fait de moi une étrangère, il m'a définitivement exilée loin de lui.

Mais par la suite, je changeai d'avis, cette conjecture-là me semblait par trop insupportable. Je me disais : attention. S'en tenir aux voleurs. Des toxicomanes, peut-être. Poussés par le besoin impérieux de se procurer une dose. C'est possible, c'est même probable. Et, de peur d'exagérer en imagination, je cessais d'écrire, j'allais à la porte de l'appartement, je l'ouvrais, je la fermais sans la claquer. Je saisissais ensuite la poignée, je tirais avec force la porte vers moi et, oui, la porte s'ouvrait bel et bien, la serrure ne tenait pas, le ressort en était usé, le pêne n'entrait presque pas dans la gâche, un millimètre seulement. On l'aurait cru fermée alors qu'il suffisait de la tirer, ne serait-ce qu'un peu, et elle était ouverte. L'appartement, ma vie et celle de mes enfants, tout était ouvert, exposé au tout venant, de nuit comme de jour.

J'arrivai vite à une conclusion, je devais en changer la serrure. Si des voleurs étaient entrés dans mon appartement, ils pouvaient revenir. Et si, justement, c'était Mario qui était entré furtivement dans l'appartement, qu'est-ce qui le distinguait d'un voleur ? C'était bien pire, en fin de compte. Entrer en cachette dans son propre domicile. Fouiller dans des lieux bien connus, prendre éventuellement connaissance de mes épanchements, consignés dans mes cahiers, de mes lettres. Dans ma poitrine, mon cœur était sur le point d'éclater du fait de ma colère. Non, il n'aurait plus l'occasion de franchir ce seuil, jamais, les enfants eux-mêmes seraient bien d'accord avec moi, on ne s'entretient pas avec un père qui s'introduit dans sa demeure par traîtrise et sans laisser la moindre trace de son passage, pas un salut, pas un au revoir, pas même un comment allez-vous.

C'est ainsi que, sous le coup tantôt de mon ressentiment, tantôt seulement de la préoccupation, je me convainquis de faire poser une nouvelle serrure sur ma porte. Mais pour autant que les serrures ferment bien, les portes des maisons munies de leurs plaques d'acier, gonds, orifices, loqueteaux et pênes – comme me l'expliquèrent les vendeurs auxquels je m'adressai –, toutes pouvaient être néanmoins ouvertes, forcées, si tant est qu'on le voulait. C'est pourquoi, pour ma tranquillité, ils me conseillèrent de blinder ma porte.

J'hésitai longuement, je ne pouvais pas dépenser mon argent le cœur léger. À la suite de la désertion de Mario, mon avenir économique empirerait lui aussi, il était facile de le prévoir. Toutefois, je me décidai finalement et j'entrepris de faire le tour des magasins spécialisés afin de comparer les prix et les prestations proposées, les avantages et les inconvénients. À la fin des fins, après des semaines de négociations et de sondages obsessionnels, je me décidai et c'est ainsi qu'un matin deux ouvriers arrivèrent à la maison, l'un était proche de la trentaine, l'autre de la cinquantaine, tous deux empestaient le tabac.

Les enfants étaient à l'école ; totalement indifférent aux deux étrangers, Otto paressait dans un coin ; pour ce qui me concerne, je commençai très vite à me sentir mal à mon aise. J'en fus irritée, mais le moindre changement de mon comportement habituel m'irritait. Par le passé, j'avais toujours été courtoise avec quiconque avait frappé à ma porte : les employés du gaz, de l'électricité, le syndic de la copropriété, le plombier, le tapissier et même avec les vendeurs à domicile et les agents immobiliers à la recherche d'appartements à mettre en vente. Je me vivais comme une femme pleine de confiance en elle, parfois j'échangeais même quelques mots avec des étrangers, j'aimais me montrer sereinement intriguée par leurs existences. J'étais si sûre de moi que je les laissais entrer chez moi, je refermais ma porte, parfois je leur demandais même s'ils voulaient boire quelque chose. D'un autre côté, mes manières devaient être, généralement, tout à la fois si distantes et si aimables qu'aucun de mes visiteurs n'avait jamais songé à prononcer une phrase déplacée ou à hasarder un mot à double sens afin de voir comment je réagirais et évaluer ainsi, éventuellement, ma disponibilité sexuelle.

Ces deux-là, au contraire, commencèrent aussitôt à échanger des phrases allusives, à ricaner, à fredonner entre leurs dents des chansons un tant soit peu vulgaires tandis qu'ils travaillaient bien nonchalamment. J'en vins même alors à me demander si dans mon corps, dans mes gestes, dans mes regards il y avait quelque chose que je ne contrôlais plus. J'en fus toute retournée. Que lisait-on sur mon visage ? Que je ne couchais pas avec un homme depuis presque trois mois ? Que je ne suçais pas de braquemarts, que personne ne me léchait la chatte ? Que je ne baisais pas ? C'est pourquoi, tout en riant, ces deux-là ne cessaient de me parler de clefs[1], de trous et de serrures ? C'est moi que j'aurais dû blinder, c'est moi qui aurais dû me rendre insondable. Je devins toujours plus nerveuse. Tandis qu'ils jouaient du marteau avec une belle énergie, tout en fumant sans m'en demander la permission, et qu'ils répandaient dans mon appartement une désagréable odeur de sueur, je ne savais trop sur quel pied danser.

Emmenant Otto avec moi, je battis d'abord en retraite dans la cuisine, je fermai la porte, je m'assis à la table, j'essayai de lire le journal. Mais j'étais distraite, ils faisaient vraiment trop de bruit. Alors, j'abandonnai le journal et je me mis à faire la cuisine. Par la suite, pourtant, je me demandai pourquoi je me comportais ainsi, pour-

---

1. Clefs (*chiavi*, *chiave* au singulier) : en italien le verbe « baiser » (*chiavare*) est bâti sur le mot *chiave*, d'où l'allusion graveleuse sous-jacente aux propos des ouvriers.

quoi je me cachais dans mon propre domicile, quel sens cela pouvait-il avoir, c'en était assez. Peu de temps après, je revins vers l'entrée où, dans le couloir et sur le palier, les deux ouvriers se démenaient pour installer les plaques de blindage sur les vieux battants.

Je leur apportai des bières, je fus accueillie avec un enthousiasme mal dissimulé. Ils reprirent, tout particulièrement le plus âgé d'entre eux, leur langage vulgairement allusif, peut-être entendait-il seulement être spirituel, c'était la seule forme d'esprit dont il fût capable. Sans l'avoir décidé – c'était ma gorge qui soufflait du vent contre mes cordes vocales –, je leur répondis en riant, dans un langage encore plus lourdement allusif que le leur, et quand je me rendis compte que je les avais tous deux surpris, je n'attendis pas qu'ils répliquent mais j'en rajoutai de manière si effrontée que l'un comme l'autre se regardèrent, perplexes, ils esquissèrent un semblant de sourire, ils laissèrent leur bière à demi, et ils se décidèrent à travailler avec plus d'alacrité.

Peu après, je n'entendis plus qu'un bruit insistant de marteaux. Le malaise me reprit soudainement et, cette fois, il fut insoutenable. J'éprouvai toute la honte d'être là comme si j'attendais d'autres vulgarités qui ne venaient pas. Un long intervalle d'embarras passa, tout au plus me demandèrent-ils de leur tendre quelque objet, un outil, mais sans le moindre petit rire, avec une politesse exagérée. Un peu plus tard, je ramassai les bouteilles et les verres et je m'en retournai à la cuisine. Qu'était-il en train de m'arriver ? Sacrifiais-je servilement à la pratique de l'autodégradation, avais-je rendu les armes, ne cherchais-je plus à trouver une nouvelle mesure qui me fût personnelle ?

À un moment donné, les deux ouvriers m'appelèrent. Ils avaient fini leur travail. Ils m'expliquèrent le fonctionnement de la porte, ils m'en remirent les clefs. Le plus âgé me dit que si je rencontrais une difficulté quelconque, je n'avais qu'à appeler et de ses doigts massifs et sales il me tendit une carte de visite. Il me sembla qu'il me regardait maintenant de nouveau avec insistance, mais je demeurai sans réaction. Je ne lui prêtai véritablement mon attention que lorsqu'il revint introduire les clefs dans les deux trous des serrures, brillantes comme des soleils sur les panneaux sombres de la porte, et il insista beaucoup sur leurs positions.

« Celle-ci doit être introduite verticalement, dit-il, celle-là horizontalement. »

Perplexe, je le regardai, il ajouta :

« Attention, vous pouvez enrayer le mécanisme. »

Il philosopha en s'amusant de nouveau effrontément :

« On doit habituer les serrures. Elles doivent reconnaître la main de leur maître. »

Il essaya une clef, puis l'autre, je crus comprendre que lui-même devait forcer un peu. Je demandai à les essayer à mon tour. Je fermai, puis j'ouvris les deux serrures d'un geste sûr, sans difficulté. Avec une langueur affichée, le plus jeune lâcha :

87

« Madame a véritablement la main sûre. »

Je les réglai et ils s'en allèrent. Je refermai derrière moi, je m'appuyai contre la porte, je restai là à sentir les vibrations, longues et vives, des battants jusqu'à ce qu'elles cessent, et tout redevint calme.

14

Les premiers temps, il n'y eut de difficulté d'aucune sorte avec les clefs. Elles glissaient dans leurs serrures, elles y tournaient avec des déclics décidés ; rentrant chez moi, je pris l'habitude de toujours m'enfermer à clef, de jour comme de nuit, je ne voulais plus de surprises. Mais bientôt, la porte devint le cadet de mes soucis, je devais m'occuper de tant de choses, je disséminai des aide-mémoire un peu partout : souviens-toi que tu dois faire ceci, souviens-toi de faire cela. Je finis par être distraite, je commençai ensuite à m'embrouiller : j'utilisais la clef de la serrure du haut en lieu et place de la serrure du bas et vice versa. Je forçais, j'insistais, je me mettais en colère. J'arrivais encombrée par les sacs des commissions, je sortais mes clefs et je me trompais, je me trompais et je me trompais encore. Je m'imposais alors de me concentrer. Je m'arrêtais, je respirais bien fort à plusieurs reprises.

Concentre-toi, me disais-je. Et avec des gestes

lents, je choisissais soigneusement mes clefs, je choisissais soigneusement les serrures, je mémorisais l'une et l'autre dans mon esprit jusqu'à ce que les déclics du mécanisme m'annoncent que j'avais réussi, que c'était bien la bonne opération.

Mais je sentais que les choses étaient en train de prendre une bien mauvaise tournure, j'en étais toujours plus épouvantée. Le fait d'avoir continuellement mon attention en éveil pour éviter de commettre des erreurs, ou d'affronter des dangers, avait fini par m'épuiser au point que parfois il me suffisait de penser à une chose urgente qu'il me fallait faire pour me convaincre que je l'avais véritablement faite. Le gaz, par exemple, l'une de mes inquiétudes les plus anciennes. J'étais persuadée d'avoir éteint la flamme sous une marmite – souviens-t'en, souviens-t'en, tu dois éteindre le gaz ! – et, en réalité, je ne l'avais pas fait, j'avais fait la cuisine, mis le couvert, débarrassé la table, mis la vaisselle dans le lave-vaisselle et la flamme bleue était bien restée nettement allumée, elle avait brûlé toute la nuit avec une couronne de feu sur le pourtour métallique du brûleur, c'était un signe de déséquilibre, je la retrouvais ainsi le lendemain matin lorsque j'entrais dans la cuisine pour préparer le petit déjeuner.

Ah, ma tête : je ne pouvais pas lui faire confiance. Mario m'envahissait, effaçait tout ce qui n'était pas sa silhouette d'adolescent, d'homme, tel qu'il avait poussé sous mes yeux année après année, dans mes bras, dans la tiédeur de mes baisers. Je ne pensais qu'à lui, à comment il était possible qu'il eût cessé de m'aimer, au besoin que j'avais qu'il paye mon amour de retour, il ne pouvait pas me quitter de cette façon-là. Je dressais pour moi-même la liste de tout ce qu'il me devait. Je l'avais aidé à préparer ses examens universitaires, je l'avais accompagné lorsqu'il ne trouvait pas en lui le courage de se présenter aux oraux, je l'avais encouragé le long des rues bruyantes de Fuorigrotta[1], son cœur battait à tout rompre dans sa poitrine, j'en entendais les battements, la bousculade des étudiants de la ville et du département, une pâleur qui lui mangeait le visage lorsque je le poussais à travers les couloirs de l'université. J'étais restée éveillée des nuits entières afin de lui faire réviser les matières abstruses de ses études. J'avais retranché du temps qui m'appartenait pour l'ajouter au sien afin de le rendre ainsi plus puissant. J'avais fait taire mes aspirations pour seconder les siennes. À l'occasion de chacune de ses crises de découragement, j'avais fait passer mes propres crises au second plan et l'avais réconforté. Je m'étais dispersée dans ses minutes, dans ses heures à lui, afin que, pour sa part, il se concentrât. J'avais veillé sur notre foyer, j'avais veillé sur notre nourriture, j'avais veillé sur nos enfants, j'avais veillé à résoudre tous les tracas de notre survie quotidienne, tandis qu'il remontait avec entêtement la pente de notre origine dépourvue de privilèges. Et maintenant, maintenant il me quittait

1. *Fuorigrotta* : quartier occidental de Naples.

de but en blanc, emportant tout ce temps, toutes ces énergies, toute cette fatigue que je lui avais offerte, pour jouir de ses fruits avec une autre, une inconnue qui n'avait pas levé le petit doigt pour le mettre au monde, l'élever, le pousser à devenir ce qu'il était devenu. Je le ressentis comme une action si injuste, une façon de faire si blessante que je ne pouvais y croire et j'imaginais parfois qu'il avait l'esprit obnubilé, qu'il était dépourvu des souvenirs de notre vie commune, à la merci du sort et en danger, et il me semblait l'aimer comme je ne l'avais jamais aimé, avec anxiété plus qu'avec passion, et je pensais qu'il avait incontinent besoin de moi.

Mais je ne savais pas où le chercher. À un certain point, Lea Farraco nia m'avoir indiqué l'esplanade Brescia comme le lieu probable où se trouverait son nouveau logement, elle prétendit que j'avais mal compris, ce n'était pas possible, Mario ne vivrait jamais dans un tel quartier. J'en fus blessée, je me demandai si on ne se moquait pas de moi. Je me brouillai de nouveau avec elle, des rumeurs circulant de-ci de-là sur mon mari parvinrent à mes oreilles : il était de nouveau à l'étranger, peut-être en voyage avec sa putain. Je ne parvenais pas à y croire, il me semblait impossible qu'il pût oublier si facilement ses enfants et moi, disparaître des mois entiers, se foutre des vacances de Gianni et d'Ilaria, faire passer son bien-être avant le leur. Quel homme était-ce ? Avec qui avais-je vécu quinze longues années ?

C'était maintenant l'été, les écoles étaient fermées, je ne savais que faire des enfants. Sous une chaleur accablante, tandis qu'ils se montraient impertinents, capricieux, enclins à me rendre responsable de tout et de rien, je les traînais derrière moi à travers la ville. La canicule, le fait de rester en ville, ni mer, ni montagne, Ilaria répétait comme une cantilène, d'un air artificiellement douloureux :

« Je ne sais pas quoi faire. »

« Ça suffit maintenant ! » criais-je souvent à la maison, dans la rue, « j'ai dit ça suffit maintenant ! » et je faisais mine de vouloir leur assener une gifle, je levais le bras, j'avais vraiment envie de joindre le geste à la parole, je me refrénais à grand-peine.

Ils ne se calmaient pas pour autant. Ilaria voulait goûter les cent dix parfums proposés par un glacier sous les portiques de la rue Cernaia, et, pour ma part, je la secouais violemment et, pour sa part, elle s'arc-boutait et elle me tirait vers l'entrée du café. Gianni s'éloignait soudainement de moi et il traversait tout seul la rue en courant, parmi les coups de klaxons, poursuivi par mes cris d'appréhension, il voulait voir une fois de plus le monument à Pietro Micca[1] dont Mario lui avait raconté l'histoire dans ses moindres détails. Je ne parvenais pas à les garder dans une ville

---

1. *Pietro Micca* : artilleur et patriote italien (1677-1706), qui se fit sauter dans une poudrière afin de sauver sa ville de Turin lors d'un siège.

qui se vidait de ses habitants et où, depuis les collines, le fleuve, le pavé, s'élevaient des souffles d'air brûlants, brumeux, ou insupportablement étouffants.

Une fois nous nous chamaillâmes précisément là, dans les jardins publics face au Musée d'artillerie, sous la statue verdâtre de Pietro Micca, son grand sabre, sa mèche. Je ne savais pas grand-chose de ces histoires de héros morts massacrés, tout feu tout flammes.

« Tu ne sais pas raconter, me dit le jeune garçon, tu ne te souviens de rien. »

Je répliquai :

« Alors, si c'est comme ça, adresse-toi à ton père. »

Et je commençai à hurler que, si selon eux j'étais une bonne à rien, alors qu'ils s'en aillent chez lui, il y avait une nouvelle mère toute prête, à coup sûr turinoise, je pariais qu'elle savait tout sur Pietro Micca, sur cette ville de rois et de princesses, de gens pleins de morgue, d'individus glacials, de véritables automates métalliques. Je criai et je criai encore, sans retenue aucune. Gianni et Ilaria aimaient beaucoup la ville, le garçonnet en connaissait les rues, les légendes, son père le laissait souvent jouer sous le monument du fin fond de la rue Meucci, il y avait là un bronze qui lui plaisait comme il plaisait à son fils, quelles stupidités que le souvenir des rois, des généraux disséminés par les rues, Gianni rêvait d'agir comme Ferdinand de Savoie à la bataille de Novara, lorsqu'il saute de son cheval mourant, sabre au clair, prêt à combattre. Ah oui, je désirais les blesser, mes enfants, je désirais surtout blesser le garçonnet qui avait déjà l'accent piémontais ; effaçant intentionnellement sa cadence napolitaine, Mario, lui aussi, se plaisait à parler à la turinoise. Je détestais que Gianni joue au petit taurillon impudent, il devenait stupide, prétentieux et agressif, avec l'envie de verser son sang ou le sang d'autrui dans quelque conflit barbare, je n'en pouvais vraiment plus.

Je les plantai là, dans le jardin public, près de la petite fontaine, et je me dirigeai à grandes enjambées vers la rue Galileo Ferraris, vers la silhouette suspendue de Victor-Emmanuel II, une ombre au bout des lignes parallèles des immeubles, haute contre un lambeau de ciel chaud et nuageux. Peut-être voulais-je véritablement les abandonner pour toujours, les oublier, pour ensuite me frapper le front, lorsque finalement Mario redonnerait signe de vie, et m'exclamer : Tes enfants ? Je ne sais pas trop. Je les ai perdus, me semble-t-il : la dernière fois que je les ai vus, c'était voici un mois, dans les jardins de la Citadelle.

Peu après, je ralentis mon allure, je revins sur mes pas. Mais qu'était-il en train de m'arriver ? Je perdais contact avec ces êtres innocents, ils s'éloignaient comme s'ils étaient en équilibre sur un morceau de bois à la dérive flottant au fil du courant. Les retrouver, les rattraper à nouveau, les garder serrés contre moi : ils m'appartenaient. Je les appelai :

« Gianni ! Ilaria ! »

Je ne les vis pas, ils n'étaient plus auprès de la fontaine.

Je jetai un regard alentour tandis que l'angoisse m'asséchait la gorge. Je courus à travers le jardin public comme pour lier les allées, les arbres à l'aide de mes déplacements aussi rapides qu'incohérents, je craignais qu'ils ne volent en mille éclats. Je m'arrêtai devant une bouche à feu de l'artillerie turque du quinzième siècle, un puissant cylindre de bronze situé de l'autre côté de l'allée. Je criai à nouveau les noms de mes enfants. Ils me répondirent de l'intérieur du canon. Ils s'étaient étendus là, sur un carton ayant servi de paillasse à sait-on quel travailleur émigré. Le cri du sang coula de nouveau dans mes veines, je les saisis par les pieds, je les tirai de vive force hors de leur antre.

« C'est sa faute, dit Ilaria dénonçant son frère, il a dit cachons-nous ici. »

Je saisis Gianni par un bras, rongée par la colère, je le secouai avec énergie, je le menaçai :

« Ne sais-tu pas que tu peux attraper une maladie là-dedans ? Ne sais-tu pas que tu peux tomber malade et mourir ? Regarde-moi un peu, gros nigaud : si tu recommences encore une fois, je te flanquerai une raclée dont tu te souviendras longtemps ! »

L'enfant me fixa, incrédule. Tout aussi incrédule, je me regardai moi-même. Je vis une femme près d'une allée, non loin d'un vieil instrument de destruction qui hébergeait désormais chaque nuit des êtres humains originaires de mondes lointains et sans espoir. Sur le moment je ne la reconnus pas. Je fus seulement épouvantée parce qu'elle s'était emparée de mon cœur, qui battait maintenant dans sa poitrine.

15

À cette même époque, j'eus également bien des soucis avec mes factures. On m'écrivait que passé tel délai, on me couperait l'eau et le gaz car je n'avais pas réglé mes quittances. Je m'entêtais alors à dire que j'avais payé, je cherchais mes reçus des heures durant, je perdais réellement beaucoup de temps à protester, à me disputer, à écrire, pour ensuite, humiliée, me rendre face à l'évidence : je ne m'en étais réellement pas acquittée.

C'est ce qui arriva avec le téléphone. Non seulement la ligne était en dérangement, comme Mario me l'avait signalé, mais brusquement, je ne parvins véritablement plus à téléphoner : une voix me disait que je ne disposais pas de ce type de service ou quelque chose de cet acabit.

Puisque j'avais brisé mon portable en deux, je me rendis dans une cabine téléphonique et j'appelai la société des téléphones pour régler mon problème. On m'assura qu'on interviendrait au plus tôt. Mais des jours passèrent, le téléphone continua à demeurer silencieux. Je téléphonai de nouveau, j'étais hors de moi, ma voix tremblait de rage. Je fis le récit de mes malheurs, sur un ton si agressif que l'employé garda longuement le silence, puis il interrogea son ordinateur et il me communiqua que ma ligne avait été coupée pour cause de non-règlement.

Je me mis en colère, je jurai sur la tête de mes enfants que j'avais payé, je les insultai tous autant qu'ils étaient, du plus humble des employés aux directeurs généraux, je parlai d'indolence levantine (ce sont précisément les termes auxquels je recourus), j'insistai sur les dérangements endémiques, les petites et les grandes corruptions de l'Italie, je hurlai : Vous me dégoûtez ! Puis je raccrochai et je contrôlai les reçus des paiements. Il me fallut découvrir que c'était la stricte vérité. J'avais oublié de payer.

Je payai, en fait, le jour suivant, mais la situation ne s'améliora nullement. Avec ma ligne, le dérangement permanent de mes communications fut lui aussi également rétabli, comme un souffle de tempête dans un microphone, le signal en était à peine perceptible. Je courus de nouveau téléphoner depuis le café situé en bas de chez moi, on me dit qu'il me fallait changer d'appareil. Peut-être. Je vérifiai l'heure, les bureaux ne fermeraient pas aussitôt. Je sortis telle une flèche, je ne parvins pas à me retenir.

Je roulai dans la ville déserte du mois d'août, la chaleur était suffocante. Je me garai en heurtant à plusieurs reprises les pare-chocs d'autres voitures à l'arrêt, je cherchai rue Meucci à pied, je lançai un regard méchant à la grande façade recouverte de plaques de marbre bigarré où la société des téléphones était située et je gravis les escaliers quatre à quatre. Dans la guérite de l'accueil, je trouvai un homme courtois, peu disposé à entamer une algarade. Je lui dis que je voulais me rendre au bureau des réclamations sur-le-champ, je devais élever une protestation en raison du mauvais fonctionnement de mon combiné téléphonique qui persistait depuis des mois.

« Nous n'avons plus de bureaux ouverts au public depuis au moins dix ans, me répondit-il.

— Et si j'entends me plaindre ?

— Vous pouvez le faire par téléphone.

— Et si je veux cracher au visage de quelqu'un ? »

Il me conseilla paisiblement d'essayer au siège de la société, rue Confienza, cent mètres plus loin. Essoufflée, je courus comme si parvenir rue Confienza était une question de vie ou de mort, la dernière fois que j'avais couru ainsi, j'avais l'âge de Gianni. Mais là encore, il n'y eut pas moyen de m'épancher. Je trouvai une porte vitrée, bien close. Je la secouai énergiquement, bien qu'elle portât l'inscription : porte munie d'une alarme. Munie d'une alarme, certes, quelle ridicule façon de s'exprimer, qu'explose, après tout, la sonnerie, que la ville, le monde s'alarment. Depuis une petite fenêtre de la cloison située à ma gauche, un homme peu porté à bavarder fit son apparition, il m'expédia en quelques mots et il disparut de nouveau : il n'y avait pas de bureaux, moins que jamais ouverts au public ; tout était ramené à une vie ascétique, écran d'ordinateur, e-mail, opérations bancaires ; si quelqu'un veut – me dit-il, glacial – passer sa colère sur quelqu'un, désolé, il n'y a ici personne avec qui se crêper le chignon.

Mon mécontentement me donna des crampes à l'estomac, je revins dans la rue, j'eus la sensation que le souffle me manquait et que j'étais sur le point de m'écrouler à même le sol. Mon œil se raccrocha aux lettres d'une plaque du bâtiment d'en face comme si elle était préhensible. Des vocables pour ne pas tomber. Depuis cette maison, comme une ombre de rêve, un poète nommé Guido Gozzano[1] entra dans ma vie, qui depuis la tristesse du néant – après tout pourquoi le néant est-il triste, qu'y a-t-il de triste dans le néant ? – rejoignit Dieu. Des mots avec la prétention de l'art pour l'art afin d'enchaîner les mots. Je m'éloignai, baissant la tête, je redoutai de parler toute seule, un inconnu me regarda fixement, je hâtai le pas. Je ne me souvenais plus de l'endroit où j'avais laissé ma voiture, m'en souvenir ne m'importait nullement.

J'errai au hasard, je longeai le théâtre Alfieri, je finis par me retrouver rue Pietro Micca. Désorientée, je jetai un regard alentour, ma voiture foncée n'était plus là. Mais devant l'une des vitrines, une bijouterie, je vis Mario et sa nouvelle compagne.

J'ignore si je la reconnus immédiatement. Je sentis seulement comme un coup de poing en pleine poitrine. Peut-être remarquai-je avant

---

1. *Guido Gozzano* : poète crépusculaire et homme de lettres italien (Turin, 1883-Turin, 1916).

toute chose qu'elle était très jeune, si jeune qu'à ses côtés Mario semblait être un vieil homme. Ou, peut-être remarquai-je tout d'abord qu'elle portait un tailleur bleu taillé dans une étoffe légère, un tailleur démodé, qui tranchait avec sa jeunesse, de ceux que l'on peut acheter dans les magasins de vêtements d'occasion de luxe, mais souple sur son corps riche de lignes légères, la ligne de son long cou, de ses seins, de ses hanches, de ses chevilles. Ou ce furent ses cheveux blonds, noués sur sa nuque, gonflés et maintenus en place par un peigne, qui me frappèrent, une tache hypnotique.

Je ne le sais vraiment pas.

Je dus sûrement passer des coups de gomme rapides sur sa physionomie molle de jeune femme âgée de vingt ans seulement, avant de repêcher le visage acerbe, anguleux, encore infantile de Carla, l'adolescente qui avait été au centre de notre crise conjugale bien des années auparavant. C'est à coup sûr lorsque je l'eus reconnue, que je fus foudroyée par ses boucles d'oreilles, les boucles d'oreilles de la grand-mère de Mario, mes boucles d'oreilles.

Elles pendaient à ses lobes, elles mettaient élégamment son cou en valeur, soutenaient son sourire, le rendaient encore plus lumineux, alors que, devant la vitrine, mon mari lui enlaçait la taille tandis qu'elle posait pour sa part un bras nu sur son épaule.

Le temps se dilata. Je traversai la rue à grandes enjambées décidées, je n'éprouvais aucune envie de pleurer ou de crier ou, encore, de demander des explications, rien qu'un noir et violent désir de destruction.

Je savais maintenant qu'il m'avait trompée presque cinq longues années durant.

Presque cinq longues années durant, il avait joui en secret de son corps, il avait cultivé sa passion, il l'avait transformée en amour, il avait patiemment couché avec moi en s'abandonnant à son souvenir, il avait attendu qu'elle devînt majeure, plus que majeure pour me dire qu'il la prenait définitivement, qu'il me quittait. Quel être abject et lâche ! Au point de ne pas parvenir à me dire ce qui était réellement arrivé. Bref, il avait ajouté la fiction familiale à la fiction conjugale et à la fiction sexuelle afin de donner du temps à sa lâcheté, de la prendre sous son aile, de trouver peu à peu la force de me quitter.

Je fondis sur lui en le prenant de dos. Je le frappai de tout mon poids comme un bélier, je l'envoyai dinguer contre la vitrine, il s'y cogna le visage. Carla poussa un cri, peut-être, mais je vis seulement sa bouche ouverte, un trou noir enclos du cercle blanc, et très régulier, de ses dents. Entre-temps, je saisis Mario, qui était sur le point de se retourner ; avec de la frayeur dans les yeux, le nez sanguinolent, il me regardait empli tout à la fois de terreur et de stupéfaction. S'en tenir aux virgules, s'en tenir aux points. Il n'est pas facile de passer du bonheur tranquille d'une promenade sentimentale à tout ce chambardement, à cette mise en pièces du monde. Le pauvre homme, le pauvre homme. Je le saisis par sa chemise et je le secouai avec une telle violence que je la lui déchirai sur l'épaule droite, je me retrouvai avec des lambeaux de tissu en main. Il se retrouva torse nu, il ne portait plus de maillot de corps, il ne craignait plus les rhumes, les pneumonies, tandis que, lorsqu'il vivait en ma compagnie, il était rongé par l'hypocondrie. Sa santé lui avait à l'évidence été rendue, il était soigneusement bronzé, il était devenu plus mince, seulement un peu ridicule, maintenant, parce qu'il avait un bras tout entier couvert par une manche, intacte, bien repassée, et un pan de l'épaule de sa chemise était également resté en place, son col tout aussi impeccable, mais de guingois ; alors que sur le restant de son thorax, il était nu, des pans d'étoffe pendaient sur son pantalon, du sang ruisselait parmi les poils poivre et sel de sa poitrine.

Je le frappai encore et encore, il s'abattit sur le trottoir. Je lui flanquai des coups de pied, une, deux, trois fois, mais – je ne sais pourquoi – il ne parvenait pas à coordonner ses mouvements, plutôt que ses côtes, il protégea son visage de ses bras, peut-être était-ce à cause de la honte qu'il éprouvait, difficile à dire.

Lorsque j'en eus assez, je me retournai vers Carla qui avait encore la bouche grande ouverte. Elle recula, j'avançai. Je cherchai à me saisir d'elle, elle m'échappa. Je n'avais pas l'intention de la frapper, c'était une étrangère, vis-à-vis d'elle, je me sentais presque calme. J'en avais seulement après Mario qui lui avait donné ces boucles d'oreilles, c'est pourquoi, essayant de me saisir d'elle, je moulinais les bras avec violence. Je voulais les lui arracher des lobes, lui déchirer les chairs, lui dénier la fonction d'héritière des ancêtres de mon mari. Qu'avait-elle à voir, elle, cette sale putasse, qu'avait-elle donc à voir avec toute cette descendance ? Elle se donnait des airs de Messaline avec mes bijoux, qui deviendraient par la suite les bijoux de ma fille. Elle écartait les cuisses, lui mouillait un peu le braquemart, et elle imaginait qu'elle l'avait baptisé de cette façon, je te baptise avec l'eau bénite de ma motte, j'immerge ton braquemart dans mes chairs humides et je lui donne un nouveau nom, je le dis mien et né pour une vie nouvelle. La sale connasse. C'est pourquoi elle croyait avoir en toute chose le droit de prendre ma place, de jouer mon rôle, putain de merde. Rends-moi mes boucles d'oreilles, rends-moi mes boucles d'oreilles. Je voulais les lui arracher, elles et toutes ses oreilles avec, je voulais traîner derrière moi son beau visage et ses yeux, son nez, ses lèvres, son cuir chevelu, sa mèche blonde, je voulais les traîner derrière moi comme si un hameçon s'était planté dans son vêtement de chair, les poches de ses seins, son ventre qui recouvrait ses boyaux et s'extravasait par le trou de son cul, par sa chatte profonde couronnée d'or. Et lui laisser seulement ce qu'en réalité elle était, une sale tête de mort toute tachée de sang frais, un squelette qu'on venait tout juste d'écorcher. Parce que, après tout, le visage, la peau qui recouvrent les chairs, que sont-ils à la fin, une couverture, un travestissement, un fard pour l'insupportable horreur de notre vivante nature. Et lui, il était tombé dans le panneau, il s'était fait prendre au piège. C'est pour ce visage, pour cette robe flottante qu'il s'était introduit chez moi. Il m'avait volé mes boucles d'oreilles par amour pour ce masque de carnaval. Je voulais le lui arracher complètement, c'est ça, en l'arrachant avec ses boucles d'oreilles, simultanément. Pendant ce temps je criai à Mario :

« Regarde bien, je vais te montrer comment elle est vraiment ! »

Mais il s'interposa. Aucun passant n'intervint, seuls des curieux s'amusant beaucoup s'attardèrent à observer le spectacle. Je m'en souviens parce que pour eux, pour les curieux, je prononçai des lambeaux de phrases en guise de didascalies, je souhaitais qu'on comprît ce que j'étais en train de faire, quelles étaient les motivations de ma fureur. Et eux qui étaient en train d'entendre, me sembla-t-il, voulaient voir si je joindrais véritablement le geste à la parole. Une femme peut facilement tuer dans la rue, parmi la foule, elle peut le faire plus facilement qu'un homme. Sa violence semble un jeu, une parodie, un avatar saugrenu, et quelque peu ridicule, de la détermination masculine à faire le mal. C'est seulement parce que Mario me saisit par les épaules que je n'arrachai pas les boucles d'oreilles des lobes de Carla.

Il me saisit et me repoussa loin de lui comme si j'étais une chose. Il ne m'avait jamais traitée avec autant de haine. Il me menaça, il était tout maculé de sang, décomposé. Mais sa silhouette me semblait, maintenant, celle d'un individu qui vous parlerait depuis un poste de télévision installé dans une vitrine. Plus que dangereuse, je la sentais infiniment pitoyable. De là, sait-on à quelle distance, depuis la distance séparant le faux du vrai, il pointa dans ma direction un index venimeux à l'extrémité de la manche de chemise qu'il lui restait. Je n'entendis pas ce qu'il disait, mais j'eus envie de rire à cause de sa façon d'être artificiellement impérieux. Mon ricanement m'ôta toute envie de l'agresser, il me vida. Je le laissai emporter sa compagne, les boucles d'oreilles qui pendaient à ses oreilles. Que pouvais-je faire après tout, j'avais tout perdu, tout ce qui était à moi, tout, irrémédiablement, tout.

16

Lorsque les enfants rentrèrent de l'école, je leur avouai que je n'avais pas envie de faire la cuisine, je n'avais rien préparé, qu'ils s'arrangent. Peut-être à cause de ma mine, ou à cause de ce que communiquait l'intonation éteinte de ma voix, ils gagnèrent la cuisine sans protester. Lorsqu'ils refirent leur apparition, ils demeurèrent silencieux dans un coin du salon, presque avec embarras. Et à un certain point, Ilaria vint poser ses mains sur mes tempes et me demanda :

« Tu as mal à la tête ? »

Je répondis que non, je dis que je ne voulais pas qu'on me casse les pieds. Blessés par mon comportement, attristés par le refus que j'opposais à leur affection, ils se retirèrent dans leur chambre et s'attelèrent à leurs devoirs. À un moment, je me rendis compte que la nuit était tombée, je me souvins d'eux, j'allai voir ce qu'ils faisaient. Ils dormaient tout habillés dans un même lit, l'un auprès de l'autre. Je les laissai ainsi et je refermai la porte.

Réagir. J'entrepris de tout remettre en place. Lorsque j'eus fini, je recommençai, une sorte d'inspection à la recherche de tout ce qui n'avait pas une apparence d'ordre. De la lucidité, de la détermination, s'accrocher à la vie. Dans la salle de bains, je trouvai le désordre habituel dans l'armoire à pharmacie où je rangeais les médicaments. Je m'assis sur le dallage et je commençai à séparer les médicaments périmés de ceux qui étaient encore utilisables. Lorsque tous les médicaments inutilisables eurent fini à la poubelle et que l'armoire à pharmacie fut parfaitement rangée, je choisis deux boîtes de somnifères et je les apportai dans le salon. Je les posai sur la table, je me versai un verre de cognac bien tassé, plein à ras bord. Le verre dans une main, la paume de l'autre bien pleine d'une poignée de Tavor, j'allai à la fenêtre, d'où parvenait le souffle humide et chaud du fleuve, des arbres.

Tout était si fortuit. J'étais tombée amoureuse de Mario encore jeune fille, mais j'aurais pu tomber amoureuse de n'importe qui d'autre, d'un corps auquel nous finissons par attribuer je ne sais quelles significations. Un long lambeau de vie passée ensemble et on pense que c'est le seul et unique homme avec qui on aimera vivre sa vie, on lui attribue certaines vertus résolutoires, et c'est, au contraire, seulement un bois émettant des sons de fausseté, on ne sait qui il est véritablement, il ne le sait pas davantage lui-même. Nous sommes des occasions. Nous consumons et nous perdons notre vie parce que, en des temps reculés, tel ou tel a été gentil avec nous, il nous a élue parmi les femmes, tellement il avait envie de décharger son braquemart dans notre corps. Nous prenons son banal désir de foutre pour quelque gentillesse exclusivement adressée à notre personne. Nous aimons son envie de baiser précisément avec nous, avec nous seulement. Oh oui, lui qui est si spécial et qui nous a reconnue « spéciale ». Nous lui donnons un nom, à cette envie du braquemart, nous la personnalisons, nous l'appelons mon amour. Au diable tout cela, quelle foutue bévue, quelle flatterie dépourvue de fondement. Comme il a su foutre une fois avec moi, il sait maintenant foutre avec telle autre, peut-on en attendre davantage, après tout ? Le temps passe, une de perdue, dix de retrouvées. J'étais sur le point d'avaler quelques cachets, je voulais dormir allongée sur le fond le plus sombre de moi-même.

Au même moment, depuis la masse des arbres, l'ombre violacée de Carrano déboucha de la petite place, son étui à l'épaule. D'une démarche incertaine et nonchalante, le musicien parcourut toute l'esplanade vide d'automobiles – la chaleur étouffante avait définitivement dépeuplé la ville –, qui disparaissait sous la masse du bâtiment. Quelque temps plus tard, j'entendis le déclic de l'engrenage de l'ascenseur, son bourdonnement. Je me souvins soudainement que j'étais encore en possession du permis de conduire de cet homme. Otto gronda dans son sommeil.

Je me rendis à la cuisine, je jetai les cachets et le cognac dans l'évier, je me mis à chercher le document de Carrano. Je le trouvai sur la petite table du téléphone, presque dissimulé par le combiné téléphonique. Je le retournai dans mes mains, je regardai la photographie du musicien. Il avait encore tous ses cheveux noirs, les rides profondes qui marquaient son visage entre son nez et les coins de sa bouche n'étaient pas encore apparues. Je jetai un coup d'œil sur sa date de naissance, je cherchai à savoir quel jour nous étions, je constatai que son cinquante-troisième anniversaire était sur le point d'arriver.

J'étais en proie à des sentiments contradictoires. Je me sentais prête à descendre l'escalier, à frapper à sa porte, à utiliser son permis de conduire pour m'introduire chez lui à une heure aussi tardive ; mais j'étais également épouvantée, épouvantée par l'inconnu, par la nuit, par le silence du bâtiment tout entier, par les étouffants parfums humides de rosée montant du jardin public, par les cris des oiseaux nocturnes.

Je songeai à lui téléphoner, je ne voulais pas changer d'avis, et, d'ailleurs, je voulais être encouragée et réaliser un projet. Je cherchai son numéro de téléphone dans le bottin. Je feignis une conversation cordiale dans ma tête : J'ai justement retrouvé votre permis de conduire ce matin même le long de l'avenue des Marinai ; je viens vous le rapporter, s'il n'est pas trop tard ; et puis je dois vous avouer que mon regard est tombé sur votre date de naissance ; je désire vous adresser mes meilleurs vœux, vous souhaiter un bon anniversaire de tout mon cœur, monsieur Carrano, vraiment un bon anniversaire, il est tout juste minuit passé, je parie que je suis la première à vous le souhaiter.

J'étais ridicule. Je n'avais jamais été capable de prendre un ton enjôleur avec les hommes. Gentille, cordiale, mais sans la chaleur, les grimaces de la disponibilité sexuelle. Je m'en étais fait du souci tout au long de mon adolescence. Mais maintenant, j'ai presque quarante ans, me dis-je, j'ai tout de même dû apprendre quelque chose. Je saisis le combiné téléphonique, le cœur battant à tout rompre, je raccrochai rageusement. Il y avait ce souffle de grand vent, aucune tonalité. Je le ressaisis, je m'essayai à composer son numéro. Le souffle ne disparut pas pour autant.

Je sentis la plaque de mes paupières se baisser, il n'y avait aucun espoir, la chaleur étouffante d'une nuit passée dans la solitude me déchirerait le cœur. Puis je vis mon mari. Maintenant, il ne se serrait plus dans les bras d'une femme inconnue. J'en connaissais le beau visage, les boucles d'oreilles pendant à ses lobes, son prénom, Carla, son corps de juvénile impudeur. Ils étaient tous deux nus à cet instant, ils foutaient sans hâte, ils entendaient baiser toute la nuit comme certainement ils avaient baisé à mon insu ces dernières années, chacun de mes spasmes de souffrance coïncidait avec l'un de leurs spasmes de plaisir.

Je me décidai, suffit avec la douleur. Aux lèvres de leur bonheur nocturne je devais faire adhérer les lèvres de ma revanche. Je n'étais pas une femme mise en pièces sous le coup d'une rupture, d'une absence, jusqu'à en devenir folle, jusqu'à en mourir. Seuls quelques menus éclats s'étaient arrachés de ma personne, pour ce qui était du reste, je me portais comme un charme. J'étais intacte, je resterais intacte. À ceux qui me font du mal, je leur rends la pareille. Je suis le huit d'épées[1], je suis la guêpe qui pique, je suis le serpent sombre. Je suis l'animal invulnérable qui traverse le feu sans se brûler.

17

Je choisis une bouteille de vin, je glissai les clefs de mon appartement dans ma poche et, sans même remettre un tant soit peu d'ordre dans mes cheveux, je descendis à l'étage du dessous.

1. *Huit d'épées* ou *valet d'épées* : au jeu des cartes napolitaines, une figure féminine arborant une épée ; c'est une allégorie de la mort.

Je sonnai avec décision à la porte de Carrano, deux fois, deux longues décharges électriques. Le silence revint, l'anxiété palpitait dans ma gorge. Puis, je perçus une démarche indolente, de nouveau tout se tut, Carrano était en train de m'observer à travers le judas. La clef tourna dans la serrure, c'était un homme qui craignait la nuit, il s'enfermait à clef comme une femme seule. Je songeai à remonter chez moi, au pas de course, avant que la porte s'ouvrît.

Il se présenta devant moi vêtu d'un peignoir, ses chevilles étaient maigres et nues, ses pieds chaussés de pantoufles portant la marque d'un hôtel, il devait les avoir dérobées avec les savonnettes au cours de l'un de ses déplacements professionnels en compagnie de son orchestre.

« Bon anniversaire, dis-je à la hâte, sans sourire, mes meilleurs vœux pour votre anniversaire. »

Je lui tendis la bouteille de vin d'une main, et son permis de conduire de l'autre.

« Je l'ai trouvé ce matin même au bout de l'avenue. »

Déconcerté, il me regarda.

« Pas la bouteille, expliquai-je, le permis de conduire. »

C'est seulement alors qu'il sembla comprendre, perplexe, il me dit :

« Merci, je n'y comptais plus. Voulez-vous entrer ? »

— Peut-être est-il tard », murmurai-je, prise de nouveau de panique.

Avec un petit sourire embarrassé, il répondit :

« Il est certes tard, mais… entrez donc, cela me

ferait plaisir… et merci… l'appartement est un peu en désordre… venez. »

Ce ton me plut. C'était le ton d'un timide qui cherche à passer pour un homme du monde, mais sans grande conviction. J'entrai, je refermai la porte derrière moi.

Dès cet instant, je commençai à me sentir miraculeusement à mon aise. Dans le séjour, je vis le grand étui posé dans un coin et on aurait dit une présence connue, comme celle d'une servante d'il y a cinquante ans, ces corpulentes villageoises qui, en ville, élevaient les enfants des gens aisés. La maison était, certes, en désordre (un quotidien par terre, de vieux mégots de sait-on qui dans un cendrier, un verre souillé de lait sur la table), mais c'était l'agréable désordre d'un homme seul et puis une odeur de savon flottait dans les airs, on sentait encore la vapeur de la douche.

« Excusez ma tenue, mais je venais tout juste de…

— Pensez-vous.

— Je prends des verres, j'ai des olives, des biscuits salés…

— Vraiment, j'ai seulement envie de boire à votre santé. »

Et à la mienne. Et au malheur, au malheur de l'amour et de l'amour du sexe que je souhaitais bientôt à Mario et à Carla. C'est ainsi que je devais m'habituer à les prononcer de façon permanente, ces prénoms jumelés d'un nouveau couple. Auparavant on disait Mario et Olga, maintenant on dit Mario et Carla. Je lui souhaitais une horrible maladie au braquemart, le déshonneur d'un tabès, une pourriture répandue sur son corps tout entier, la mauvaise odeur de la trahison.

Carrano revint avec des verres. Il déboucha la bouteille, il attendit un peu, il versa du vin, et, entre-temps, il dit des choses agréables d'une voix paisible : j'avais de beaux enfants, il m'avait souvent observée depuis sa fenêtre lorsque je les accompagnais, je savais bien m'en occuper. Il ne mentionna pas le chien, il ne mentionna pas davantage mon mari, je sentis qu'il ne pouvait supporter ni l'un ni l'autre, mais en pareilles circonstances, par pure souci des convenances, il n'estima guère aimable de me le faire savoir.

Après un premier verre, c'est moi qui le lui fis remarquer. Otto était un bon chien, mais franchement, ce n'est pas moi qui aurais pris l'initiative de l'acquérir pour le garder dans un intérieur, un chien-loup souffre trop dans un appartement. C'était mon mari qui avait insisté, c'est lui qui avait pris la responsabilité de s'occuper de l'animal, comme, du reste, tant d'autres responsabilités. Mais à la fin des fins, il s'était révélé un homme bien lâche, incapable de faire face aux engagements qu'il avait pris. Nous ne savons rien des gens, pas même de ceux avec lesquels nous partageons tout.

« Je n'en sais pas plus de mon mari que je n'en sais de vous-même, il n'y a aucune différence », m'exclamai-je. L'âme est seulement un vent inconstant, monsieur Carrano, une vibration des cordes vocales, histoire de faire semblant d'être quelqu'un, quelque chose. Mario s'en était allé – lui dis-je – avec une petite fille de vingt ans. Il m'avait trompée avec elle cinq longues années, secrètement, un homme double, deux visages, deux flux séparés de mots. Et maintenant, il avait disparu, me laissant tout un tas d'embêtements : ses enfants sur lesquels veiller, la charge de la maison, dont il fallait bien s'occuper, et même le chien, le stupide Otto. J'étais écrasée. Par les responsabilités justement, pas par autre chose. Lui, il ne m'intéressait pas. Les responsabilités qu'auparavant nous partagions m'incombaient maintenant totalement, et même la responsabilité de ne pas avoir su maintenir nos liens vivants – vivants, les garder vivants : un lieu commun ; car c'est moi qui devais me démener afin de les maintenir vivants, nos liens ; j'étais affreusement lasse des lieux communs – et même la responsabilité de comprendre où nous nous étions trompés. Car j'étais également contrainte de faire cet épuisant travail d'analyse pour Mario, il ne voulait pas, pour sa part, creuser vraiment, il ne voulait pas se corriger ou se remettre en cause. Il était comme aveuglé par cette blondinette, mais, quant à moi, je m'étais donné pour tâche d'analyser point par point nos quinze années de vie commune, j'étais en train de le faire, j'y travaillais la nuit. Je voulais me tenir prête à tout refonder, dès qu'il se reprendrait à raisonner. Si tant est que cela surviendrait un jour.

Carrano était assis près de moi sur le canapé, à l'aide de son peignoir, il couvrit ses chevilles autant qu'il lui était possible, il but son vin à petites gorgées, écoutant avec attention ce que j'étais en train de lui confier. Il n'intervint jamais,

mais il parvint à me communiquer avec une telle certitude qu'il m'écoutait bien, qu'il ne me sembla pas avoir prononcé le moindre mot en vain, pas même une émotion, et je n'eus nullement honte lorsque j'eus envie de pleurer. Je fondis en larmes sans complexe, sûre qu'il me comprendrait, et je ressentis un émoi intérieur, un tremblement de douleur si intense que les larmes me parurent les fragments d'un objet de cristal longuement gardé en quelque lieu secret et qui, maintenant, à cause de ce même émoi, avait explosé en mille morceaux lancinants. Je sentais mes yeux blessés, mon nez tout autant, je ne parvenais toutefois pas à me refréner. Et je m'émus davantage lorsque je m'aperçus que Carrano ne parvenait pas, lui non plus, à se retenir, sa lèvre inférieure tremblotait, il avait les yeux luisants, il murmura :

« Ne pleurez pas, madame... »

Sa sensibilité m'attendrit ; toute larmoyante, je posai mon verre sur le sol et, comme pour le consoler, moi qui avais besoin de consolation, je me blottis contre lui.

Il ne dit rien, mais il me tendit spontanément un mouchoir en papier. Je susurrai une excuse, j'étais anéantie. Il répéta que je devais me calmer, il ne parvenait pas à supporter de voir quelqu'un souffrir. Je séchai mes yeux, mon nez, ma bouche, je me pelotonnai contre lui, finalement un moment de trêve. Je posai doucement la tête sur sa poitrine, j'abandonnai un bras sur ses jambes. Je n'aurais jamais pensé pouvoir faire ce genre de chose avec un inconnu, je fondis de nouveau en larmes. Carrano passa prudemment un bras autour de mes épaules. Il y avait un silence tiède à travers la maison, je retrouvai de nouveau mon calme. Je fermai les yeux, j'étais harassée et je voulais dormir.

« Puis-je rester un peu ainsi ? ai-je demandé d'une voix imperceptible, presque dans un souffle.

— Oui », répondit-il, la voix tout juste un peu rauque.

Je m'assoupis, peut-être. J'eus un instant le sentiment d'être dans la chambre de Carla et de Mario. Une forte odeur de sexe fut surtout ce qui me dérangea. À une heure pareille, ils étaient à coup sûr encore réveillés, ils trempaient leurs draps de leur sueur, plongeaient avidement leurs langues dans la bouche l'un de l'autre. Je sursautai. Quelque chose m'avait effleuré la nuque, peut-être les lèvres de Carrano. Perplexe, je soulevai la tête, il m'embrassa sur la bouche.

Aujourd'hui, je ne sais ce que j'éprouvai, mais, sur le moment, je fus incapable de le comprendre. Sur le moment, je ressentis simplement une impression désagréable, comme s'il m'avait lancé un signal à partir duquel il ne me restait qu'à sombrer dans la répugnance, degré après degré. En réalité, je sentis surtout une flambée de haine dirigée contre moi-même, parce que j'étais là, parce que je n'avais aucune excuse, parce que c'était moi qui avais décidé d'y venir, parce qu'il me semblait ne pas pouvoir me refuser à lui.

« Devons-nous commencer ? » dis-je d'un air faussement joyeux.

Carrano esquissa un sourire mal assuré.

« Personne ne nous y oblige.

— Tu veux faire marche arrière ?

— Non… »

Il approcha de nouveau ses lèvres des miennes, mais l'odeur de sa salive me déplut, je ne sais pas même si elle était vraiment désagréable, elle me sembla seulement différente de celle de Mario. Il essaya d'introduire de nouveau sa langue dans ma bouche, j'entrouvris à peine les lèvres, j'effleurai sa langue avec la mienne. Elle était un peu rêche, vive, je la sentis animale, une langue énorme telle que j'en avais quelquefois vu non sans dégoût chez les bouchers, rien qui rappelât une séduction humaine. Carla avait-elle mes saveurs, mes odeurs ? Ou les miennes avaient-elles toujours été repoussantes pour Mario, comme il me semblait maintenant que celles de Carrano l'étaient pour moi, et est-ce seulement chez elle qu'il avait trouvé, au bout de tant d'années, des essences qui lui convenaient ?

Je plongeai ma langue dans la bouche de cet homme avec une avidité emphatique, longuement, comme si je poursuivais va savoir quoi logé au fin fond de sa gorge et que je voulais le harponner avant qu'il ne glissât dans l'œsophage. Je passai mes bras derrière sa nuque, avec mon corps je le poussai dans le coin du canapé et l'embrassai longuement, les yeux grands ouverts afin de chercher à fixer les objets disposés dans un recoin de la pièce, les définir, m'y raccrocher, parce que les yeux clos, je redoutais d'apercevoir la bouche effrontée de Carla, cette effronterie qu'elle avait toujours eue, dès l'âge de quinze ans, et sait-on combien elle avait plu à Mario, comment il avait rêvé d'elle tandis qu'il dormait auprès de moi, jusqu'à se réveiller et à m'embrasser comme s'il l'embrassait pour faire ensuite machine arrière et replonger dans le sommeil dès qu'il reconnaissait ma bouche, la bouche habituelle dépourvue de nouvelles saveurs, la bouche des années passées.

Dans mon baiser, Carrano sentit le signe que toute escarmouche avait pris fin. Il passa sa main sous ma nuque, il voulait me serrer encore plus fort contre ses lèvres. Puis il abandonna ma bouche, me donna des baisers humides sur les joues, sur les yeux. Je pensai qu'il était en train de suivre un schéma exploratoire précis, il m'embrassa même les oreilles, tellement que le son de ses baisers résonna désagréablement contre mes tympans. Puis il en vint au cou, de sa langue il me mouilla la jointure des cheveux sur la nuque, et, sur ces entrefaites, il me caressa la poitrine de sa large main.

« J'ai de petits seins », dis-je dans un souffle, mais je me réveillai aussitôt car cette phrase sonnait comme si je demandais pardon, pardon si je ne t'offre pas de bien gros tétons, j'espère que tu prends tout de même du bon temps, l'idiote que j'étais, s'il aimait mes mamelles minuscules, tant mieux, s'il ne les aimait pas, tant pis pour lui, tout était gratuit, il avait bien eu de la chance, ce connard, le plus beau cadeau d'anniversaire auquel il pût s'attendre, à son âge.

« Je les aime », dit-il dans un souffle, tandis qu'il déboutonnait mon chemisier, il tirait d'une main sur le bord de mon soutien-gorge cherchant à mordiller mes mamelons, à les sucer. Mais j'avais également de petits mamelons et mes seins lui échappaient, ils rentraient dans les balconnets du soutien-gorge. Je lui enjoignis d'attendre, je le repoussai, je me soulevai, j'ôtai mon chemisier, je dégrafai mon soutien-gorge. Je demandai stupidement : « Ils te plaisent ? » Une anxiété était en train de monter en moi, je voulais qu'il me répète son assentiment.

Me voyant, il soupira : « Tu es belle. »

Il poussa un long soupir, comme s'il voulait contrôler une émotion trop forte, ou une nostalgie, et il me poussa imperceptiblement de la pointe des doigts afin que, buste nu, je m'abandonne sur le canapé et qu'il puisse ainsi me contempler au mieux.

Je me laissai tomber en arrière. Je le vis d'en bas, je remarquai les plis de son cou qui était en train de commencer à vieillir, sa barbe qui attendait un nouveau rasage et qui, entre-temps, blanche, scintillait, les rides profondes entre ses sourcils. Peut-être disait-il la vérité, peut-être était-il vraiment séduit par ma beauté, peut-être n'étaient-ce pas seulement des mots pour orner les désirs de son sexe. Peut-être étais-je belle même si mon mari avait fait du sentiment de ma beauté une boulette et l'avait jetée dans une poubelle, comme un papier qui aurait enveloppé un cadeau. Oui, je pouvais encore mettre un homme dans tous ses états, j'étais une femme capable de le faire, la fuite de Mario dans un autre lit, dans une autre chair ne m'avait pas enlaidie.

Carrano se pencha sur moi, il me lécha les mamelons, il me suçota le bout des seins. J'essayai de m'abandonner, je voulais effacer le dégoût et le désespoir de ma poitrine. Je fermai prudemment les yeux, la chaleur de sa respiration, ses lèvres sur ma peau, j'émis un gémissement d'encouragement pour moi et pour lui. J'espérai percevoir quelque plaisir naissant, même si cet homme était un inconnu, peut-être un musicien de piètre talent, sans qualités, sans séduction, falot et par là même solitaire.

Je sentis maintenant qu'il embrassait mes côtes, mon ventre, il s'arrêta même sur mon nombril, qu'est-ce qu'il lui trouvait ? je l'ignore, il passa sa langue à l'intérieur, non sans me chatouiller. Puis il se moucha. Je rouvris les yeux, je le vis décoiffé, les yeux luisants, il me sembla deviner sur son visage une expression d'enfant pris en faute.

« Dis-moi encore que je te plais, ai-je insisté, souffle coupé.

— Oui », dit-il, mais avec un enthousiasme légèrement à la baisse. Il posa ses mains sur mes genoux, il les écarta, fit glisser ses doigts sous mes jupes, me caressa l'intérieur des cuisses, tout doucement, comme s'il envoyait une sonde au tréfonds d'un puits sombre.

Il ne semblait pas pressé, j'aurais, au contraire, préféré qu'il aille plus vite. Je songeais maintenant à l'éventualité d'un réveil des enfants ou même à l'hypothèse selon laquelle, après notre rencontre tumultueuse, effrayé, repenti, Mario déciderait de rentrer à la maison, cette nuit-là précisément. Il me sembla même entendre Otto aboyer joyeusement, et j'étais sur le point de dire, c'est le chien qui aboie, mais cela me parut très vite hors de propos. Carrano avait à peine relevé mes jupes, il caressait maintenant l'entrejambe de mon slip de la paume de sa main et puis il passait ses doigts sur son tissu tout en exerçant une pression, le repoussant profondément dans la fosse de mon sexe.

Je gémis encore, je voulus l'aider à ôter ma culotte, il m'arrêta.

« Non, dit-il, attends. »

Il écarta le tissu, caressa mon sexe nu avec ses doigts, il y introduisit son index, il murmura encore :

« Tu es très belle. »

Belle partout, en dehors comme en dedans, fantaisies d'hommes. Sait-on si Mario procédait de cette façon ; avec moi, il ne s'était jamais attardé de cette manière. Mais peut-être, maintenant, lui aussi, ailleurs, dans sa longue nuit, écartait-il les jambes maigres de Carla, laissait-il son regard errer sur sa motte couverte à demi par son slip, s'attardait-il, le cœur battant, sur l'obscénité de cette pose, la rendait-il plus obscène à l'aide de ses doigts. Ou, même, qui sait ? moi seule étais obscène, maintenant, moi, abandonnée avec cet homme qui touchait les replis les plus secrets de mon corps, qui mouillait ses doigts en moi, sans hâte aucune, avec la curiosité nonchalante d'un homme sans amour. Carla, au contraire – c'est ce que Mario croyait maintenant, j'étais certaine qu'il le croyait –, était une jeune femme amoureuse qui se donne à son amant. Pas un geste, pas un soupir n'était vulgaire ou misérable, les mots les plus grossiers eux-mêmes ne pouvaient rien contre la véritable signification de leur étreinte. Je pouvais dire chatte, bite et trou du cul, ils n'étaient pas entamés pour autant par ces paroles. C'est seulement mon image sur le canapé que je torturais, entamais, ce que j'étais à cet instant précis, décomposée, sous les gros doigts de Carrano qui réveillaient chez moi un fond de plaisir limoneux.

J'eus de nouveau envie de pleurer, je serrai les dents. Je ne savais que faire, je ne voulais pas éclater de nouveau en larmes, je réagis en agitant le bassin, en secouant ma tête, en gémissant, en murmurant :

« Tu me désires, n'est-ce pas que tu me désires, dis-le-moi… »

Carrano fit signe que oui, il me poussa sur un côté, ôta ma culotte. Je dois m'en aller, songeai-je. Désormais, je savais ce que je voulais savoir. Je plais encore aux hommes. Mario a tout emporté, mais pas moi, pas ma personne, pas mon beau masque plein d'attraits. Qu'il en finisse avec mon cul. Il me mordille les fesses maintenant, il me lèche.

« Pas mon cul », dis-je, j'éloignai ses doigts. Il recommença à effleurer mon anus, je l'éloignai encore. Ça suffit. Je me dérobai, je tendis une main en direction de son peignoir.

« Finissons-en, m'exclamai-je, as-tu un préservatif ? »

Carrano fit signe que oui, mais il ne bougea absolument pas. Révélant un abattement soudain, il ôta ses mains de mon corps, il posa sa tête sur le dossier du canapé, fixa le plafond.

« Je ne sens rien, murmura-t-il.

— Jamais ?

— Je n'ai pas d'érection.

— Depuis que nous avons commencé ?

— C'est ça. »

Je me sentis devenir rouge de honte. Il m'avait embrassée, serrée dans ses bras, touchée, mais son braquemart ne s'était pas dressé, je n'avais pas su faire bouillir son sang, il m'avait remué les chairs sans remuer les siennes, ce sale connard.

J'ouvris son peignoir, je ne pouvais pas m'en aller, entre le quatrième et le cinquième étage, il n'y avait plus d'escalier, si je m'en étais allée, c'est un abîme que j'aurais trouvé.

Je regardai son sexe pâle, petit, perdu dans le buisson noir de ses poils, parmi de lourds testicules.

« Ne t'en fais pas, lui dis-je, tu es ému. »

Je bondis sur mes pieds, j'ôtai la jupe que je portais encore, je fus bientôt nue, mais lui ne s'en aperçut même pas, il continua à regarder le plafond.

« Maintenant, tu vas t'allonger, lui enjoignis-je faussement calme, détends-toi. »

Je le poussai sur le divan, étendu sur le dos, dans la position qui avait été jusqu'ici la mienne.

« Où sont tes préservatifs ? »

Il sourit mélancoliquement.

« À ce stade, c'est inutile », et il m'indiqua néanmoins un meuble d'un geste las.

Je me dirigeai vers le meuble, j'ouvris un tiroir après l'autre, je trouvai les préservatifs.

« Pourtant, je te plaisais... », recommençai-je à insister.

Il se frappa légèrement le front du dos de sa main.

« Oui, dans ma tête. »

Je ris rageusement, je dis :

« Je dois te plaire partout », et je m'assis sur son torse, lui tournant le dos. J'entrepris de caresser son ventre, descendant tout doucement vers la trace noire de ses poils qui finissait à l'endroit où elle s'élargissait autour de son sexe. Carla était en train de foutre mon mari et, pour ma part, je ne parvenais pas à foutre cet homme solitaire, sans occasions, un instrumentiste déprimé pour qui je devais être la joyeuse surprise de son cinquante-troisième anniversaire. Elle gouvernait, pour sa part, le braquemart de Mario comme s'il lui appartenait, elle se le faisait mettre dans la motte, dans le cul, là où il ne me l'avait jamais mis, et moi, je ne parvenais qu'à refroidir cette chair grise. Je me saisis de son pénis, je tirai sur sa peau afin de vérifier qu'il ne présentait pas de lésions et je le pris dans ma bouche. Peu après, Carrano commença à gémir, un petit braiment, aurait-on dit. Très vite sa chair se gonfla contre mon palais, voici ce qu'il voulait, ce connard, voici ce à quoi il s'attendait. Sa bite pointait finalement fortement de son ventre, une bite pour me faire baratter jusqu'à en avoir mal au ventre des jours et des jours, comme Mario jamais ne me baratterait. Avec de vraies femmes, mon mari ne savait pas y faire : il n'essayait qu'avec de petites putes de vingt ans, dépourvues d'intelligence, dépourvues d'expérience, ignorant la raillerie.

Carrano s'agitait maintenant, il me demandait d'attendre, attends, attends. Je reculai jusqu'à lui fourrer mon sexe dans la bouche, j'abandonnai son pénis et je me tournai arborant le regard le plus méprisant dont j'étais capable. « Embrasse-la », lui dis-je, et lui, il m'embrassa littéralement, avec dévotion, je sentis le claquement de son baiser sur ma chatte, vieux couillon, le langage métaphorique que j'utilisais avec Mario n'était évidemment pas le sien, il se méprenait, il ne comprenait vraiment pas ce que j'étais en train de lui ordonner, sait-on, sait-on si Carla savait déchiffrer les suggestions de mon mari. J'arrachai l'emballage du préservatif avec mes dents, j'encapuchonnai son braquemart, allez, allez, lui dis-je, allez, allez, tu l'aimais bien, mon trou du cul, dépucelle-moi, avec mon mari, je n'ai jamais fait ça, j'entends le lui raconter dans les moindres détails, mets-le-moi dans le cul.

Le musicien qui se trouvait sous moi changea péniblement de position, je demeurai à quatre pattes. Je riais sous cape, je ne parvenais pas à me retenir en pensant à la tête que Mario ferait lorsque je le lui raconterais. Je cessai seulement de rire lorsque je sentis Carrano qui poussait avec force contre mon corps. J'eus soudainement peur, je retins mon souffle. Une position animale, des liquides animaux et une perfidie tout humaine. Je me retournai pour le regarder, peut-être pour le supplier de ne pas m'obéir, de tout laisser tomber. Nos regards se croisèrent. Je ne sais ce que, pour sa part, il vit, je vis, quant à moi, un homme qui n'était plus jeune, son peignoir blanc dénoué, le visage ruisselant de sueur, les lèvres rendues plus minces par la concentration. Je lui murmurai quelque chose, je ne sais plus trop quoi. Il entrouvrit les lèvres, ouvrit grand la bouche, ferma les yeux. Puis, il s'avachit derrière moi. Je me posai sur un côté. Je vis la tache blanchâtre de sa semence se répandre contre les parois du préservatif.

« Tant pis », dis-je avec une sèche explosion de rire dans la gorge et je lui arrachai le bout de caoutchouc de son pénis déjà mou, je le jetai sur le sol que je tachai de son sillage visqueux, jaunâtre, « tu t'es trompé de cible. »

Je me rhabillai, je me dirigeai vers la porte, il me suivit, serrant son peignoir contre son corps. J'étais dégoûtée de moi-même. Avant de m'en aller, je murmurai :

« C'est ma faute, excuse-moi.

— Mais non, c'est moi qui... »

Je hochai la tête, je lui adressai un sourire forcé, faussement conciliant.

126

« Lui mettre le cul sur le visage de cette façon :
la maîtresse de Mario ne le fait sûrement pas. »

Je remontai lentement les escaliers. Dans un
recoin, auprès de la rampe, accroupie, je vis la
pauvrette d'il y a si longtemps qui me dit d'un ton
éteint, mais très sérieux : « Je suis sans taches, je
suis vraie, je joue cartes sur table. »

Devant la porte blindée, j'engageai à plusieurs
reprises mes clefs dans un ordre erroné, il s'en
fallut de peu que je ne parvienne pas à ouvrir.
Quand j'entrai, je perdis de nouveau du temps
pour refermer à clef. Tout joyeux, Otto courut à
ma rencontre, je ne fis pas attention à lui, j'allai prendre une douche. Rigide sous les giclures
d'eau, je méritais tout ce qui m'était arrivé, même
les mots grossiers avec lesquels je m'insultai mentalement. Je parvins seulement à me calmer en
me disant à voix haute : « J'aime mon mari et
c'est pourquoi tout cela a un sens. » Je regardai
ma montre, il était deux heures dix, je me mis au
lit et j'éteignis la lumière. De façon inattendue,
je m'endormis aussitôt. Je m'endormis avec cette
phrase en tête.

18

Lorsque, cinq heures plus tard, je rouvris les
yeux à sept heures le samedi quatre août, j'eus
peine à rassembler mes idées. La journée la plus

dure des vicissitudes liées à mon abandon était
sur le point de commencer, mais je ne le savais
pas encore.

Je tendis une main vers Mario, j'étais certaine
qu'il dormait auprès de moi, mais auprès de moi,
il n'y avait rien ni personne, pas même son oreiller, j'en étais moi-même dépourvue. Il me semblait
que le lit s'était tout à la fois élargi et raccourci.
Peut-être suis-je devenue plus grande, me dis-je,
peut-être plus maigre.

Je me sentais engourdie comme par une gêne
circulatoire, j'avais les doigts gonflés. Je m'aperçus que je n'avais pas retiré mes bagues avant de
m'endormir, je ne les avais pas posées sur ma
table de nuit de ce geste qui m'était familier. Je les
sentis dans la chair de mon annulaire, un étran-
glement n'épargnant aucune région de mon corps,
qui me sembla être à l'origine de mon malaise.
Avec des gestes précautionneux, je cherchai à les
ôter, j'humidifiai mes doigts avec ma salive, je n'y
parvins pas. Il me sembla sentir la saveur de l'or
dans ma bouche.

Je fixai une région inconnue du plafond,
devant moi, j'avais une cloison blanche, la grande
armoire murale que je voyais chaque matin face
à moi n'y était plus. Je sentis mes pieds s'avancer
sur le vide, plus aucune tête de lit derrière ma
tête. Mes sens étaient émoussés, entre mes tympans et le monde, entre le bout de mes doigts et
les draps peut-être y avait-il de l'ouate, du feutre,
du velours.

Je cherchai à rassembler mes forces, je me

soulevai prudemment sur mes coudes afin de ne pas déchirer mon lit, ma chambre, en exécutant ce mouvement, ou de me déchirer moi-même, comme une étiquette arrachée à une bouteille. Je pris acte à grand-peine du fait que j'avais dû m'agiter dans mon sommeil, que j'avais abandonné cette partie du lit où j'avais l'habitude de dormir, qu'avec mon corps absent j'avais rampé ou roulé à travers mes draps mouillés de sueur. Cela ne m'était jamais arrivé, je dormais généralement pelotonnée de mon côté, sans changer de position. Mais je ne trouvai d'autre explication, j'avais les deux oreillers à ma droite et l'armoire à ma gauche. Épuisée, je retombai sur mes draps.

À ce même instant, on frappa à la porte. C'était Ilaria, elle entra vêtue d'une petite robe chiffonnée et, l'air ensommeillé, elle me dit :

« Gianni a vomi sur mon lit. »

Je la regardai de biais, nonchalamment, sans soulever la tête. Je l'imaginai vieille, les traits déformés, proche de la mort, ou déjà morte, et néanmoins comme une partie de moi-même, l'apparition de la petite fille que j'avais été, que je serais, pourquoi ce « serais ». Je perçus des images rapides et défraîchies dans ma tête, des phrases entières mais prononcées à la hâte, un chuchotement. Je me rendis compte que les temps grammaticaux ne me venaient pas correctement, c'était à cause de ce réveil désordonné. Le temps est un souffle, pensai-je, aujourd'hui c'est mon tour, dans un instant celui de ma fille, c'était arrivé à ma mère, à toutes mes ancêtres, peut-être cela était-il encore en train d'arriver à elles comme à moi, simultanément, cela se pourrait.

Je décidai de me lever, mais il y eut comme une suspension de l'ordre : lève-toi resta une intention qui voleta nonchalamment à mes oreilles. Être une petite fille, puis une jeune fille, j'attendais un homme, j'avais maintenant perdu un mari, je serai malheureuse jusqu'à l'instant de ma mort, cette nuit j'ai sucé le braquemart de Carrano sous le coup du désespoir, afin d'effacer l'offense faite à ma chatte, que d'orgueil gaspillé.

« Je viens, dis-je sans bouger.

— Pourquoi as-tu dormi dans cette position ?

— Je ne sais pas.

— Gianni a mis sa bouche sur mon oreiller.

— Quel mal y a-t-il à cela ?

— Il a sali mon lit et même mon oreiller. Tu dois lui flanquer une gifle. »

Je me levai en vertu d'un effort de ma volonté, je soulevai un poids mais je n'avais plus de forces suffisantes pour le soutenir. Je ne parvenais pas à me convaincre que c'était moi-même qui pesais sur moi de cette façon-là, je pesais plus que du plomb, je n'avais pas envie de me soutenir toute une journée. Je bâillai, je tournai la tête d'abord à droite, puis à gauche, je cherchai de nouveau à ôter mes bagues mais sans résultat.

Je me rendis dans la chambre des enfants avec des mouvements d'une lenteur étudiée, précédée par ma fille qui était, au contraire, impatiente. Otto aboya, il glapit, je l'entendis gratter contre la porte qui séparait les chambres à coucher du séjour. Gianni était étendu sur le lit d'Ilaria habillé de pied en cap tel que je l'avais vu le soir précédent, mais tout en sueur, pâle, les yeux clos bien qu'il fût manifestement éveillé. Sa petite couverture légère était tachée, une marque jaunâtre s'étalait également sur le sol.

Je ne dis rien à l'enfant, je n'en éprouvai ni le besoin ni l'envie. Je passai dans la salle de bains, je crachai dans le lavabo, je me rinçai la bouche. Puis je pris une serpillière, j'affectai un geste calme, mais ce geste aussi me sembla trop rapide, j'eus le sentiment que, contre ma volonté, il me faisait me tordre les yeux, les poussant latéralement de manière non coordonnée, une sorte de torsion obligée du regard qui menaçait la cloison, le miroir, le meuble, tout.

Je poussai un soupir, un long soupir capable d'arrêter les pupilles sur la serpillière, d'apaiser ma panique. Je revins dans la chambre des enfants, je m'accroupis pour tout nettoyer. L'odeur acide du vomi me rappela le temps des tétées, des petites bouillies, les régurgitations soudaines. Tandis qu'avec de lents mouvements j'effaçais du sol les traces du malaise de mon fils, je songeai à la femme de Naples, à elle et à ses enfants pleurnichards, qu'elle faisait taire à grand renfort de bonbons. Puis, à partir d'un certain moment et par la suite, la femme abandonnée avait commencé à s'en prendre à eux. Elle disait qu'ils avaient laissé une odeur de mère sur elle, et c'est ce qui avait été désastreux, c'était leur faute si son mari s'en était allé. Tout d'abord ils vous rebondissent le ventre, certes, tout d'abord ils vous alourdissent les seins, et ensuite ils n'ont pas la moindre patience. Des propos de cette sorte, me souvins-je. Gravement, en acquiesçant, ma mère les répétait à voix basse afin que je ne les entende pas. Mais je les entendais malgré tout, maintenant encore, une sorte de double ouïe, j'étais la petite fille de cette époque qui jouait sous la table, je volais des *paillettes** qu'ensuite je gardais dans ma bouche pour les sucer ; et j'étais l'adulte de ce matin-là, auprès du lit d'Ilaria, mécaniquement occupée par une misérable tâche et toutefois sensible au son de la serpillière toute gluante qui glissait sur le sol. Comment Mario avait-il été ? Tendre, me semblait-il, sans vrais signes d'intolérance ou d'agacement vis-à-vis de mes grossesses. Et, d'ailleurs, lorsque j'étais enceinte, il voulait faire l'amour encore plus souvent, et moi-même, je le faisais plus volontiers. Maintenant, je nettoyais, et sur ces entrefaites, je comptais mentalement, des chiffres dépourvus d'émotions. Ilaria avait un an et demi lorsque Carla avait fait son apparition dans notre vie, et Gianni en avait un peu moins de cinq. Je n'avais plus de travail, aucun travail, pas même l'écriture, depuis au moins cinq ans. Je vivais dans une ville nouvelle, encore une fois une ville nouvelle, il n'y avait pas de parents à qui demander de l'aide, et si même j'en avais eu, je ne leur en aurais pas demandé, je n'étais pas femme à demander de l'aide. Je faisais les courses, la cuisine, je rangeais, je traînais mes deux enfants derrière moi, rue après rue, chambre après chambre, épuisée, exaspérée. Je veillais aux échéances de tout type, je m'occupais de notre déclaration d'impôts, je courais à la banque, je courais à la poste. Dans mes cahiers, je notais chaque soir les entrées, les sorties, tout ce que je dépensais dans les moindres détails, comme si j'étais comptable et que j'avais des comptes à rendre au patron d'une entreprise. J'écrivais également, par lambeaux, entre les chiffres, comment je me sentais : un grumeau de nourriture que mes enfants mâchaient continuellement ; un bol fait de matière vive qui amalgamait et adoucissait continuellement sa substance vive pour permettre à deux sangsues voraces de se nourrir en abandonnant sur moi l'odeur et la saveur de leurs sucs gastriques. Allaiter, quel dégoût, une fonction animale. Et puis ensuite, les haleines tièdes et douceâtres des bouillies. Pour autant que je me lavais, cette mauvaise odeur de mère ne disparaissait pas. Parfois Mario se collait à moi, il me prenait, il m'étreignait alors que j'étais tout ensommeillée, il était lui aussi fatigué à cause de son travail, dépourvu d'émotions. Et cela, en s'acharnant sur mes chairs presque absentes fleurant le lait, les biscottes, la semoule, avec un désespoir lui appartenant en propre qui, sans qu'il s'en aperçût, effleurait le mien. J'étais le corps d'un inceste, pensais-je étourdie par l'odeur du vomi de Gianni, j'étais une mère à violer, pas une maîtresse. Il cherchait déjà ailleurs des figures plus appropriées à son amour, fuyant ses sentiments de culpabilité, et il devenait mélancolique, il soupirait. Une fiction de désir insatisfait, Carla avait

133

aussitôt aux tâches domestiques habituelles, je me sentirais mieux. Faire la lessive. Séparer les vêtements blancs des vêtements de couleur. Mettre la machine à laver en marche. Je devais seulement apaiser ma vision intérieure, mes pensées. Elles se confondaient, se chevauchaient, des bribes de paroles, des lambeaux d'images bourdonnaient rapidement comme un essaim de guêpes, conféraient à mes gestes une méchante capacité d'occasionner des dommages. Je rinçai bien soigneusement la serpillière, puis je passai du savon autour de mes bagues, de mon alliance, d'une aigue-marine qui avait appartenu à ma mère. Peu à peu, je parvins à les ôter, mais je n'en tirai aucun profit, mon corps resta engorgé, les nœuds de mes veines ne se dénouèrent nullement. D'un geste mécanique, je posai les bagues sur le rebord du lavabo.

Lorsque je revins dans la chambre des enfants, je me penchai distraitement sur Gianni afin de sentir son front avec mes lèvres. Il émit un gémissement et il dit :

« J'ai très mal à la tête.

— Lève-toi », lui intimai-je sans le plaindre, et lui, me fixant non sans surprise en raison du peu d'attention que j'accordais à ses maux, il se leva avec peine. Faussement calme, je défis le lit, je mis les draps et les taies d'oreiller dans le panier à linge sale. C'est seulement alors que je me souvins de lui dire :

« Allonge-toi sur ton lit, je t'apporte le thermomètre. »

Ilaria insista :

« Tu dois lui flanquer une gifle. »

Comme je me mettais à chercher le thermomètre sans satisfaire à sa requête, elle me punit par traîtrise en me pinçant, m'observant bien attentivement afin de savoir si je souffrais réellement.

Je ne réagis pas, qu'importe, je ne sentais rien. Alors elle insista, le visage empourpré par l'effort, la concentration. Lorsque je trouvai le thermomètre, je la repoussai d'un léger geste du coude et revins vers Gianni. J'installai le thermomètre sous son aisselle.

« Bien serré », dis-je, et je lui indiquai l'horloge pendue au mur. « Tu l'enlèveras dans dix minutes.

— Tu lui as mal mis », dit Ilaria d'un air provocateur.

Je ne lui accordai aucune attention, mais Gianni vérifia et, avec un regard plein de reproche, il me montra que c'était le bout dépourvu de mercure que j'avais placé sous son aisselle. L'attention : l'attention seule peut m'aider. Je l'installai correctement, Ilaria se montra satisfaite, elle me dit : C'est moi qui m'en suis aperçue. Parce que – pensai-je – je dois faire mille choses à la fois, voici dix ans que vous m'obligez à vivre ainsi, et puis je ne suis pas encore complètement réveillée, je n'ai pas pris mon café, je n'ai pas même pris mon petit déjeuner.

Je voulais préparer la cafetière italienne et la mettre sur la cuisinière, je voulais faire chauffer du lait pour Ilaria, je voulais m'occuper de la machine à laver. Mais je perçus soudainement de nouveau les aboiements d'Otto, il n'avait pas cessé un instant et il grattait le sol. Je les avais volontairement ôtés de ma tête afin de pouvoir me concentrer sur l'état de santé de mon fils, mais maintenant, le chien semblait produire non des sons mais des décharges dignes d'un électrochoc.

« J'arrive », criai-je.

Le soir précédent – je m'en rendis compte –, je ne l'avais pas sorti, je ne m'étais pas souvenue de lui, et le chien devait avoir glapi toute la nuit, il était maintenant en train de devenir fou, il fallait qu'il puisse faire ses besoins. Moi aussi du reste. J'étais un ensachement de chairs vives, plein à ras bord de scories, la vessie douloureuse, le ventre endolori. Je pensai à tout cela sans un soupçon d'autocommisération, je faisais simplement une froide constatation. Dans ma tête, ces sons confus donnaient des coups décidés à l'ensachement que j'étais : il a vomi, j'ai mal à la tête, où est le thermomètre, ouah, ouah, ouah, réagis.

« Je sors le chien », dis-je très fort pour moi-même.

Je mis son collier à Otto, je tournai la clef, je la sortis avec quelque difficulté du trou de la serrure. C'est seulement dans les escaliers que je me rendis compte que j'étais en chemise de nuit et en pantoufles. Je m'en aperçus tandis que je passais devant la porte de Carrano, j'eus une grimace de rire dégoûté, à coup sûr il dormait afin de se remettre de ses grandes fatigues de la nuit précédente. Je n'en avais rien à faire, il m'avait vue sous mon vrai jour, un corps de presque quarante ans, nous étions dans la plus grande intimité. Quant aux autres voisins, ils étaient déjà en vacances depuis un bon bout de temps ou, encore, ils étaient partis dès le vendredi après-midi pour un wek-end à la montagne, à la mer. Nous trois aussi, du reste, serions déjà à demeure depuis au moins un bon mois dans une bourgade marine, en villégiature comme toutes les autres années, si Mario ne s'en était pas allé. Le putassier. L'immeuble vide, c'était cela le mois d'août. J'eus envie de faire des grimaces de moquerie devant chaque porte, de tirer la langue, turlututu chapeau pointu ! D'eux, tous autant qu'ils étaient, je me contrefichais. De leurs familles heureuses, de leurs bonnes espèces sonnantes et trébuchantes, de leurs professions libérales, de l'aisance atteinte en vendant au prix fort des prestations qui devraient être, au contraire, gratuites. Comme Mario, qui nous faisait vivre bien confortablement en vendant des idées, l'intelligence qu'il avait, le ton persuasif de sa voix lorsqu'il donnait ses cours. Depuis le palier, Ilaria me hurla :

« Je ne veux pas rester dans cette odeur de vomi ! »

Comme je ne lui répondais pas, elle rentra dans l'appartement, je l'entendis claquer la porte avec fureur. Mais, nom de Dieu, si on me tirait d'un côté, on ne pouvait tout de même pas me tirer également de l'autre, ce qui est par ici n'est pas par là. En fait, haletant, reliant une rampe d'escalier à l'autre, Otto était en train de m'entraîner à grande vitesse, tandis que je cherchais à le refréner, je ne voulais pas courir, si je courais, je me casserais, d'ores et déjà chaque marche franchie, laissée derrière mon dos se décomposait aussitôt après, même dans ma mémoire, et la rampe de l'escalier, le mur jaune couraient de part et d'autre, fluides, telle une cascade. Je voyais seulement les rampes et leurs segments bien nets, derrière moi, je me sentais d'ores et déjà un sillage gazeux, j'étais une comète. Ah, quelle sale journée, trop chaude dès sept heures du matin, pas une voiture garée, excepté celles de Carrano et la mienne. Peut-être étais-je trop lasse pour borner le monde dans son ordre habituel. Je n'aurais pas dû sortir. Qu'avais-je fait après tout ? Avais-je mis la cafetière italienne sur la cuisinière ? L'avais-je bourrée à ras bord de café, remplie d'eau ? L'avais-je vissée bien serré afin qu'elle n'explose pas ? Et le lait pour ma petite fille ? C'étaient des choses que j'avais faites ou m'étais-je simplement proposé de les faire ? Ouvrir le réfrigérateur, sortir la brique de lait, refermer le réfrigérateur, remplir la petite casserole, ne pas laisser la brique de lait sur la table, la remettre dans le réfrigérateur, allumer le gaz, mettre la petite casserole sur le feu. M'étais-je acquittée de toutes ces opérations correctement ?

Otto me tira vers l'allée en contrebas, sous le tunnel entièrement recouvert d'inscriptions obscènes. Le jardin public se révélait désert, le fleuve semblait d'un plastique azuréen, les collines de la rive opposée étaient d'un vert défraîchi, aucun bruit qui fût lié au trafic automobile, on entendait seulement le chant des oiseaux. Si j'avais laissé le café, le lait sur la cuisinière, tout brûlerait. Qui plus est, en augmentant de volume, le lait déborderait de la petite casserole, éteindrait la flamme et le gaz se répandrait à travers l'appartement tout entier. Je n'avais pas ouvert les fenêtres. Ou l'avais-je fait mécaniquement, sans y songer ? Les gestes habituels, on les fait dans sa tête même lorsqu'on ne les fait pas. Ou on les fait dans la réalité, même lorsque, par habitude, la tête a désormais cessé d'en prendre acte. Nonchalamment, je dressai la liste des possibilités. Il aurait mieux valu que je m'enferme dans la salle de bains, j'avais le ventre tendu, des élancements pressants. Le soleil dessinait minutieusement les feuilles des arbres, et même les aiguilles des pins, une activité maniaque de la lumière, je pouvais les compter une à une. Non, sur la cuisinière, je n'avais mis ni le café ni le lait. J'en étais désormais certaine. Préserver cette certitude. Du calme, Otto.

Poussé par ses besoins, le chien me contraignit à courir dans son sillage, tandis que les miens pesaient sur mon ventre. Sa laisse était en train de m'écorcher la paume de la main, je lui administrai une violente secousse, je me baissai afin de le libérer. Il fila telle une flèche, comme de vie pure, une masse sombre chargée d'urgences. Il arrosa les arbres, déféqua dans l'herbe, poursuivit des papillons, se perdit dans le bosquet de pins. Sait-on depuis quand il m'était arrivé d'égarer une telle charge d'énergie animale entêtée, depuis mon adolescence peut-être. J'étais de nouveau en train de m'ensauvager, je regardai mes chevilles, mes aisselles, depuis quand ne m'étais-je plus épilée, depuis quand ne me rasais-je plus ? Moi qui, encore quatre mois auparavant, n'avais été que nectar et ambroisie. Dès l'instant où j'étais tombée amoureuse de Mario, j'avais commencé à craindre qu'il se lassât de moi. Laver mon corps, le désodoriser, effacer toutes les traces désagréables de la physiologie. Léviter. Je voulais m'arracher à la terre, je voulais qu'il me vît planant dans les hauteurs comme il arrive aux choses intégralement bonnes. Je ne sortais pas des toilettes aussi longtemps que toute mauvaise odeur n'avait pas disparu, j'ouvrais les robinets d'eau afin d'éviter qu'on entendît le crépitement de mes urines. Je me frottais, je me raclais, je me lavais les cheveux tous les deux jours. Je pensais à la beauté comme à un effort constant pour effacer le corporel. Je voulais qu'il aimât mon corps en oubliant ce qu'on sait des corps. La beauté, pensai-je anxieusement, est cet oubli. Ou peut-être non. C'est moi qui avais cru que son amour avait besoin de cette obsession-là. Hors de propos, quand c'est la faute de ma mère qui m'avait appris les soins obsessionnels de la femme. Je m'étais sentie je ne sais trop si c'était dégoûtée ou étonnée ou même amusée, lorsque la jeune femme, tout au plus âgée de vingt-cinq ans, qui avait longuement partagé ma chambre lorsque j'avais travaillé dans une compagnie aérienne, avait un beau matin émis des gaz, sans pudeur aucune, tout en m'adressant, de surcroît, les yeux emplis de joie, un demi-sourire de complicité.

Les jeunes filles rotaient maintenant en public, pétaient, je me souvins qu'une de mes camarades de classe, âgée de dix-sept ans, trois de moins que Carla, le faisait. Elle voulait devenir danseuse et elle passait son temps à prendre les poses de son école de danse. Elle était douée. Au cours de la récréation, elle pirouettait avec légèreté à travers la classe en parvenant à éviter le mobilier avec précision. Puis, afin de nous scandaliser, ou de lacérer l'image d'élégance qui était restée gravée dans les yeux ahuris des garçons, elle faisait du bruit avec son corps selon l'inspiration du moment, avec sa gorge, avec son cul. Férocité des femmes, dès le réveil je la sentais en moi, dans mes chairs. J'éprouvai soudainement l'anxiété de me liquéfier en purin, une angoisse qui me prit au ventre, je dus m'asseoir sur un banc, retenir mon souffle. Otto avait disparu, peut-être avait-il l'intention de ne plus jamais revenir, je sifflai maladroitement, il se tenait dans l'épaisseur des futaies dépourvues de nom, je les tenais, quant à moi, plus pour une aquarelle que pour une réalité. Elles étaient sur le côté, derrière moi. Des peupliers ? Des cèdres ? Des acacias ? Des robiniers ? Des noms à tort et à travers, comment savoir, j'ignorais tout cela, même les noms des arbres situés au pied de mon immeuble. S'il m'avait fallu écrire sur ce thème, j'en aurais été incapable. Leurs troncs me semblaient tous comme sous une loupe puissante. Il n'y avait aucune distance entre eux et moi, et la règle veut qu'au contraire, pour raconter, il faut avant tout prendre un mètre, un calendrier, calculer combien de temps a passé, combien d'espace s'est interposé entre les faits et nous, les émotions à raconter. Pour ma part, souffle contre souffle, je sentais tout sans distance aucune. Même à cette occasion, il m'a semblé porter un instant non pas une chemise de nuit mais un long manteau sur lequel étaient peints la végétation du Valentino, les avenues, le pont Principessa Isabella, le fleuve, l'immeuble où j'habitais, et même mon chien-loup. Je me levai en glapissant d'embarras et du fait de mon mal au ventre, de ma vessie pleine, je n'en pouvais plus. Je marchais en zizag, serrant les clefs de mon appartement, frappant le sol avec la laisse. Non, des arbres, je ne savais rien. Un peuplier ? Un cèdre du Liban ? Un pin d'Alep ? Quelle différence y a-t-il entre un acacia et un robinier ? Les tromperies des mots, tout est un enchevêtrement, la terre promise est peut-être dépourvue de vocables susceptibles d'embellir les faits. En souriant de façon moqueuse – du mépris pour moi-même –, je tirai sur ma chemise de nuit, je m'accroupis, j'urinai et je déféquai derrière un tronc d'arbre. Je m'étais épuisée, épuisée et encore épuisée.

Je le dis d'une voix forte mais les voix meurent très vite, elles semblent vivantes au fond de la gorge et, au contraire, si elles sont articulées, ce sont déjà des sons morts. J'entendis Ilaria m'appeler de très loin. Ses paroles me parvenaient faiblement.

« Maman, reviens, maman ! »

C'étaient les mots d'une petite fille en proie à

143

une grande agitation. Je ne la voyais pas, mais je m'imaginais qu'elle les prononçait les mains serrées autour de la rambarde du balcon. Je savais que la longue plate-forme s'avançant au-dessus du vide lui faisait peur, elle devait véritablement avoir besoin de moi si elle s'était aventurée jusque-là. Peut-être le lait brûlait-il vraiment sur le feu, peut-être la cafetière italienne avait-elle explosé, peut-être du gaz se répandait-il à travers la maison. Mais pourquoi me fallait-il accourir ? Je découvris avec regret que, si la petite fille avait besoin de moi, je n'avais nullement besoin d'elle. Mario pas davantage, du reste. C'est la raison pour laquelle il était allé vivre avec Carla, Ilaria et Gianni ne lui manquaient pas le moins du monde. Le désir coupe court. Peut-être coupe-t-il seulement. Son désir avait été de patiner loin de nous sur une plaque infinie ; le mien me paraissait maintenant vouloir toucher le fond, m'abandonner, m'engloutir, sourde et muette, dans mes propres veines, dans mon intestin, dans ma vessie. Je m'aperçus que j'avais des sueurs froides, une patine gelée, même si la matinée était d'ores et déjà chaude. Qu'était-il en train de m'arriver. Il était impossible que je retrouve le chemin de la maison.

Mais à ce même instant, l'humidifiant, quelque chose effleura ma cheville. Je vis Otto tout près de moi, les oreilles dressées, la langue pendante, un regard de gentil chien-loup. Je me soulevai, j'essayai à plusieurs reprises de lui passer son collier, sans y parvenir, même si, haletant à peine, il demeurait immobile, avec un regard peut-être triste que je ne lui connaissais pas. À la fin, avec un effort de concentration, j'emprisonnai son cou. Allez, allez, lui dis-je. Il me semblait que si j'avais couru derrière lui, tenant fermement sa laisse, j'aurais senti l'air chaud sur mon visage, ma peau sèche, la terre sous mes pieds.

20

J'arrivai au pied de l'ascenseur comme si j'avais marché sur un fil tendu entre le bosquet de pins et l'entrée de mon immeuble. Je m'appuyai à la cloison métallique tandis que la cabine montait lentement, je fixai Otto du regard pour le remercier. Il avait les pattes légèrement ouvertes, il haletait, un fil de bave très mince coulait de sa gueule pour finir par dessiner un gribouillis sur le plancher de l'ascenseur. En s'arrêtant, la cabine se cabra.

Je trouvai Ilaria sur le palier, elle me parut très contrariée, comme si ma mère était revenue du royaume des morts pour me rappeler à mes devoirs.

« Il a de nouveau vomi », me dit-elle.

Elle me précéda à travers la maison, suivie par Otto que je libérai de sa laisse. Aucune odeur de lait brûlé, de café. Je m'attardai pour refermer la porte, j'enfilai mécaniquement la clef dans le trou de la serrure, je refermai à double tour. Ma main s'était désormais habituée à faire ce mouvement qui devait empêcher quiconque de pénétrer chez moi pour fouiller dans mes affaires. Je devais me protéger de ce qui faisait tout pour m'accabler d'obligations, de fautes et m'empêchait de recommencer à vivre. Le soupçon voulant que mes enfants entendaient eux aussi me convaincre que leurs chairs se fanaient par ma faute, rien qu'à respirer le même air que moi, tout à coup me fulgura. Le malaise de Gianni servait à cela. Il le mettait en scène, Ilaria me le mettait, pour sa part, sous les yeux non sans un malin plaisir. De nouveau des vomissements, bien, et alors ? Ce n'était pas la première fois, ce ne serait pas la dernière. Tout comme son père, Gianni avait l'estomac fragile. Ils souffraient tous deux du mal de mer, ils étaient également malades en voiture. Il suffisait d'une gorgée d'eau froide, d'un morceau de tarte trop riche en matières grasses, et ils étaient malades. Sait-on ce que le petit garçon avait mangé en cachette, afin de me compliquer la vie, de rendre ma journée plus insupportable encore.

Je trouvai de nouveau sa chambre en désordre. Maintenant, tel un nuage, les draps sales se trouvaient amoncelées dans un recoin et Gianni était revenu s'allonger sur le lit d'Ilaria. Le petite fille s'était substituée à moi. Elle s'était comportée comme je me comportais avec ma mère lorsque j'étais une enfant : elle avait cherché à faire ce qu'elle m'avait vu faire, elle était en train de jouer à se débarrasser de mon autorité en se substituant à moi, elle voulait prendre ma place. J'étais généralement accommodante, ma mère ne l'avait, quant à elle, jamais été. Chaque fois que j'essayais de faire ce qu'elle faisait, elle me grondait, elle me disait que j'avais mal fait ce que j'avais fait. Peut-être était-ce elle qui était en train d'agir personnellement à travers la petite fille pour m'écraser en révélant toute mon insuffisance. Ilaria m'expliqua, comme si elle voulait m'inviter à entrer dans un jeu dont elle se tenait pour la reine :

« J'ai mis là les draps sales et je l'ai fait s'étendre sur mon lit. Il n'a pas vomi beaucoup, il a seulement fait comme ça. »

Elle mit en scène quelques haut-le-cœur, puis elle cracha à plusieurs reprises par terre.

Je m'approchai de Gianni, il était en sueur, il me regardait avec hostilité.

« Où est le thermomètre ? » demandai-je.

Ilaria le sortit promptement de la table de nuit, elle me le tendit, feignant de disposer d'informations qu'elle ne possédait pas car elle ne savait pas lire la température.

« Il a de la fièvre, dit-elle, il ne veut pas prendre de suppositoire pour autant. »

Je regardai le thermomètre, je ne parvins pas à me concentrer sur les degrés indiqués par la petite colonne de mercure. J'ignore combien de temps je restai avec cet objet en main pour chercher anxieusement à réhabituer mon regard à voir. Je dois m'occuper du petit garçon, me disais-je, je dois comprendre combien de fièvre il a, mais je ne parvenais pas à fixer mon attention. Il m'était à coup sûr arrivé quelque chose au cours de la nuit.

Où en étais-je arrivée, après des mois de tension, sur le bord de quelque précipice, j'étais maintenant en train de m'effondrer lentement, comme dans les rêves, même si je continuais à tenir le thermomètre dans mes mains, même si la semelle de mes pantoufles était bien en contact avec le sol, même si je me sentais solidement retenue par les regards pleins d'attente de mes enfants. C'était à cause des tourments que mon mari m'avait causés. Mais, c'en était assez, je devais arracher cette douleur de ma mémoire, je devais poncer au papier de verre les griffures qui me dévastaient le cerveau. Emporter également ces autres draps sales. Les fourrer dans la machine à laver. La mettre en marche. Rester à regarder le hublot, les linges qui tournoient, l'eau et le savon.

« J'ai trente-huit deux, dit Gianni dans un souffle, et j'ai très mal à la tête.

— Tu dois mettre ton suppositoire, insista Ilaria.

— Je n'en mettrai pas.

— Alors, je te donne une gifle, le menaça la petite fille.

— Tu ne lui donneras pas de gifle, intervins-je.

— Et pourquoi tu lui en donnes, des gifles, toi ? »

Je ne lui donnais pas de gifles, je n'en avais jamais donné, tout au plus avais-je menacé de lui en donner. Mais, pour les enfants, peut-être n'y a-t-il aucune différence entre ce qu'on menace de faire et ce qu'on fait réellement. Quant à moi – je m'en souvenais maintenant –, lorsque j'étais petite, j'avais été ainsi, peut-être même une fois grande. Ce qui aurait pu m'arriver, si j'avais violé un interdit de ma mère, survenait de toute façon, indépendamment de sa violation. Les mots réalisaient aussitôt le futur, alors que je ne me souvenais même plus de la faute que j'aurais pu ou voulu commettre, la blessure de la punition me brûlait encore. Une phrase récurrente de ma mère me revint à l'esprit. « Arrête ou je te coupe les mains », disait-elle lorsque je touchais à ses outils de couturière. Et ces mots-là étaient pour moi des ciseaux entiers, longs, de métal bruni, sortant de sa bouche, des gueules de lames se refermant autour de mes poignets pour laisser seulement des moignons recousus à l'aide d'une aiguille et du fil des bobines.

« Je n'ai jamais administré de gifles, dis-je.

— Ce n'est pas vrai.

— Tout au plus ai-je dit que je vous en donnerais. Ce n'est pas tout à fait la même chose. »

Il n'y a aucune différence, pensai-je, au contraire, et je fus effrayée d'entendre cette pensée voleter dans ma tête. Parce que si je perdais la faculté de faire la différence, si je la perdais définitivement, si je finissais dans un flux alluvionnaire qui effacerait les limites, qu'arriverait-il au cours de cette journée caniculaire ?

« Lorsque je dis une gifle, je ne te donne pas pour autant une gifle », lui expliquai-je bien tranquillement comme si j'étais face à un examinateur et que j'entendais lui faire bonne impression en me montrant calme et raisonnable, « le mot gifle n'est pas cette gifle ».

Et, moins pour la convaincre que pour m'en convaincre, je me giflai énergiquement. Puis je souris, non seulement parce que cette gifle me sembla soudainement objectivement comique, mais également afin de prouver que ma démonstration était joyeuse, dépourvue de menaces. Ce fut inutile. Il se trouva que Gianni couvrit hâtivement son visage de son drap et que, stupéfaite, Ilaria me regarda, les yeux aussitôt emplis de larmes.

« Tu t'es fait mal, maman, dit-elle, affligée, du sang est en train de couler de ton nez. »

En effet, le sang coula sur ma chemise de nuit, ce qui fit naître un sentiment de honte en moi.

Je reniflai, je me rendis dans la salle de bains, je m'enfermai à clef afin d'empêcher la petite fille de me suivre. Assez, se concentrer, Gianni a de la fièvre, il couve quelque chose. Je tamponnai mon sang en me mettant de l'ouate dans une narine et je me mis aussitôt à fouiller nerveusement parmi les médicaments que j'avais rangés la veille au soir. Je voulais mettre la main sur un antipyrétique, mais, sur ces entrefaites, je pensai : il me faut un tranquillisant, il est en train de m'arriver quelque chose de bien désagréable, je dois me calmer ; et je sentais, dans le même temps, que Gianni, le souvenir de Gianni en proie à la fièvre dans la pièce d'à côté, était en train de se volatiliser, je ne parvenais pas à retenir ne serait-ce qu'un semblant de préoccupation pour sa santé, le petit garçon me devenait d'ores et déjà indifférent, c'était comme si je le voyais seulement du coin de l'œil, une silhouette vaporeuse, un nuage effiloché.

Je me mis à chercher des cachets pour moi, mais il n'y en avait pas, où avais-je bien pu les mettre, dans l'évier, la veille au soir, je m'en souvins tout à coup, quelle bêtise. Je songeai alors à prendre un bain chaud, pour me détendre, puis, peut-être, à m'épiler, les bains ont un effet calmant, j'ai besoin de sentir le poids de l'eau sur ma peau, je suis en train de m'égarer et si je ne me ressaisis pas, qu'arrivera-t-il aux enfants ?

Je ne voulais pas que Carla les effleurât, cette idée fit naître en moi des frissons d'horreur. Une jeune fille qui n'est pas encore totalement sortie de l'adolescence s'occuper de mes enfants, elle a les mains souillées de la semence de son amant, cette même semence qui coule dans le sang de mes enfants. Les tenir à distance, donc, elle et Mario. Être autosuffisante, ne rien accepter d'eux. Je commençai à remplir la baignoire, le bruit des premières gouttes d'eau sur son fond, l'hypnose pour le flot du robinet.

Mais je n'entendais déjà plus le crépitement de l'eau, j'étais maintenant sur le point de me perdre dans le miroir situé sur un côté, je me voyais, je me voyais avec une insupportable netteté, mes cheveux ébouriffés, mes yeux dépourvus de maquillage, mon nez gonflé par l'ouate et le sang, tout mon visage griffé par une grimace de concentration, ma chemise de nuit courte tachée.

Je voulus remédier à cet état de chose. Je commençai par nettoyer mon visage à l'aide de tampons d'ouate, je désirais redevenir belle, j'en ressentis l'urgence. La beauté rassérénée, les enfants en profiteraient, Gianni en tirerait une satisfaction qui le guérirait, moi-même irais mieux. Démaquillant délicat pour les yeux, lait nettoyant adoucissant, tonique hydratant sans alcool, demake up, se colorer, make up. Qu'est-ce qu'un visage sans couleurs, colorer revient à masquer, il n'y a rien qui sache mieux dissimuler la surface que la couleur. Allez, allez, allez. Du fin fond du fond, montait le murmure des voix, celle de Mario. Les phrases d'amour de mon mari, des mots d'il y a bien des années, me firent retomber dans le passé. Oiselet à la vie joyeuse et heureuse, me disait-il, car c'était un bon lecteur de classiques, il était doué d'une mémoire enviable. Et, moqueur, il énumérait, il prétendait qu'il voulait être mon soutien-gorge pour adhérer à ma poitrine, et mon slip, et ma jupe, et ma chaussure sur laquelle s'appuyait mon pied, et l'eau qui me lavait, et la crème qui me recouvrait, et le miroir où je me regardais, ironique envers la bonne littérature, cet ingénieur moqueur avec sa manie des belles paroles et, dans le même temps, enchanté par l'offrande de si nombreuses images déjà toutes prêtes pour conférer une forme au désir qu'il éprouvait pour moi, moi, la femme du miroir. Un masque de fard, du rouge à lèvres, un nez gonflé par de l'ouate, avec le goût du sang dans la gorge.

Je me retournai avec un mouvement de dégoût, à temps pour m'apercevoir que l'eau était en train de déborder de la baignoire. Je fermai le robinet. J'y plongeai une main, l'eau était glaciale, je ne m'étais pas même assurée qu'elle fût chaude. Mon

visage disparut du miroir, il ne m'intéressa plus.
La sensation de froid me ramena à la fièvre de
Gianni, à ses vomissements, à son mal de tête.
Que cherchais-je enfermée dans la salle de bains :
la Tachipyrine. Je recommençai à fouiller, je la
trouvai, je criai comme pour demander de l'aide :
« Ilaria ? Gianni ? »

21

J'éprouvais maintenant le besoin d'entendre
leur voix, mais personne ne répondit. Je me précipitai vers la porte, je cherchai à l'ouvrir, je n'y
parvins pas. La clef, me rappelai-je, mais je la
tournai à droite comme pour fermer, au lieu de
la faire tourner à gauche. Je poussai un soupir de
soulagement, me souvenir du geste, je fis tourner
la clef comme il faut, je sortis dans le couloir.
C'est précisément devant la porte que je trouvai
Otto. Il était renversé sur un côté, sa tête reposait
sur le sol. Lorsqu'il me vit, il ne fit pas le moindre
mouvement, il ne dressa pas même les oreilles,
mais il agita sa queue. Je connaissais cette position, c'était la sienne lorsqu'il souffrait à cause de
quelque chose et qu'il entendait être cajolé, c'était
la position de la mélancolie et de la douleur, elle
signifiait qu'il recherchait de la compréhension.
Chien stupide, il voulait lui aussi me convaincre
que je distillais mes inquiétudes. Distribuais-je les

spores du malaise à travers l'appartement ? Était-ce possible ? Depuis quand, quatre, peut-être cinq ans ? Est-ce la raison pour laquelle Mario s'était adressé à la petite Carla ? Je posai un pied nu sur le ventre du chien-loup, j'en sentis la chaleur qui m'en dévora la plante pour se répandre jusqu'à mon aine. Je m'aperçus qu'une broderie baveuse ornait sa gueule.

« Gianni est en train de dormir, susurra Ilaria depuis le fond du couloir, viens. »

J'enjambai le chien, je passai dans la chambre des enfants.

« Comme tu es belle », s'exclama Ilaria avec une admiration sincère, et elle me poussa près de Gianni afin de me montrer comment il dormait. L'enfant avait trois pièces de monnaie sur le front et, le souffle lourd, il dormait vraiment.

« Les pièces de monnaie sont fraîches, m'expliqua Ilaria, elles lui font passer son mal de tête et la fièvre. »

De loin en loin, elle en ôtait une et la plongeait dans un verre d'eau, puis elle l'essuyait et elle la remettait de nouveau sur le front de son frère.

« Lorsqu'il se réveillera, il devra prendre de la Tachipyrine », dis-je.

Je posai la boîte sur la table de nuit, je repassai dans le couloir afin de m'occuper en faisant quelque chose, quelque chose que ce soit. Préparer le déjeuner, certes. Gianni devait, lui, rester à jeun. La machine à laver. Même seulement caresser Otto. Je me rendis compte que le chien n'était plus devant la porte de la salle de bains,

154

il avait décidé de cesser de me communiquer sa mélancolie baveuse. C'était mieux ainsi. Si mon mal de vivre ne se communiquait pas aux autres, êtres humains ou animaux, c'était alors le malaise des autres qui était en train de m'envahir et de me rendre malade. C'est pourquoi – pensai-je comme si c'était un acte décisif – un médecin était nécessaire. Il me fallait téléphoner.

Je m'imposai de m'arrimer fermement à cette pensée, je la traînai derrière moi comme un ruban au vent et, à pas prudents, je passai ainsi dans le séjour. Je fus frappée par le désordre de mon bureau. Les tiroirs étaient ouverts, il y avait des livres jetés çà et là. Le cahier sur lequel je prenais des notes pour mon livre était lui-même ouvert. J'en feuilletai les dernières pages. Transcrites avec ma calligraphie minuscule, j'y trouvai quelques passages de *La femme rompue* et quelques lignes d'*Anna Karenine*. Certes, j'avais bien pour habitude de recopier des passages des livres que je lisais, mais pas dans ce cahier-ci, j'en avais un précisément pour cela. Se pouvait-il que ma mémoire fût en train de s'effriter ? Je ne me souvenais plus même d'avoir tracé ces signes d'encre rouge décidés sous les questions qu'Anna s'adresse à elle-même peu avant que le wagon la heurte et la renverse : « Où suis-je ? Que fais-je ? Pourquoi ? » Ces passages ne me surprenaient pas, il me semblait bien les connaître, je ne comprenais cependant pas ce qu'ils faisaient parmi ces pages. Les connaissais-je justement si bien parce que je les avais transcrits récemment, hier, avant-hier ? Mais alors, pourquoi ne me souvenais-je pas l'avoir fait ? Pourquoi étaient-ils dans ce cahier-là et non dans l'autre ?

Je m'assis à ma table de travail. Je devais m'arrimer à quelque chose, mais je ne me souvenais plus à quoi. Rien n'était ferme, tout se délitait. Je fixai mon cahier, mes traits rouges sous les questions d'Anna comme un ancrage. Je les lus et les relus encore, mais mes yeux passèrent sur ces questions sans comprendre. Quelque chose ne fonctionnait pas dans mes sens. Une intermittence de la sensation, des sentiments. Parfois, je m'y abandonnais, parfois j'en étais effrayée. Ces mots, par exemple : j'étais incapable de trouver des réponses aux points d'interrogation, chacune des réponses possibles me semblait absurde. J'étais égarée dans le où suis-je, dans le que fais-je. Auprès du pourquoi, j'étais muette. C'est ce que j'étais devenue en l'espace d'une nuit. Peut-être ne savais-je quand, après avoir regimbé, après avoir résisté des mois et des mois, je m'étais vue dans ces livres et je m'étais troublée, définitivement détraquée. Une horloge détraquée qui maintenant, parce que son cœur métallique continuait à battre, détraquait le temps de toute chose.

22

À ce stade, je sentis un heurt dans mes narines, je pensai que mon nez se remettait à saigner. Je compris bien vite que ce que j'avais pris pour une impression tactile était une blessure de mon odorat. Une épaisse senteur méphitique était en train de se répandre à travers l'appartement. Je pensai que Gianni allait vraiment très mal, je pris sur moi, repassai dans sa chambre. Mais l'enfant dormait encore, en dépit du renouvellement assidu des pièces de monnaie sur son front pratiqué par sa petite sœur. Alors, avec circonspection, empruntant le couloir, je me dirigeai doucement vers le bureau de Mario. La porte était entrouverte, j'entrai.

La mauvaise odeur venait de là, l'atmosphère était irrespirable. Otto était couché sur le côté, sous le bureau de son maître. Lorsque je m'approchai, une sorte de long frisson parcourut son corps de bout en bout. Sa gueule ruisselait de bave mais ses yeux demeuraient ceux d'un gentil chien-loup, même s'ils me parurent blancs, comme délavés par un décolorant. Une tache noirâtre s'élargissait sur un côté, une fange sombre veinée de sang.

Dans un premier temps, je songeai à reculer, à sortir de la pièce, à refermer la porte. Je demeurai longtemps indécise, prendre acte de cette maladie qui se répandait de manière incongrue dans mon appartement, qu'était-il en train d'arriver. À la fin, je décidai de rester. Le chien était couché, muet, aucun spasme ne l'agitait plus, il avait maintenant les paupières baissées. Il semblait s'être immobilisé dans une ultime contraction, comme s'il était remonté par un mécanisme à ressort, identique aux vieux jouets métalliques d'autrefois, prêts à s'animer soudainement, dès qu'on abaissait une manette d'un doigt.

Tout doucement, je m'habituai à l'odeur agressive de la pièce, je l'acceptai au point qu'en quelques secondes à peine sa patine se déchira en plus d'un endroit, et une autre odeur plus agressive encore pour moi commença à affluer, tout ce que Mario n'avait pas emporté et qui était là, immobile, dans son bureau. Depuis quand n'étais-je pas entrée dans cette pièce ? Il me fallait le contraindre à déménager au plus tôt définitivement de cet appartement, à vider les lieux au plus vite, pensai-je non sans colère. Il ne pouvait pas décider de me quitter et laisser la transpiration de ses pores, le halo de son corps dans l'appartement, si forts qu'ils en brisaient même le sceau méphitique d'Otto. Au reste – me rendis-je compte –, c'était cette même odeur qui avait donné au chien-loup l'énergie nécessaire pour faire jouer la poignée de la porte d'un coup de patte et lui permettre, lui aussi mécontent de moi, de se traîner jusque sous la table de travail, dans cette pièce où les traces de son maître étaient les plus fortes et promettaient d'être un baume pour son mal.

Je me sentis humiliée, bien plus que je ne m'étais sentie humiliée ces derniers mois. Chien sans gratitude, je m'occupais de lui, je l'avais gardé avec moi sans l'abandonner, je le sortais pour qu'il fasse ses besoins, et lui, maintenant, qui était en train de se transformer en terrain de plaies et de sueurs, il allait chercher un réconfort parmi les traces olfactives de mon mari, le non-fiable, le traître, le fugitif. Reste ici, tout seul, pensai-je, tu le mérites bien. Je ne savais pas ce qu'il avait, cela ne m'importait guère, il était lui aussi un défaut de mon réveil, un événement incongru d'une journée que je ne parvenais pas à mettre en ordre. Je reculai rageusement vers la sortie, à temps pour entendre Ilaria demander derrière mon dos :

« Qu'est-ce que c'est que cette puanteur ? »

Puis, elle entrevit Otto affalé sous la table de travail et elle demanda :

« Lui aussi va mal ? A-t-il avalé du poison ?

— Quel poison ? demandai-je en fermant la porte.

— Une boulette de viande empoisonnée. Papa lui a toujours dit qu'il faut faire attention. Le monsieur de l'étage en dessous qui déteste les chiens en répand dans le jardin public. »

Elle essaya de rouvrir la porte, pleine d'appréhension pour la santé d'Otto, mais je l'empêchai de le faire.

« Il va très bien, dis-je, il a seulement un peu mal au ventre. »

Elle me regarda avec beaucoup d'attention, tant et tant que je pensai qu'elle voulait comprendre si je lui disais la vérité. Mais elle me demanda :

« Puis-je me maquiller moi aussi comme tu t'es maquillée ?

— Non. Surveille ton frère.

— Surveille-le toi-même », répliqua-t-elle, agacée et elle se dirigea tout droit vers la salle de bains.

« Ilaria, ne touche pas à mes produits de beauté. »

Elle ne répondit pas et je ne fis plus attention à elle, autrement dit, je la laissai se perdre au-delà du coin de mon œil, je ne me retournai même pas, en traînant les pieds, je me rendis dans la chambre de Gianni. Je me sentais épuisée, ma voix elle-même me semblait être plus un son de l'esprit qu'une réalité. J'ôtai les pièces de monnaie d'Ilaria de son front, je passai ma main sur sa peau sèche. Elle était brûlante.

« Gianni », appelai-je, mais il continua à dormir ou à faire semblant de dormir. Il avait la bouche entrouverte, les lèvres enflammées comme une blessure rouge feu au fond de laquelle brillaient des dents. Je ne savais si je devais le toucher encore, si je devais embrasser son front, si je devais essayer de le réveiller en le secouant légèrement. Je repoussai également la question ayant trait à la gravité de son malaise : une intoxication, une grippe estivale, l'effet d'une boisson glacée, une méningite. Tout me semblait possible, ou impossible, et, de toute façon, j'avais du mal à formuler des hypothèses, je ne savais pas établir de hiérarchies, je ne parvenais surtout pas à me mettre sur le qui-vive. Au contraire, maintenant, en elles-mêmes, les pensées m'effrayaient, j'aurais voulu ne plus jamais en avoir, je les sentais infectes. Après avoir vu l'état d'Otto, je redoutais d'être encore le truchement de tout mal, mieux valait éviter les contacts, Ilaria, je ne devais pas même l'effleurer. Le mieux qu'il y avait à faire était d'appeler notre médecin, un vieux pédiatre, et le vétérinaire. L'avais-je déjà fait ? Avais-je songé à le faire et puis l'avais-je oublié ? Je devais appeler aussitôt, c'est ce qu'il fallait faire, respecter ce qu'il fallait faire. Même si j'étais agacée d'agir comme Mario l'avait toujours fait. Un hypocondriaque. Il se faisait du souci, il appelait les médecins pour la moindre peccadille. Papa sait – m'avaient du reste signalé les enfants –, il sait que le monsieur de l'étage du dessous répand des boulettes de viande empoisonnée dans le jardin public ; il sait ce qu'on fait lorsqu'on a une forte fièvre, un mal de tête, les symptômes du poison ; il sait qu'il faut appeler un médecin, il sait qu'il faut appeler un vétérinaire. S'il avait été présent – je sursautai –, il aurait appelé un médecin, pour moi avant toute chose. Mais cette idée de sollicitude attribuée à un homme auquel je ne demandais plus rien me sortit aussitôt de la tête. J'étais une épouse obsolète, un corps abandonné, ma maladie est seulement une vie féminine hors d'usage. Je me dirigeai avec décision vers le téléphone. Appeler le vétérinaire, appeler le médecin. Je soulevai le combiné téléphonique.

Je raccrochai aussitôt avec agacement.

Où avais-je la tête ?

Me reprendre, me ressaisir.

Le récepteur produisait son souffle de bourrasque habituel, aucune tonalité. Je le savais et je faisais semblant de ne pas le savoir. Ou encore, je ne le savais pas, je n'avais plus une mémoire préhensible, je n'étais plus capable d'apprendre, de conserver ce que j'avais appris, et je feignais

161

pourtant d'en être encore capable, je feignais et je fuyais mes responsabilités, celle de mes enfants, du chien, grâce à la froide pantomime de qui sait et agit.

Je soulevai le combiné téléphonique, je composai le numéro du pédiatre. Rien, le souffle une fois de plus. Je me mis à genoux, je cherchai la prise sous la table, je la débranchai, je la rebranchai. J'essayai de nouveau de téléphoner : le souffle. Je composai mon numéro de téléphone : le souffle. Je commençai alors moi aussi à souffler dans le microphone, avec acharnement, comme si je pouvais chasser de mon souffle ce vent qui effaçait ma ligne. Pas le moindre résultat. Je lâchai le téléphone, je revins nonchalamment dans le couloir. Peut-être n'avais-je pas compris, je devais faire un effort de concentration, je devais prendre acte du fait que Gianni allait mal, qu'Otto aussi allait mal, je devais trouver la manière de m'alarmer de leur état de santé, en saisir le sens. Je comptai sur le bout des doigts, avec diligence. Un, il y avait un combiné téléphonique en dérangement dans le salon ; deux, il y avait un enfant avec une forte fièvre et pris de vomissements dans sa chambre ; trois, il y avait un chien-loup en piètre état dans le bureau de Mario. Mais sans t'agiter, Olga, sans courir. Attention, dans ta fougue, tu pourrais oublier l'un de tes bras, ta voix, une pensée. Ou déchirer le sol, séparer de manière irrémédiable le salon de la chambre des enfants. Je demandai à Gianni, peut-être en le secouant avec trop d'énergie :

« Comment vas-tu ? »

L'enfant ouvrit les yeux :

« Appelle papa. »

Assez avec votre inutile papa.

« Je suis là, ne te fais pas de soucis.

— Oui, mais appelle papa. »

Papa n'était pas là, papa qui savait bien ce qu'il fallait faire s'en était allé. Il fallait s'en sortir définitivement tout seuls. Mais le téléphone ne fonctionnait pas, la ligne était en dérangement. Et peut-être étais-je moi aussi en train de m'en aller, j'en eus un instant lucidement conscience. J'étais en train de m'en aller par sait-on quelles voies, des voies d'égarement, non d'issue, l'enfant l'avait compris, c'est pourquoi il se souciait moins de son mal de tête, de sa fièvre, que de moi. De moi.

La chose me fit mal. Y porter remède, se retenir sur le bord du gouffre. Sur la table, je vis une pince métallique servant à maintenir des feuilles éparses. Je la pris, je la fixai à la peau de mon bras droit, peut-être pouvait-elle servir. Quelque chose qui me tînt.

« Je reviens tout de suite », dis-je à Gianni, et lui se redressa un peu afin de mieux me voir.

« Qu'as-tu fait à ton nez ? me demanda-t-il. Tout ce coton te fait mal, retire-le. Et pourquoi t'es-tu mise cette chose sur le bras ? Reste auprès de moi. »

Il m'avait regardée avec attention. Mais qu'avait-il vu ? Le tampon d'ouate, la pince. Pas le moindre mot pour mon maquillage, il ne m'avait pas trouvée belle. Petits ou grands, les hommes ne savent

163

pas apprécier la vraie beauté, ils pensent seulement à leurs appétits. À coup sûr, il désirerait par la suite la maîtresse de son père. C'est bien probable. Je sortis de la pièce, je me rendis dans le bureau de Mario. Je fixai encore mieux la pince métallique. Était-il possible qu'Otto ait été véritablement empoisonné, et que Carrano ait répandu ce poison ?

Le chien-loup était encore là, sous la table de travail de son maître. La puanteur était insupportable, il avait eu d'autres épanchements de diarrhée. Mais maintenant, il n'était plus seul dans la pièce. Derrière la table de travail, sur le fauteuil tournant de mon mari, dans la pénombre gris azur, une femme était assise.

23

Elle posait ses pieds nus sur le corps d'Otto, elle avait un coloris verdâtre, c'était la femme abandonnée de la place Mazzini, la pauvrette, comme l'appelait ma mère. Elle passa ses doigts dans ses cheveux, comme si elle voulait se recoiffer à l'aide de ses mains, et elle rajusta sa robe défraîchie sur sa poitrine, trop décolletée. Son apparition dura suffisamment longtemps pour me couper le souffle, puis elle s'évanouit.

Mauvais signe. Je m'en effrayai, je sentis que les heures de cette chaude journée étaient en train de me pousser dans une direction que je ne devais absolument pas prendre. Si la femme était vraiment dans la pièce, réfléchis-je, par voie de conséquence, je ne pouvais être, pour ma part, qu'une enfant de huit ans. Ou, pire : si cette femme était là, une enfant de huit ans, qui m'était désormais étrangère, était en train de l'emporter sur moi, qui en avais trente-huit, et elle commençait de m'imposer son temps, son monde personnels. Elle travaillait, la petite fille, à me dérober le sol sous les pieds afin d'y substituer le sien. Et c'était seulement le début : si je la secondais, si je m'abandonnais, je sentais que ce jour-là et l'espace de l'appartement lui-même s'ouvriraient à des temps différents, à une foule de milieux, de gens, de choses, et de moi-mêmes qui exhiberaient tous, simultanément présents, des événements réels, rêves, cauchemars, jusqu'à créer un labyrinthe à ce point touffu que je n'en sortirais plus.

Je n'étais pas dépourvue de ressources, je ne devais pas le lui permettre. Il était nécessaire de ne pas oublier que la femme derrière la table de travail, même si elle représentait un mauvais signe, n'était néanmoins guère plus qu'un simple signe. Ressaisis-toi, Olga. Aucune femme en chair et en os n'était entrée tout entière dans ma tête de petite fille, trois décennies auparavant ; aucune femme en chair et en os ne pouvait en sortir maintenant, tout entière. La personne que je venais tout juste d'apercevoir derrière la table de travail de Mario était seulement un effet du mot « femme », « la personne de la place Mazzini », « la pauvrette ». S'en tenir donc à ces notions : le chien est vivant, pour l'heure ; la femme est, en revanche, morte, noyée depuis trois décennies ; j'ai cessé d'être une petite fille de huit ans voici trente ans déjà. Afin de m'en souvenir, je me mordis longuement la jointure d'un doigt, jusqu'à en ressentir de la douleur. Puis je sombrai dans le remugle malade du chien, c'est le seul que je voulus respirer.

Je m'agenouillai auprès d'Otto. Il était en proie à des spasmes incontrôlables, le chien-loup était devenu un fantoche dans les mains de la souffrance. Qu'avais-je sous les yeux. Sa gueule serrée, sa bave dense. Ces contractions des membres me semblèrent finalement un point d'appui plus solide que ma morsure sur la jointure de mon doigt, que la pince métallique fixée sur mon bras.

Je dois faire quelque chose, pensai-je. Ilaria a raison : Otto a été empoisonné, c'est ma faute, je ne l'ai pas suffisamment surveillé.

Cependant, autour de l'enveloppe habituelle de ma voix, la pensée ne sut faire semblant. Comme si elle était en train de parler en moi, je sentis dans ma gorge une vibration de souffle qui minaudait, adulte et dans le même temps toute gnangnan, une intonation que j'ai toujours détestée. Carla modulait les mots de cette façon, je m'en souvenais : quinze ans et elle semblait en avoir six, peut-être parlait-elle encore ainsi. Combien de femmes ne parviennent pas à renoncer à la mise en scène de leur voix d'enfant. J'y avais pour ma part renoncé aussitôt ; à dix ans, je cherchais déjà des intonations adultes. Je n'avais jamais fait la petite fille, pas même durant l'amour. Une femme est une femme.

« File chez Carrano », me conseilla la pauvrette de la place Mazzini, avec un fort accent napolitain, réapparaissant cette fois dans un recoin auprès de la fenêtre, « demande-lui de l'aide ».

Je ne sus résister, il sembla que je me plaignais avec la voix frêle d'une petite fille exposée à un danger, innocente quand tout lui nuit :

« Carrano a empoisonné Otto. Il l'avait promis à Mario. Les gens les plus innocents sont capables de faire de bien vilaines choses.

— Mais également de bonnes choses, ma fille. Allez, il n'y a personne d'autre dans notre immeuble, il est le seul à pouvoir t'aider. »

Quelle sotte, je n'aurais absolument rien dû lui dire. Et j'en étais même venue à dialoguer avec elle. Comme si j'étais en train d'écrire mon livre et que j'avais en tête des fantômes d'individus, de personnages. Mais je n'étais pas en train d'écrire, je n'étais pas non plus sous la table de ma mère à me raconter l'histoire de la pauvrette. Je parlais toute seule. On commence de cette façon, en parlant à ses propres paroles comme si elles appartenaient à une autre. Quelle erreur. Je devais m'arrimer aux choses, en accepter la compacité, croire en leur permanence. Cette femme n'était présente que dans mes souvenirs de petite fille. Je ne devais pas m'en effrayer, mais pas davantage lui donner du champ. Nous portons dans notre tête les vivants et les morts jusqu'au jour de notre mort. L'essentiel consiste à s'imposer une mesure, par exemple ne jamais parler à ses propres paroles. Afin de savoir où j'étais, qui j'étais, je plongeai mes deux mains dans le poil d'Otto, une chaleur insupportable en émanait. Je l'effleurai à peine, je le caressai à peine, il eut un sursaut, il souleva la tête, il ouvrit grands ses yeux blancs, il fit exploser des écailles de bave dans ma direction en grondant. Je me reculai, épouvantée. Dans sa souffrance, le chien ne voulait pas de moi, il me repoussait dans la mienne comme si je ne méritais pas de soulager son agonie.

La femme dit :

« Tu as peu de temps. Otto est en train de mourir. »

24

Je me relevai, je sortis de la pièce en coup de vent, refermant la porte derrière moi. J'aurais voulu avoir des foulées plus longues afin que rien ne puisse m'arrêter. Olga marche à travers le couloir, à travers le séjour. Elle est décidée, maintenant, elle y portera remède même si la petite fille mielleuse qui loge dans sa tête lui parle, lui dit : Ilaria a pris tes affaires de maquillage, sait-on ce qu'elle va donc trafiquer dans la salle de bains, il n'y a plus d'affaires à toi qui soient vraiment tiennes, elle touche à tout, va lui donner une paire de gifles. Je ralentis toutefois aussitôt, je tolérais peu l'excitation, si autour de moi le monde accélérait, je décélérais. Olga a une véritable terreur de ces actions frénétiques, elle redoute que le besoin d'une réaction prompte – pas rapides, gestes rapides – migre dans son cerveau, elle ne peut tolérer le murmure intérieur qui commence alors à la harceler, les tempes qui battent, son haut-le-cœur, ses sueurs froides, un violent désir la poussant à être toujours plus rapide, toujours plus rapide. C'est pourquoi, se hâter lentement, du calme, une allure indolente, et même nonchalante. Je recommençai à contempler la morsure de la pince sur mon bras afin de me pousser à abandonner cette troisième personne, l'Olga qui voulait courir, et revenir au moi, moi qui vais à la porte blindée, moi qui sais qui je suis, je contrôle ce que je fais.

J'ai de la mémoire, pensai-je. Je ne suis pas de ceux qui en oublient jusqu'à leur propre nom. Je me souviens. Je me souvins, en fait, des deux ouvriers qui avaient travaillé à installer la porte, du vieux comme du jeune. Lequel des deux m'avait-il dit : Faites bien attention, madame, attention à ne pas forcer la serrure, attention à la manière dont vous utilisez les clefs, ah, ah ces mécanismes sont extrêmement délicats. Ils avaient tous deux un air sournois. Toutes ces allusions, la clef verticale, la clef horizontale, heureusement que je connaissais mon affaire, depuis toujours. Si, après ce que Mario m'avait fait, après l'outrage de l'abandon précédé par une longue tromperie, j'étais encore restée moi-même, persistant devant le tumulte de ces mois, là, moi, dans la chaleur, moi, au cours des premiers jours du mois d'août, et d'ailleurs, je résistais, je résistais à de si nombreuses incohérentes adversités, cela voulait dire que ce que j'avais redouté dès mon enfance – grandir et devenir comme la pauvrette, telle était la crainte que j'avais couvée trois longues décennies durant – ne s'était pas avéré, j'étais en train de bien réagir, très bien, même, je serrais autour de moi toutes les parties de ma vie, félicitations Olga, je ne me séparais malgré tout pas de moi.

Devant la porte blindée, je restai un instant en arrêt, comme si j'avais vraiment couru. Très bien, je demanderai de l'aide à Carrano, même si c'est lui qui a empoisonné Otto. Il n'y a rien d'autre à faire, je lui demanderai si je peux utiliser son téléphone. Et s'il voulait encore essayer de me la fourrer dans la chatte, de me la mettre dans le cul, je répondrais non, l'occasion est passée, je suis seulement ici parce qu'il y a une situation alarmante chez moi, ne te fais pas d'illusions. Je le lui dirai d'emblée, de telle façon qu'il ne puisse pas penser que je suis revenue chez lui pour des choses de cet ordre. Une occasion perdue, il ne s'en présente pas d'autres. S'il n'y a pas de deux sans trois, il y a bien un sans deux. D'autant plus qu'en cette unique circonstance tu t'es branlé tout seul dans ton préservatif, connard.

Mais je sus aussitôt, avant même de me hasarder à le faire, que la porte ne s'ouvrirait pas. Et lorsque je saisis la clef et entrepris de la faire tourner, ce qui s'était préfiguré un instant auparavant se vérifia. La clef refusa de jouer.

Je fus gagnée par l'anxiété, précisément cette réaction qui n'aurait pas dû être la mienne. J'exerçai une pression plus forte, confusément, je cherchai à tourner la clef d'abord à gauche, puis à droite. Pas le moindre résultat. J'essayai alors de l'extraire, mais je ne pus l'en sortir, elle resta dans le trou de la serrure comme si son métal s'était confondu avec le métal de cette dernière. Je tapai des poings sur les panneaux, je donnai des coups d'épaule sur la porte, je réessayai de faire tourner les clefs, mon corps s'était tout à coup réveillé, j'étais rongée par le désespoir. Lorsque finalement je me rendis, je découvris que j'étais couverte de sueur. Ma chemise de nuit s'était collée à mon corps, mais je claquais des dents. J'avais froid, c'est ce que je ressentais, en dépit de la chaleur de cette journée.

Je m'agenouillai sur le sol, il me fallait réfléchir un peu. Les ouvriers m'avaient bien dit que je devais faire attention, l'engrenage pouvait s'abîmer. Mais ils me l'avaient dit sur le ton si typique des hommes qui exagèrent à seule fin de se rendre indispensables. Sexuellement indispensables, avant toute chose. Le sourire malicieux avec lequel le plus âgé des ouvriers m'avait tendu sa carte de visite, si d'aventure j'avais eu besoin de ses services, me revint à l'esprit. Je savais bien, moi, sur quelle serrure il voulait intervenir, certes pas sur celle de la porte blindée. Je devais donc, me dis-je, effacer de ses paroles toute information réelle de caractère technique, il s'était servi du jargon de ses compétences pour me suggérer des obscénités. Ce qui revenait à dire, en pratique, qu'il me fallait effacer de ma tête toutes les significations préoccupantes de ces paroles, je n'avais pas à redouter que l'engrenage de la porte fût enrayé. Suffit avec les phrases de ces deux hommes vulgaires, faire le ménage. Diminuer la tension, remettre tout en ordre, pallier les défaillances du sens. Le chien aussi, par exemple : pourquoi aurait-il nécessairement avalé du poison ? Effacer le mot « poison ». Carrano, je l'avais vu de près – à cette pensée, l'envie de rire me prit –, il ne me semblait pas qu'il préparât des boulettes de viande à la strychnine, Otto avait peut-être ingurgité quelque chose de putréfié. Conserver donc le mot « putréfié », m'attacher à ce mot. Reconsidérer tout événement de cette journée depuis le moment où je m'étais réveillée. Reconduire les spasmes d'Otto dans les limites de la vraisemblance, redonner aux faits leur juste mesure. Me redonner à moi-même une mesure. Qu'étais-je ? Une femme éprouvée par quatre mois de tensions et de douleurs ; certes pas une magicienne qui, par désespoir, sécrète un poison capable de donner de la fièvre à son fils, de tuer un chien-loup domestique, de mettre une ligne téléphonique hors d'usage, de corroder l'engrenage d'une porte blindée. Et me dépêcher. Les enfants n'avaient rien avalé. Il me fallait moi aussi prendre mon petit déjeuner, me laver. Les heures filaient. Je n'avais plus de culottes petite boîte à outils, je la traînai jusqu'à l'entrée. Je fouillai à l'intérieur, mais je n'y trouvai pas un tournevis adapté à ces vis-là, ils étaient tous trop grands. Je me dirigeai alors vers la cuisine, je pris un couteau. Je choisis une vis au hasard et j'introduisis la pointe de la lame dans une minuscule rainure cruciforme, mais le couteau en ressortit aussitôt, il n'y eut pas de friction. Je revins au tournevis, je pris le plus petit, j'essayai d'en introduire l'extrémité sous la plaque de laiton de la serrure inférieure, autre geste inutile. Je renonçai après quelques vaines tentatives et je retournai vers le débarras. En veillant à ne pas me déconcentrer, je cherchai lentement un objet bien solide à glisser sous la porte en guise de levier pour soulever un peu l'un des battants et voir si je parviendrais à le faire sortir de ses gonds. Je réfléchissais, je dois l'admettre, comme si on me racontait une fable, sans croire le moins du monde que je pouvais trouver l'instrument approprié, et, même si je l'avais trouvé, je n'aurais pas eu physiquement la force de réaliser ce que j'avais en tête de faire. Mais j'eus de la chance, il y avait une courte barre de fer qui se terminait en pointe. Je revins vers l'entrée, j'essayai de glisser l'extrémité acuminée de cet objet sous la porte. Il n'y avait pas suffisamment d'espace, les battants adhéraient parfaitement au sol, et, du reste – m'aperçus-je –, même si j'y étais parvenue, l'espace résiduel au-dessus de la porte se serait révélé insuffisant pour permettre de sortir la porte de ses gonds. Je laissai tomber la barre de fer, qui fit beaucoup de bruit. Je ne savais quoi faire d'autre, j'étais une incapable, prisonnière dans mon propre appartement. Au cours de cette journée, et pour la première fois, je sentis les larmes inonder mes yeux, et cela ne me déplut nullement.

26

J'étais sur le point d'éclater en sanglots lorsque Ilaria, qui était bien évidemment arrivée derrière mon dos sur la pointe des pieds, me demanda :

« Qu'est-ce que tu fais ? »

Il s'agissait bien naturellement d'une fausse question, en réalité elle voulait seulement que je me retourne et que je la voie. Ce que je fis, j'eus un sursaut de répulsion. Elle s'était revêtue de mes vêtements, elle s'était maquillée, elle s'était coiffée d'une vieille perruque blonde que son père lui avait offerte. Elle portait aux pieds mes chaussures à talons hauts, elle était attifée d'une robe bleue qui entravait ses mouvements et qui faisait une traîne derrière son dos, son visage était un masque peint, rimmel sur ses yeux, *fard**, rouge à lèvres. On aurait dit l'une de ces vieilles naines que, petite fille, ma mère racontait avoir vues dans le funiculaire du Vomero. C'étaient deux jumelles, en tout point identiques, âgées de cent ans, disait-elle. Après avoir fait leur entrée dans les wagons et, sans prononcer un traître mot, elles commen-

175

çaient à jouer de la mandoline. Elles avaient des cheveux d'étoupe, des yeux lourdement fardés, des visages rugueux aux joues rouges, des lèvres peintes. Lorsqu'elles avaient achevé leur concertino, au lieu de remercier, elles tiraient la langue. Je ne les avais jamais vues, mais les histoires des adultes sont des flots d'images, j'avais ces deux vieilles naines, bien vivantes, en tête. Ilaria était maintenant devant moi et elle semblait sortie exprès tout droit de ces récits de mon enfance.

Lorsqu'elle se rendit compte de l'horreur qu'elle devait lire sur mon visage, la petite fille sourit de gêne, ses yeux étincelèrent, comme pour se justifier, elle me dit :

« Nous sommes pareilles toutes les deux. »

La phrase me troubla, j'en eus des frissons, je perdis en un éclair le peu de terrain qu'il me semblait avoir conquis. Que signifiait donc nous sommes pareilles, à ce moment-là, j'avais seulement besoin d'être pareille à moi-même. Je ne pouvais pas, je ne devais pas m'imaginer être comme l'une des vieilles femmes du funiculaire. Rien que d'y penser j'en eus un léger vertige, un voile de nausée. Tout recommença à s'effriter. Peut-être, pensai-je, Ilaria elle-même n'était pas Ilaria. Peut-être était-elle véritablement l'une de ces petites femmes minuscules du Vomero, apparue par traîtrise comme cela s'était produit avec la pauvrette qui s'était noyée au cap Misène. Ou peut-être pas. Peut-être étais-je moi-même précisément l'une de ces vieilles joueuses de mandoline, Mario l'avait découvert et il m'avait quittée.

Je m'étais transformée sans m'en apercevoir en l'une d'elles, ces figures de mes rêveries enfantines, et Ilaria ne faisait maintenant que me renvoyer à ma véritable image, elle n'avait fait autre chose que chercher à me ressembler en se maquillant comme je le faisais. Telle était la réalité que j'étais en train de découvrir, derrière l'apparence de si nombreuses années. Je n'étais déjà plus moi-même, j'étais une autre, comme je l'avais craint dès mon réveil, comme je le craignais qui sait depuis quand. Désormais toute résistance était inutile, je m'étais perdue précisément tandis que je mobilisais toutes mes forces afin de ne pas me perdre, je n'étais pas davantage là, dans l'entrée de mon appartement, devant la porte blindée, aux prises avec cette clef désobéissante. Je feignais seulement d'y être, comme on peut le faire dans un jeu d'enfant.

Je pris sur moi, je saisis Ilaria par la main, je la traînai tout le long du couloir. Elle protesta, mais faiblement, elle perdit une chaussure, elle se dégagea, elle perdit également sa perruque, elle dit :

« Tu es méchante, je ne peux pas te supporter. »

J'ouvris grand la porte de la salle de bains, j'évitai le miroir, je traînai la petite fille jusqu'à la baignoire qui était pleine à ras bord. D'une main, je pris Ilaria par la tête et la lui plongeai dans l'eau, tandis que de l'autre, je lui frottai énergiquement le visage. La réalité, la réalité sans fard. C'était ce dont j'avais besoin, pour l'heure, si je voulais me sauver, sauver mes enfants, le chien. Insister, d'ailleurs, en m'assignant une tâche salvatrice. Voilà, lavée. Je nettoyai la petite fille et en soufflant elle m'aspergea le visage d'eau, en se démenant, en respirant avidement et en criant :

« Tu m'as fait boire la tasse, tu étais en train de m'étouffer. »

J'avais de nouveau envie de pleurer, avec une tendresse soudaine, je lui dis :

« Je voulais voir combien elle était belle mon Ilaria, j'avais oublié combien elle était belle. »

Je pris de l'eau dans le creux de ma main et puis, tandis qu'elle se débattait pour s'arracher à mon étreinte, je recommençai à frotter son visage, ses lèvres, ses yeux, mélangeant les couleurs résiduelles, les faisant fondre et comme pour lui en recouvrir la peau, jusqu'à ce qu'elle devienne une poupée au visage violacé.

« Et voilà ! lui dis-je en cherchant à l'embrasser, c'est ainsi que tu me plais. »

Elle me repoussa, cria :

« Va-t'en ! Pourquoi pourrais-tu te maquiller et moi pas ?

— Tu as raison, moi non plus. »

Je la quittai et je plongeai mon visage, mes cheveux dans l'eau froide de la baignoire. Je me sentis mieux. Lorsque je me lavai et me frottai la peau du visage des deux mains, je sentis sous mes doigts le tampon de coton imbibé d'eau que j'avais dans l'une de mes narines et je l'ôtai avec prudence pour le jeter dans la baignoire. L'ouate noire de sang demeura à la surface de l'eau.

« Tu vas mieux maintenant ?

— Avant, nous étions plus belles.

renvoyait. J'essayais maintenant de les régler pour me voir aussi bien de côté que de face. Il n'existe aucune reproduction technique qui soit, jusqu'à présent, parvenue à surclasser le miroir des rêves. Regarde-moi, dis-je à la vitre à fleur de lèvres, dans un souffle. Le miroir était en train de faire le point de ma situation. Si l'image frontale me rassurait, me disant que j'étais Olga et que, peut-être, je parviendrais au bout de ma journée avec succès, mes deux profils m'avertissaient qu'il n'en allait pas de même. Ils me montraient ma nuque, mes vilaines oreilles vives, mon nez légèrement arqué que je n'avais jamais aimé, mon menton, mes pommettes hautes et la peau tendue de mes joues, presque une feuille blanche. Je sentis bien que, sur ces deux demi-portions, Olga avait une marge de manœuvre réduite, elle était peu résistante, peu persévérante. Qu'avait-elle à voir avec ces deux images ? Le moins bon profil, le meilleur, la géométrie du dissimulé. Si j'avais vécu croyant être cette Olga frontale, les autres m'avaient toujours attribué la soudure mobile, incertaine, de mes deux profils, une image d'ensemble dont je ne savais rien. À Mario, surtout à Mario, auquel je croyais avoir donné Olga, l'Olga du miroir central, maintenant, en réalité, je ne savais pas même quel visage, quel corps je lui avais véritablement donnés. Il m'avait assemblée sur la base de ces deux côtés mobiles, non coordonnés, fuyants, et qui sait quelle physionomie il m'avait attribuée, qui sait quel montage de ma personne l'avait fait tomber amoureux, lequel était, au contraire, devenu répugnant à ses yeux, l'avait dégoûté. Je frissonnai, pour Mario je n'avais jamais été Olga. Les sens, le sens de sa vie à elle – je le compris soudainement – avaient été seulement une bévue de la fin de son adolescence, une illusion de stabilité personnelle. À compter de maintenant, si je voulais surmonter cette épreuve, je devais m'en remettre à ces deux profils, à leur étrangeté plus qu'à leur familiarité, et, partant de là, reprendre petit à petit confiance, devenir adulte.

Cette conclusion me sembla pleine de vérité. D'autant plus que regardant bien mon demi-visage de gauche, dans la physionomie changeante de ses côtés secrets, je reconnus les traits de la pauvrette, je n'aurais jamais imaginé que nous ayons autant de points communs. À un moment, tandis qu'elle descendait les escaliers et interrompait mes jeux et ceux de mes amies pour nous dépasser avec le regard absent de la souffrance, son profil s'était tapi en moi, c'était cela que j'offrais maintenant à mon miroir. La femme me murmura depuis le volet du miroir :

« Souviens-toi que le chien est en train de mourir et que Gianni a une mauvaise fièvre intestinale.

— Merci, dis-je sans effroi, et, d'ailleurs, avec gratitude.

— Merci pour quoi donc ? » demanda Ilaria agacée.

Je me ressaisis.

« Merci de m'avoir promis de m'aider.

181

— Mais si tu ne me dis pas ce que je dois faire ! »

Je souris, je lui répondis :

« Maintenant, allons dans le débarras, je vais te montrer. »

27

Je bougeai, j'avais l'impression d'être un souffle pur comprimé entre les moitiés mal assemblées d'une même figure. Comme si arpenter cette maison archiconnue ne menait à rien. Tous ses espaces s'étaient changés en plates-formes éloignées, séparées les unes des autres. Autrefois, cinq ans auparavant, j'en avais pris minutieusement les dimensions, j'en avais mesuré le moindre recoin, je l'avais meublée avec beaucoup d'attention. Maintenant, je ne savais plus à quelle distance du séjour se trouvait la salle de bains, le séjour de l'entrée, le débarras de l'entrée. J'étais tirée de-ci de-là comme en vertu d'un jeu, j'en éprouvais une sensation de vertige.

« Maman, attention », me fit Ilaria, et elle me saisit par une main. Je chancelais, peut-être étais-je sur le point de tomber. J'ouvris la porte du débarras, je lui indiquai la boîte à outils.

« Prends un marteau, lui dis-je, et suis-moi. »

Nous revînmes sur nos pas, elle tenait maintenant fièrement son marteau à deux mains, elle

182

semblait finalement contente que je sois sa mère. J'étais moi aussi contente de l'être. Une fois dans le séjour, je lui dis :

« Maintenant, tu t'installes ici et tu tapes sur le sol sans t'arrêter, sous aucun prétexte. »

Une expression amusée se peignit sur le visage d'Ilaria.

« Nous allons mettre M. Carrano en colère.

— C'est exactement ça.

— Et s'il montait chez nous pour se plaindre ?

— Tu m'appelleras, je lui parlerai personnellement. »

La petite fille se rendit au centre de la pièce et elle entreprit de donner des coups de marteau sur le sol en tenant son marteau à deux mains.

Maintenant, je dois aller voir comment Gianni se porte, je suis en train de l'oublier, quelle mère étourdie je fais.

J'échangeai un dernier regard de complicité avec Ilaria et je me dirigeai vers sa chambre, quand mes yeux tombèrent sur un objet qui n'était pas à sa place, mais au pied de la bibliothèque. C'était la petite bombe d'insecticide, elle aurait dû se trouver dans le débarras, elle était au contraire là, posée à même le sol, toute cabossée par les dents d'Otto, le poussoir blanc du gicleur n'était plus à sa place, lui non plus.

Je la ramassai, je l'examinai ; désorientée, je jetai un regard circulaire alentour, j'aperçus les fourmis. Elles couraient en file le long du socle de la bibliothèque, elles étaient revenues assiéger l'appartement, peut-être étaient-elles le seul fil noir qui le soutenait encore, qui l'empêchait de se désintégrer complètement. Sans leur entêtement, pensai-je, Ilaria se trouverait maintenant sur un lambeau du sol, bien plus éloignée que je la voyais réellement, la chambre où Gianni est allongé serait plus inaccessible qu'un château dont on a soulevé le pont-levis et la chambre de malade où agonise Otto serait un impénétrable lazaret de pestiférés, et mes émotions, mes souvenirs et mes pensées de la vie passée elles-mêmes, les lieux étrangers et les pensées de ma ville d'origine, et la table sous laquelle j'écoutais les histoires que racontait ma mère seraient une poussière dans la lumière brûlante du mois d'août. Les laisser en paix, ces fourmis. Peut-être n'étaient-elles pas un ennemi, j'avais eu tort de chercher à les exterminer. La compacité des choses est parfois assurée par des éléments fâcheux qui semblent en perturber la cohésion.

Cette dernière pensée eut une voix forte, elle résonna, je sursautai, elle ne m'appartenait pas. J'en sentis bien clairement le son, elle était même parvenue à franchir la barrière des coups diligents d'Ilaria. Je levai les yeux de la petite bombe que j'avais en main afin de jeter un regard en direction de mon bureau. Soudure artisanale de mes deux profils, le corps en papier mâché de la pauvrette était assis là. Elle se tenait en vie grâce à mes veines, je les voyais rouges, découvertes, humides, palpitantes. Pour les faire vibrer, même sa gorge, même ses cordes vocales, même son souffle m'appartenaient. Après avoir prononcé ces mots incongrus, elle avait recommencé à écrire dans mon cahier.

Tout en demeurant immobile dans la position qui était la mienne, je parvins à voir distinctement ce qu'elle écrivait. Des notes lui appartenant en propre parmi mes pages. Cette pièce est trop vaste, écrivait-elle avec ma calligraphie, je ne parviens pas à me concentrer, je ne suis pas capable de comprendre complètement où je suis, ce que je fais, pourquoi. La nuit est longue, elle ne passe jamais, c'est pourquoi mon mari m'a quittée, il voulait des nuits qui couraient, avant de vieillir, de mourir. Pour bien écrire, pour aller au nœud de toute question, j'ai besoin d'un lieu plus petit, plus sûr. Effacer le superflu. Réduire le champ. Écrire véritablement revient à parler depuis le fond du ventre maternel. Tourner la page, Olga, recommencer derechef.

Cette nuit, je ne suis pas allée dormir, me dit la femme de la table de travail. Je me souvenais cependant que je m'étais mise au lit. Un peu de sommeil, je m'étais levée, j'étais revenue dormir. J'ai dû m'écrouler sur mon lit très tard, brusquement, transversalement comme en le coupant, voici pourquoi je me suis retrouvée dans cette position insolite au réveil.

Attention donc, réordonner les faits. Déjà au cours de la nuit quelque chose avait cédé et s'était brisé en moi. La raison et la mémoire s'étaient clivées, une douleur trop persistante en est capable. J'avais cru aller au lit et, au contraire, je n'y étais pas allée. Ou j'y étais allée et ensuite je m'étais levée. Un corps désobéissant. Elle a écrit dans mes cahiers, elle a écrit de la main gauche, afin de combattre la peur, afin de résister à l'humiliation. Il est probable qu'il en soit allé ainsi.

Je soupesai la petite bombe, peut-être avais-je combattu toute la nuit contre les fourmis, en pure perte. Avais-je aspergé chaque pièce de la maison d'insecticide et c'est pour cette raison qu'Otto était malade, pour cette raison que Gianni avait tellement vomi. Ou peut-être pas. Mes côtés opaques étaient en train d'inventer des torts qu'Olga n'avait pas. Me dépeindre négligée, irresponsable, incapable, m'induire à un autodénigrement qui embrouillerait ultérieurement la situation réelle et m'empêcherait de marquer les marges, d'établir ce qu'elle était et ce qu'elle n'était pas.

Je posai la petite bombe sur une étagère, je reculai vers la porte sur la pointe des pieds, comme si je ne voulais pas déranger la silhouette de la femme à la table de travail qui avait recommencé à écrire, Ilaria qui continuait à taper méthodiquement. Je me dirigeai de nouveau vers la salle de bains, combattant contre mes fautes imaginaires. Pauvre enfant, mon tendre petit garçon. Je cherchai de la Novalgine dans le désordre du placard aux médicaments et lorsque je l'eus trouvée, je versai douze gouttes (douze pour la précision) dans un verre d'eau. Était-il possible que j'aie pu être à ce point imprudente ? Était-il possible que j'aie pulvérisé l'insecticide de nuit, toutes fenêtres closes, jusqu'à en épuiser la bombe ?

Dès le couloir, j'entendis les efforts que Gianni

faisait pour vomir. Je le retrouvai penché hors du lit, les yeux cernés, le visage congestionné, la bouche grande ouverte, tandis qu'une force le secouait de l'intérieur sans résultat. Heureusement que je ne parvenais à rien retenir, un sentiment, une émotion, un soupçon. De nouveau le cadre était en train de changer, d'autres données, d'autres probabilités. Je songeai à la bouche à feu trônant devant la Citadelle. Si, se faufilant dans le vieux canon, Gianni avait respiré une maladie des misères et des climats lointains, signe d'un monde en ébullition, tout entier en proie à des transformations, les frontières dilatées, le lointain qui devient proche, des bruits de chambardement, de haines antiques et récentes, de guerres lointaines ou à nos portes ? J'étais en proie à tous les fantasmes, à toutes les terreurs. L'univers des bonnes raisons que je m'étais données au sortir de l'adolescence était en train de se réduire comme une peau de chagrin. Pour autant que j'avais cherché à être lente, à avoir des gestes réfléchis, au fil des ans ce monde avait de toute manière trop vertigineusement changé et sa silhouette globuleuse s'était réduite à une planche mince et ronde, si mince qu'à force de perdre des éclats elle paraissait perforée en son milieu, elle deviendrait vite comme une alliance et, pour finir, elle se dissoudrait.

Je m'assis auprès de Gianni, je posai ma main sur son front, je l'encourageai à vomir. Épuisé, il cracha une salive verdâtre, et à la fin il retomba sur le dos en pleurant.

« Je t'ai appelée et tu n'es pas venue », me reprocha-t-il entre deux sanglots.

Je lui essuyai la bouche, les yeux. J'avais été accaparée par certains problèmes, je me justifiai, je devais en venir à bout sur-le-champ, je ne l'avais pas entendu.

« C'est vrai qu'Otto a mangé du poison ?

— Non, ce n'est pas vrai.

— C'est Ilaria qui me l'a dit.

— Ilaria raconte des histoires.

— J'ai mal ici, soupira-t-il en me montrant sa nuque, son cou, j'ai très mal, mais je ne veux pas mettre de suppositoire.

— Je ne t'en donnerai pas, tu dois seulement prendre ces gouttes.

— Elles me feront encore vomir.

— Si tu prends ces gouttes, tu ne vomiras pas. »

Il but de l'eau péniblement, il eut un haut-le-cœur, il s'abandonna sur l'oreiller. Je touchai son front, il était brûlant. Le contact de sa peau sèche me parut insupportable, elle était ardente comme la pâte feuilletée d'une tarte tout juste retirée du four. Les coups de marteau d'Ilaria me semblèrent insupportables, même à distance. C'étaient des coups énergiques, qui résonnaient d'un bout à l'autre de la maison.

« Qu'est-ce que c'est ? demanda Gianni, épouvanté.

— Le voisin qui bricole.

— Ça me gêne, va lui dire d'arrêter.

— Très bien », le rassurai-je et je le forçai à garder le thermomètre. Il n'accepta que parce que je l'enlaçai bien fort de mes deux bras et que je le gardai contre moi.

« Mon petit garçon, chantonnai-je en le berçant, mon petit garçon malade qui maintenant guérira. »

En quelques minutes, en dépit des coups insistants d'Ilaria, Gianni se rendormit, mais ses paupières ne se fermaient pas complètement, leur bord était rosé, un fil blanchâtre se nichait entre ses cils. Alors, j'attendis encore un peu, anxieuse à cause de sa respiration trop accélérée et de la mobilité de ses pupilles qu'on devinait sous ses paupières ; puis je lui ôtai le thermomètre. Le mercure avait beaucoup monté, presque à quarante.

Je posai le thermomètre sur la table de nuit avec dégoût, comme s'il était vivant. J'installai Gianni sur le drap, sur l'oreiller, fixant le trou rouge de sa bouche, grande ouverte comme s'il était mort. Les coups d'Ilaria martelaient également mon cerveau. Revenir en moi, porter remède au mal fait durant la nuit, durant le jour. Ce sont mes enfants, pensai-je pour m'en convaincre, ils sont ma création. Pour autant que Mario les avait faits avec sait-on quelle femme qu'il avait imaginée ; pour autant que j'avais cru être Olga en les faisant avec lui ; pour autant que mon mari attribuait maintenant du sens et de la valeur à une petite fille nommée Carla, autre aveuglement lui appartenant en propre, et ne reconnaissait chez moi pas même le corps, la physiologie qu'il m'avait attribuée afin de pouvoir m'aimer, m'inséminer ;

pour autant que je n'avais jamais été cette femme
– je le savais maintenant – et pas même l'Olga
que j'avais cru être ; pour autant, ô mon dieu, que
j'étais seulement un ensemble incohérent de côtés,
une forêt de figures cubistes, inconnue également
à moi-même, ces enfants étaient les miens, mes
vrais enfants nés de mon corps, de ce corps-là, j'en
étais responsable.

C'est pourquoi, avec un effort qui me coûta une
peine à la limite du supportable, je me dressai sur
mes pieds. Il est nécessaire que je me reprenne,
que je comprenne. Réactiver sur-le-champ mes
contacts.

28

Où avais-je donc bien pu fourrer mon téléphone
portable ? Le jour où je l'avais mis en pièces où
avais-je bien pu en ranger les morceaux ? Je me
rendis dans la chambre à coucher, je fouillai dans
ma table de nuit, il était là, deux moitiés de couleur violette, séparées.

Je ne comprenais rien à la mécanique d'un téléphone portable, mais c'est probablement pour
cette raison précise que je voulus me convaincre
qu'il n'était pas le moins du monde cassé. J'examinai la moitié sur laquelle se trouvait l'écran et
les touches, j'appuyai sur la touche de mise en
marche, il ne se passa rien. Peut-être, me dis-je,

suffisait-il d'emboîter les deux parties l'une dans l'autre pour le faire fonctionner. Je m'escrimai un peu, de façon désordonnée. Je remis à sa place la batterie qui était sortie de son logement, j'essayai de monter les pièces au mieux. Je découvris que les deux parties étaient sorties l'une de l'autre parce que le corps central s'était fendu, et que la cannelure censée faciliter leur emboîtage était ébréchée. Nous fabriquons des objets à la ressemblance de notre corps, un côté emboîté dans l'autre. Ou nous les concevons en les pensant unis à nous comme nous nous unissons à des corps désirés. Créatures nées d'une imagination banale. En dépit de son succès professionnel, en dépit de ses compétences et de son intelligence si vive – me sembla-t-il soudainement –, Mario était un homme doué d'une imagination banale. Peut-être est-ce justement la raison pour laquelle il aurait su refaire fonctionner mon téléphone portable. Et c'est ainsi qu'il aurait sauvé le chien, l'enfant. Le succès dépend de la capacité à manipuler l'évidence avec la précision d'un calcul. Je n'avais pas su m'adapter, je n'avais pas su complètement me plier au regard de Mario. Butée que j'étais, j'avais fait comme si j'étais à angle droit, j'étais même parvenue à étrangler ma vocation à passer de fantaisie en fantaisie. Cela n'avait pas été suffisant, il s'était éclipsé, de toute façon, il était allé se joindre à plus solide ailleurs.

Non, en finir. Penser au téléphone portable. Je trouvai un ruban vert dans le tiroir, je liai bien fort les deux moitiés l'une à l'autre et j'essayai d'appuyer sur la touche de la mise en marche. Rien. Je m'en remis à une sorte de magie, j'essayai de comprendre s'il y avait une tonalité. Rien, rien de rien.

J'abandonnai l'appareil sur le lit, harassée par le martèlement d'Ilaria. Puis, en un éclair, je songeai à l'ordinateur. Comment n'y avais-je pas pensé plus tôt. La faute en incombait à la manière dont j'étais faite, je n'y connaissais que peu de chose, c'était la dernière vérification qu'il me restait à faire. Je passai dans le séjour, je me déplaçai comme si les coups de marteau étaient un rideau de fer gris, un rideau de scène à travers lequel je devais me frayer un passage les bras tendus, les mains tâtonnantes.

Je retrouvai la petite fille accroupie qui frappait sur un carreau de céramique, toujours le même. C'étaient des déchirements insupportables, j'espérais qu'ils l'étaient également pour Carrano.

« Puis-je arrêter ? demanda-t-elle tout en sueur, le visage empourpré, les yeux brillants.

— Non, c'est important, continue.

— Fais-le toi-même, je suis fatiguée.

— J'ai quelque chose d'urgent à faire. »

À mon bureau, maintenant, il n'y avait personne. Je m'assis, la chaise ne conservait aucune chaleur humaine. J'allumai l'ordinateur, je choisis l'icône du courrier électronique, je fis les manipulations nécessaires à l'envoi ou à la réception d'un courrier électronique. J'étais persuadée que je parviendrai à me connecter en dépit du dérangement qui m'empêchait de téléphoner, j'espérais que la panne était vraiment limitée à l'appareil, comme me l'avait dit l'employé de la société des téléphones. Je pensais envoyer des appels au secours à tous mes amis et connaissances qui s'avéraient être mes contacts et ceux de Mario. Mais l'ordinateur essaya à diverses reprises d'établir une liaison sans y parvenir. Il cherchait la ligne avec de longs bruits de désespoir, il soufflait, il flanchait. Je serrais les bords du clavier, je tournais mon regard de-ci de-là afin de ne pas éprouver d'anxiété, mes yeux tombaient de temps à autre sur mon cahier encore ouvert, sur les phrases soulignées en rouge : « Où suis-je ? Que fais-je ? Pourquoi ? » Des mots d'Anna, stupidement motivés par le soupçon voulant que son amant était sur le point de la tromper, de la quitter. Quelles tensions déraisonnables nous poussent à formuler des questions dépourvues de sens. Les coups de marteau d'Ilaria segmentèrent un temps le fil anxieux des bruits émis par l'ordinateur comme si une anguille frétillait à travers le bureau et que la petite fille était en train de la mettre en pièces. Je résistai autant que je le pus, puis je n'y tins plus.

« Assez, hurlai-je, finis donc de taper de cette façon avec ton marteau ! »

Sous le coup de la surprise, Ilaria ouvrit grand la bouche et cessa.

« Je te l'avais bien dit que je voulais arrêter. »

Découragée, je fis oui d'un geste. J'avais cédé, Carrano, non. Aucun recoin du bâtiment n'avait donné le moindre signe de vie. J'agissais en dépit du bon sens, je ne parvenais pas à m'en tenir à une stratégie et à une seule. La seule alliée que je possédais au monde était cette petite fille de sept ans et je risquais continuellement de compromettre mes relations avec elle.

Je regardai l'écran de l'ordinateur, aucun résultat. Je me levai et j'allai embrasser la petite, elle émit un long gémissement.

« Tu as mal à la tête ? me demanda-t-elle.

— Maintenant tout va passer, lui répondis-je.

— Je te fais un massage aux tempes ?

— Oui. »

Je restai assise par terre tandis qu'Ilaria me frictionnait soigneusement les tempes du bout des doigts. Voici que je m'abandonnai de nouveau, Gianni, Otto, combien de temps pensais-je avoir à ma disposition.

« Grâce à moi, tout va passer, dit-elle. Tu vas mieux ? »

Je fis signe que oui.

« Pourquoi t'es-tu mis cette pince sur le bras ? »

Je me ressaisis, je vis la pince, je l'avais oubliée. La petite souffrance qu'elle me procurait était devenue une partie constitutive de ma chair. Autrement dit, elle s'avérait inutile. Je la retirai, je l'abandonnai sur le sol.

« Elle me sert à me faire me souvenir. Aujourd'hui est une journée où j'oublie tout, je ne sais comment faire.

— Je vais t'aider.

— Sérieusement ? »

Je me relevai, je pris un coupe-papier métallique sur ma table de travail.

« Tiens cela, lui dis-je, et si tu vois que je suis distraite, pique-moi avec. »

La petite fille prit le coupe-papier et m'observa attentivement.

« Comment je fais pour savoir que tu es distraite ? »

— Tu t'en apercevras. Une personne distraite est une personne qui ne sent pas les odeurs, n'entend pas les mots, rien. »

Elle me montra le coupe-papier.

« Et si tu ne sens pas même ça ?

— Tu me piques jusqu'à ce que je le sente. Viens maintenant. »

<h2 style="text-align:center">29</h2>

Je l'entraînai à ma suite jusqu'au débarras. Je fouillai partout à la recherche d'une corde solide, j'étais sûre d'en posséder une. Mais je ne trouvai qu'une pelote de ficelle pour paquets. Je me rendis dans l'entrée ; j'attachai la courte barre de fer que j'avais laissée sur le sol à l'une des extrémités, devant la porte blindée. Suivie d'Ilaria, je revins dans le séjour, je sortis sur le balcon.

Une rafale de vent chaud, qui venait tout juste d'incliner des arbres, laissant derrière elle un murmure de feuilles, me frappa de plein fouet. J'en eus presque le souffle coupé, ma courte chemise de nuit se colla à mon corps, Ilaria en saisit un pan de sa main libre, comme si elle avait eu peur de s'envoler. Une forte odeur de menthe sauvage, de poussière, d'écorce brûlée au soleil flottait dans l'air.

Je me penchai par-dessus la balustrade, je cherchai à regarder sur le balcon du dessous, celui de Carrano.

« Attention, tu vas tomber », me lança Ilaria, quelque peu inquiète, en me tirant par ma chemise de nuit.

La fenêtre était fermée, on n'entendait rien d'autre que le chant de quelques oiseaux, le vrombissement lointain des autobus. Le fleuve était une piste grise et vide. Aucune voix humaine. Le long des cinq étages, en bas, à droite, à gauche, aucun signe de vie ne me parvint. Je tendis l'oreille afin d'entendre la musique d'une radio, une chanson, le bavardage d'une émission de télévision. Rien, rien de proche du moins, rien qui fût susceptible d'être distingué du grondement périodique des feuilles mues par ce vent embrasé si insolite. Je criai plusieurs fois, d'une voix faible qui, du reste, n'avait jamais eu une bien grande puissance :

« Carrano ! Aldo ! N'y a-t-il personne ? Au secours ! Aidez-moi. »

Rien ne se produisit, le vent coupa mes mots sur mes lèvres comme si je m'étais essayée à les prononcer précisément tout en portant à ma bouche une tasse emplie d'un liquide bouillant.

« Pourquoi doit-on nous aider ? »

Je ne répondis pas, je ne savais quoi lui répondre, je grommelai seulement :

« Ne te fais pas de soucis, nous nous aiderons toutes seules. »

Je fis passer la barre de l'autre côté de la rambarde, je la fis descendre pendue au bout de la corde jusqu'à ce qu'elle touchât la balustrade de Carrano. Je me penchai afin de chercher à comprendre de combien elle était éloignée de la fenêtre et Ilaria lâcha aussitôt le lambeau de ma chemise et elle serra au contraire ma jambe nue, je l'entendis respirer contre ma peau, et dire :

« Je te tiens, maman. »

Je tendis mon bras droit autant qu'il m'était possible, je serrai fort la ficelle entre mon pouce et mon index, puis j'imprimai un mouvement oscillatoire à la barre au moyen de rapides impulsions décidées. La barre – je le vis – commença à aller et venir à la façon d'un pendule le long du balcon de Carrano. Afin de bien réussir mon mouvement, je penchais toujours davantage mon torse au-dessus de la balustrade, je fixais la barre des yeux comme si je voulais m'hypnotiser, je voyais ce segment sombre, pointu, qui tantôt volait au-dessus du pavé, tantôt revenait en arrière pour effleurer la balustrade de mon voisin. Très vite la peur de tomber en contrebas s'évanouit, il me sembla d'ailleurs que mon balcon n'était guère plus éloigné de la rue que la longueur de ma ficelle. Je voulais cogner sur les vitres de Carrano. Je voulais que la barre les brisât et pénétrât dans son appartement, dans le séjour où il m'avait reçue au cours de la nuit. J'eus envie de rire. Il était certainement paresseusement couché dans son lit plongé dans un demi-sommeil, un homme au seuil de la décadence physique, à l'érection incertaine, compagnon occasionnel et peu à même de remonter la pente des humiliations. À m'imaginer la façon dont il passait ses journées, je sentis à son endroit un mouvement de mépris. Tout spécialement aux heures les plus chaudes de la journée, ce devait être une longue sieste dans la pénombre, en sueur, le souffle lourd, en attendant d'aller jouer dans quelque pâlichon petit orchestre, sans plus d'espoirs. Je me souvins de sa langue râpeuse, de la saveur de sa bouche, et je ne réagis que lorsque je sentis la pointe du coupe-papier d'Ilaria contre la peau de ma cuisse droite. La gentille petite fille : attentive, sensible. Ce fut le signal tactile dont j'avais besoin. Je laissai courir la ficelle entre mes doigts, à grande vitesse la barre se perdit dans l'étage situé sous mon balcon. J'entendis un bruit de vitres brisées, la ficelle cassa, je vis le bout de ferraille rouler sur le carrelage du balcon en contrebas, il heurtait la balustrade, il rebondissait de côté et il tombait dans le vide. Il tomba longuement, avec des éclats de verre scintillants dans son sillage, battant étage après étage contre les balustrades des autres balcons, tous semblables, un segment noir, toujours plus petit. Il atterrit sur le pavé, rebondissant à plusieurs reprises dans un tintement lointain.

Apeurée, je me reculai, l'abîme du cinquième étage avait résumé sa profondeur. Je sentis Ilaria bien serrée contre ma jambe. J'attendis la voix rauque du musicien, sa colère pour les dommages que je lui avais occasionnés. Il n'y eut aucune réaction. En revanche, les oiseaux revinrent et la vague de vent brûlant qui frappait ma petite fille, ma fille et moi, une invention vraie de ma chair qui m'obligeait à tenir compte de la réalité.

« Tu as été gentille, dis-je.

— Si je ne t'avais pas retenue, tu serais tombée en bas.

— Tu n'entends rien ?

— Non.

— Alors appelons : Carrano, Carrano, au secours ! »

Nous criâmes ensemble, longuement, mais Carrano continua à ne donner aucun signe de vie. Au contraire, c'est un long et faible jappement qui nous répondit, ce pouvait être un chien lointain, abandonné au cours de l'été sur le bord d'une route, ou, encore, précisément lui, notre chien-loup.

30

Se remettre en mouvement, tout de suite, envisager des solutions. Éviter de se rendre au manque de bon sens du moment, mettre les fragments de ma vie bout à bout comme s'ils étaient de toute façon destinés à former un dessin. Je fis signe à Ilaria de me suivre, je lui souris. Maintenant c'était elle le valet d'épées, elle serrait un coupe-papier dans ses mains, elle en avait les jointures des doigts blanches tant elle avait pris sa tâche à cœur.

Peut-être aurait-elle réussi là où j'avais échoué, pensai-je. Nous revînmes dans l'entrée, devant la porte blindée.

« Essaie de tourner les clefs », lui demandai-je.

Ilaria passa le coupe-papier de sa main droite à sa main gauche, elle tendit le bras, elle n'arriva pas à hauteur de la serrure. Alors, je la pris par la taille, je la soulevai autant que nécessaire.

« Je tourne de ce côté-là ? demanda-t-elle.

— Non, de l'autre. »

Petite main tendre, doigts de vapeur. Elle essaya et essaya encore, mais elle n'avait pas assez de force. Elle n'y parviendrait pas, même si la serrure ne s'était pas enrayée elle n'y serait pas parvenue.

Je lui refis toucher terre, elle était déçue parce qu'elle n'avait pas été à la hauteur de la nouvelle tâche que je lui avais confiée. D'un mouvement soudain, elle s'en prit brusquement à moi.

« Pourquoi tu me fais faire une chose que tu devrais faire toi-même ? me reprocha-t-elle avec hargne.

— Parce que tu es la plus douée.

— Tu ne sais plus ouvrir la porte ? s'inquiéta-t-elle.

— Non.

— Comme cette autre fois ? »

Je la regardai, incertaine.

« Quand donc ?

— La fois où nous étions allées à la campagne. »

Je sentis un long élancement dans ma poitrine. Comment pouvait-elle s'en souvenir, elle ne devait pas avoir plus de trois ans à cette époque.

« Parfois, tu fais vraiment des sottises avec les clefs et tu nous mets dans des situations bien embarrassantes », ajouta-t-elle pour me faire comprendre qu'elle s'en souvenait très bien.

Je hochai la tête. Non, en général j'avais un bon rapport avec les clefs. Habituellement, j'ouvrais les portes avec des gestes naturels, je ne ressentais pas l'anxiété de la serrure enrayée. Parfois, cependant, tout particulièrement face à des serrures inconnues – la chambre d'un hôtel par exemple –, je me perdais aussitôt et même si j'en avais honte, j'allais et venais à la réception, tout particulièrement lorsque la clef était électronique. Quelle anxiété me procuraient les cartes magnétiques, une pensée de travers suffisait, le sentiment d'une difficulté possible, et voici que le geste perdait de son naturel, il pouvait arriver que je ne parvienne plus à ouvrir.

Les mains oubliaient, les doigts n'avaient pas la mémoire de la bonne prise, de la pression correcte. Comme cette fois-là. Lorsque je m'étais sentie humiliée. Gina, la mère de la petite Carla, m'avait donné les clefs de leur maison de campagne pour que j'y aille avec mes enfants. J'y étais partie, Mario était occupé, il nous rejoindrait le lendemain. Tard dans l'après-midi, après deux heures de voiture, rendue nerveuse par le trafic sauvage du week-end, par les enfants qui se chamaillaient sans cesse, par Otto qui était encore un chiot et qui glapissait, j'étais arrivée à destination. Tout au long du trajet, j'avais pensé à la manière dont j'étais en train de perdre stupidement mon temps, je ne parvenais plus à lire, je n'écrivais plus, je n'avais plus un rôle social qui me ménageât des rencontres, des conflits et des sympathies personnelles. La femme que je m'étais imaginée devenir lorsque j'étais une adolescente, où était-elle donc passée ? J'enviais Gina, qui travaillait avec Mario. Ils avaient toujours des sujets de conversation communs, mon mari parlait davantage avec elle qu'avec moi. Et Carla m'agaçait déjà un peu, elle semblait si sûre de son destin au point de se hasarder, de loin en loin, à m'adresser quelques critiques, elle disait que je me consacrais trop à mes enfants, à ma maison, elle louait mon premier livre, elle s'exclamait : Si j'étais toi, je songerais essentiellement à ma vocation. Non seulement elle était très belle, mais elle avait été élevée par sa mère dans la perspective d'un futur resplendissant, inéluctable. Il lui paraissait naturel de donner son point de vue sur tout et sur rien, même si elle avait seulement quinze ans, souvent elle voulait me faire la leçon et elle assenait ses sentences dans des domaines où elle ne connaissait manifestement rien. Désormais, rien que d'entendre sa voix m'horripilait.

J'avais garé la voiture sur l'aire de battage, mais agitée par mes propres pensées. Que faisais-je là, avec mes deux enfants, mon jeune chien. J'étais allée à la porte et j'avais essayé d'ouvrir. Mais je n'y étais pas parvenue même si j'avais essayé et essayé encore – sur ces entrefaites, le ciel se faisait sombre, Gianni et Ilaria pleurnichaient à cause de la fatigue et de la faim –, je n'y étais néanmoins pas arrivée. Pourtant, par orgueil, par superbe, je n'avais pas voulu téléphoner à Mario, afin de ne pas l'obliger à me venir en aide après une dure journée de travail. Les enfants et le petit Otto avaient mangé des biscuits, ils s'étaient endormis dans la voiture. J'étais revenue essayer, j'avais fait une nouvelle tentative, les doigts tout abîmés, engourdis, puis j'avais renoncé, je m'étais assise sur une marche et j'avais laissé le poids de la nuit passer sur moi.

Le lendemain matin, Mario était arrivé à dix heures. Mais il n'était pas seul, de façon inattendue, les maîtresses de maison lui emboîtaient le pas. Que s'était-il passé, comment donc, pourquoi n'a-tu pas téléphoné. Je m'étais expliquée en bredouillant, furibonde parce que j'étais très mal à l'aise, mon mari plaisantait sur mes insuffisances, il me dépeignait comme une femme très imaginative incapable d'affronter les choses pratiques. Il y avait eu – je m'en souvins – un long regard entre Carla et moi, on aurait dit un regard de complicité, d'intelligence, comme si elle entendait me dire : Révolte-toi, dis ce qu'il en est, dis que tu te mesures chaque jour avec la vie pratique, les obligations de toutes sortes, la charge que représentent tes enfants. Ce regard m'avait surprise, mais évidemment je n'en avais pas pénétré la signification véritable. Ou peut-être l'avais-je comprise, c'était le regard d'une petite fille qui se demandait comment elle aurait dû s'y prendre avec cet homme séduisant, si elle avait été à ma place. Sur ces entrefaites, Gina avait enfilé la clef dans le trou de la serrure et elle avait ouvert la porte sans la moindre difficulté.

Je me repris, je sentis la pointe du coupe-papier sur la peau de mon bras gauche.

« Tu es distraite, dit Ilaria.

— Non, je pensais seulement que tu as raison.

— Raison en quoi ?

— Raison. Parce que cette fois-là je ne suis pas arrivée à ouvrir la porte.

— Je te l'ai dit, parce que tu es parfois sotte.

— Ça c'est bien vrai. »

31

Oui, j'étais bien sotte. Les canaux de mes sens s'étaient refermés, le flux de la vie n'y coulait plus qui sait depuis quand. Quelle erreur avais-je faite de borner le sens de mon existence aux rites que Mario m'offrait avec un prudent transport conjugal. Quelle erreur avais-je faite de confier le sens de mon existence à ses gratifications, à ses enthousiasmes, au parcours toujours plus fructueux de sa vie. Quelle erreur avais-je surtout faite de croire que je ne pouvais pas vivre sans lui, alors que depuis bien longtemps je n'étais pas le moins du monde certaine qu'en sa compagnie j'étais vivante. Où était sa peau sous mes doigts, par exemple, où était la chaleur de sa bouche. Si je m'étais interrogée à fond – et j'avais toujours évité de le faire –, j'aurais dû admettre que ces dernières années mon corps avait été vraiment réceptif, vraiment accueillant, seulement lors d'occasions obscures, de pures éventualités : le plaisir de voir et de revoir une connaissance occasionnelle qui avait manifesté de l'attention pour ma personne, loué mon intelligence, mon talent, qui m'avait effleuré la main avec admiration ; un sursaut de joie soudaine pour une rencontre inattendue dans la rue, un compagnon de travail d'autrefois ; les joutes verbales, ou les silences, avec un ami de Mario m'ayant fait comprendre qu'il aurait surtout voulu être mon ami à moi ; la complaisance pour certaines attentions au sens ambigu qui m'étaient adressées en de si nombreuses circonstances, peut-être bien, peut-être pas, plus bien que pas, si seulement j'avais voulu, si j'avais composé un numéro de téléphone avec un bon prétexte au bon moment, cela arrive, cela n'arrive pas, la palpitation des événements aux débouchés imprévisibles.

Peut-être aurais-je dû partir de là, lorsque Mario m'avait dit qu'il voulait me quitter. J'aurais dû me fonder sur le fait que l'aspect captivant d'un homme presque étranger, un homme du hasard, un « peut-être », tout à démêler mais gratifiant, était susceptible de donner du sens, mettons à une odeur d'essence fugace, au tronc gris d'un platane de la ville, et dans ce lieu de rencontre fortuit de fixer un sentiment de joie intense pour toujours, une attente ; tandis que rien, rien chez Mario ne ressemblait plus à un tel mouvement sismique, et tout geste avait seulement le pouvoir d'être toujours situé à sa juste place, dans le même filet rassurant, sans écarts ni démesures. Si j'étais partie de là, de ces émotions secrètes personnelles, peut-être aurais-je mieux compris pourquoi il s'en était allé et pourquoi moi, qui avais opposé la stabilité de notre registre d'affects au désordre occasionnel du sang, j'éprouvais maintenant si violemment le regret de sa perte, une douleur intolérable, l'anxiété de me précipiter hors de la trame des certitudes et de devoir réapprendre la vie sans être certaine de savoir le faire.

Réapprendre à faire tourner une clef, par exemple. Était-il possible qu'en s'en allant Mario m'ait arraché des mains cette adresse-là également ? Était-il possible qu'il ait commencé à le faire dès cet épisode campagnard ; lorsqu'il s'était abandonné, heureux, devant deux étrangères, qu'il avait commencé à me déchirer en dedans, à m'arracher la préhensibilité de mes doigts ? Était-il possible que mon déséquilibre et ma douleur aient commencé dès cette époque, tandis qu'il sondait sous mes yeux le bonheur de sa séduction et que je reconnaissais sur son visage un plaisir que j'avais souvent effleuré et que j'avais pourtant toujours suspendu de crainte de détruire les garanties que me procuraient nos liens ?

Ponctuelle, Ilaria me piqua, à plusieurs reprises, douloureusement, je crois, à un point tel que je réagis en faisant un écart de côté, elle cessa en s'exclamant :

« C'est toi qui m'as dit de le faire ! »

Je fis signe que oui, je la rassurai d'un geste, de mon autre main, je me frottai la cheville là où elle m'avait piquée. J'essayai encore une fois d'ouvrir, je n'y parvins pas. Alors, je me baissai, j'examinai la clef de près. Retrouver l'empreinte des vieux gestes était erroné. Il me fallait les désarticuler. Sous le regard stupéfait d'Ilaria, je portai la clef à ma bouche, je l'essayai avec mes lèvres, j'en reniflais l'odeur de plastique et de métal. Puis je la saisis fermement à l'aide de mes dents et j'essayai de la faire tourner. Je le fis d'un geste soudain, comme si je voulais surprendre l'objet, lui imposer un nouveau statut, une subordination différente. Voyons maintenant qui de nous deux l'emportera, pensai-je, tandis qu'une saveur pâteuse, salée envahissait ma bouche. Mais je n'aboutis à rien, sinon à la sensation que le mouvement rotatoire que j'étais en train d'imprimer à la clef à l'aide de mes dents, ne parvenant pas à agir sur celle-ci, était en train d'obtenir un résultat sur mon visage, de le déchirer comme un ouvre-boîtes le ferait, et c'était le cercle de mes dents qui bougeait, s'arrachait du fin fond de mon visage, emportant avec lui la cloison nasale, un sourcil, un œil, pour découvrir l'intérieur visqueux de mon crâne, de ma gorge.

Je retirai aussitôt la clef de ma bouche, il me sembla que mon visage pendait d'un côté, à l'instar du serpentin d'une orange après qu'un couteau l'a partiellement épluchée. Que puis-je encore essayer ? M'allonger sur le dos, sentir le sol froid contre mon dos. Allonger mes jambes nues contre les panneaux de la porte blindée, refermer la plante de mes pieds autour de la clef, disposer son rostre hostile contre la peau de mes talons pour m'essayer de nouveau à reprendre le mouvement approprié. Oui, non, oui. Un long instant, je fus plongée dans le désespoir, qui voulait totalement me bouleverser, me transformer en métal, en battant, en engrenage, comme chez un artiste travaillant directement sur son corps. Puis je sentis une déchirure douloureuse sur ma cuisse gauche, au-dessus de mon genou. Je laissai échapper un cri, je compris qu'Ilaria m'avait infligé une blessure profonde.

32

Je la vis reculer épouvantée, le coupe-papier dans sa main droite.

« Es-tu devenue folle ? lui dis-je me retournant soudainement, avec un mouvement féroce.

— Tu ne m'entends plus, cria Ilaria, je t'appelle et tu ne m'entends pas, tu fais de vilaines choses, tu fais les gros yeux, je le dirai à papa. »

Je contemplai la coupure profonde au-dessus du genou, le filet de sang. Je lui arrachai le coupe-papier, je le jetai au loin, en direction de la porte grande ouverte du débarras.

« C'en est assez de ce jeu-là, lui dis-je, tu ne sais pas jouer. Maintenant reste ici et tiens-toi bien, ne bouge pas. Nous sommes enfermées de l'intérieur, nous sommes prisonnières, et ton père ne viendra jamais nous délivrer. Regarde ce que tu m'as fait.

— Tu mérites bien davantage », répéta-t-elle les yeux brillants de larmes.

Je cherchai à me calmer, j'aspirai longuement de l'oxygène.

« Maintenant, ne te mets pas à pleurer, ne te hasarde pas à pleurer... »

Je ne savais que dire, quoi faire d'autre, à cet instant. Il me semblait avoir tout essayé, il ne me restait rien d'autre que de rendre clairs les contours de ma situation et de l'accepter.

En exhibant une fausse aptitude à donner des ordres, je lui dis :

« Nous avons deux malades à la maison, Gianni et Otto. Toi, maintenant, sans pleurer, tu iras voir comment va ton frère, j'irai pour ma part voir comment va Otto.

— Je dois rester avec toi et te piquer, c'est toi-même qui me l'as dit.

— Je me suis trompée, Gianni est seul, il a besoin de quelqu'un qui sente son front, qui lui remette de petites pièces de monnaie rafraîchissantes, je ne peux pas tout faire moi-même. »

Je la poussai à travers le séjour, elle se rebella :

« Et si tu es distraite, qui te piquera ? »

Je regardai la longue coupure sur ma jambe d'où un long filet de sang épais continuait à couler.

« Tu m'appelles de temps à autre, je t'en prie. Ce sera suffisant pour que je ne sois pas distraite. »

Elle y pensa un instant, puis elle dit :

« Mais alors, dépêche-toi, avec Gianni, je m'ennuie, il ne sait pas jouer. »

Cette dernière phrase me fut douloureuse. C'est précisément dans ce rappel explicite au jeu que je compris qu'Ilaria ne voulait plus jouer, qu'elle était sur le point de se faire sérieusement du souci pour moi. Si j'avais les responsabilités de deux malades, elle commençait à comprendre que les malades dont elle avait la charge étaient au nombre de trois. Pauvre, pauvre petite. Elle se sentait seule, elle attendait secrètement un père qui ne venait pas, elle ne parvenait plus à borner le désastre de cette journée dans les limites d'un jeu. Je percevais maintenant son angoisse, je l'additionnais à la mienne. Comme tout est changeant, comme tout est dépourvu de points fixes. À chaque pas que je faisais, en direction de la pièce où se trouvait Gianni, en direction de celle où se trouvait Otto, je redoutais de me sentir mal, de lui offrir je ne sais quel spectacle de fléchissement. Je devais conserver le bon sens et la clarté de ma mémoire, ils vont toujours de pair, un binôme de la santé.

Je poussai la petite fille dans la pièce, je jetai un coup d'œil au petit garçon qui dormait encore et je sortis en fermant la porte à clef d'un geste tout à la fois franc et empreint d'un grand naturel. Ilaria protestait, m'appelait, tapait des poings contre la porte, mais je n'en tins guère compte et je me dirigeai vers la pièce où Otto était étendu. Je ne savais ce qui était en train d'arriver au chien, Ilaria l'aimait énormément, je ne voulais pas la rendre témoin de scènes horribles. La protéger, oui, la vérité de cette préoccupation me fit beaucoup de bien. Que le glacial programme de veiller sur mes enfants se fût peu à peu transformé en un besoin impérieux, en préoccupation principale, me sembla de bon augure.

Dans la chambre du chien, sous le bureau de Mario, il y avait maintenant la mauvaise odeur de la mort. J'entrai prudemment, Otto était immobile, il n'avait pas bougé d'un millimètre. Je me blottis contre lui, puis je m'assis par terre.

Je vis tout d'abord les fourmis, elles étaient arrivées là aussi, elles exploraient le territoire boueux qui jouxtait le dos du chien-loup. Otto ne s'en souciait pas. Il était comme devenu gris, une île décolorée avec le souffle des derniers moments. Son museau semblait avoir corrodé, de la salive verdâtre de sa gueule, la matière du carrelage, et il donnait le sentiment de s'y enfoncer. Il avait les yeux clos.

« Pardonne-moi », lui dis-je.

Je passai la paume de ma main sur le poil de son cou, il eut un sursaut, il desserra les dents, il émit un grognement menaçant. Je voulais être pardonnée à cause de ce que j'avais peut-être fait, à cause de ce que je n'étais pas parvenue à faire. Je l'attirai contre moi, je posai sa tête sur mes jambes. Une chaleur malade s'en dégageait qui me pénétrait les sangs. Il bougea à peine les oreilles, la queue. Je pensai que c'était un signe de bien-être, son souffle aussi me sembla moins laborieux. Les larges taches de bave luisante qui s'élargissaient tel un émail autour du bord noir de sa gueule semblaient se figer, comme s'il n'avait plus besoin de produire ces humeurs de souffrance.

Que le corps d'un être vivant luttant contre la mort est insupportable, et il semble que tantôt il l'emporte, tantôt il perde. Nous restâmes dans cette position je ne sais plus combien de temps. Le souffle du chien s'accélérait par moments comme lorsqu'il était en bonne santé et s'énervait parce qu'il avait envie de jouer, de courir en plein air, de compréhension et de caresses, par moments il devenait imperceptible. Son corps aussi alternait des moments de tremblement et de spasmes et des moments d'immobilité absolue. Je sentis les résidus de sa puissance s'en aller peu à peu, un égouttement continu d'images passées aurait-on dit : sa fuite parmi les corpuscules luisants de l'eau pulvérisée par les tuyaux d'arrosage du jardin public, son grattement intrigué parmi les buissons, sa manière de me suivre jusqu'à la maison lorsqu'il s'attendait à ce que je lui donne de la nourriture. Cette proximité de la mort réelle, cette blessure sanguinolente de sa souffrance, tout à coup, de façon inattendue, me rendit honteuse de ma douleur de ces derniers mois, de cette journée d'irréalité excessive. Je sentis la pièce qui retrouvait son ordre, la maison qui fondait ses espaces les uns dans les autres, la solidité du sol, la journée chaude qui s'étendait sur toute chose, une colle transparente.

Comment avais-je pu me laisser aller de cette façon, désintégrer ainsi mes sentiments, le sentiment d'être en vie. Je caressai Otto entre les oreilles et je lui ouvris ses yeux décolorés. Je vis le regard de mon ami le chien qui au lieu de m'accuser s'excusait de sa condition. Puis une douleur intense de son corps assombrit ses pupilles, il grinça des dents et aboya dans ma direction sans férocité. Il mourut peu après dans mon giron et je fondis en larmes, des pleurs insoutenables, incomparables avec tous les autres pleurs de ces jours-là, de ces mois-là.

Lorsque mes yeux redevinrent secs et que mes derniers sanglots moururent dans ma poitrine, je m'aperçus que Mario était redevenu l'homme bon qu'il avait peut-être toujours été, je ne l'aimais plus.

33

Je posai la tête du chien-loup sur le sol, je me relevai. La voix d'Ilaria qui m'appelait se fit de nouveau entendre tout doucement, aussitôt après, celle de Gianni s'ajouta à la sienne. Je jetai un regard circulaire autour de moi, je vis des excréments noirs ensanglantés, les fourmis, son corps sans vie. Je sortis de la pièce, j'allai prendre un seau, une serpillière. J'ouvris grand les fenêtres, je nettoyai la chambre en travaillant hâtivement mais efficacement. Aux enfants, je criai plusieurs fois de suite :

« Un instant, j'arrive tout de suite. »

Il me sembla laid qu'Otto pût rester là, je ne voulais pas que les enfants le vissent. J'essayai de le soulever, je n'en trouvai pas la force. Je le saisis par ses pattes postérieures, je le traînais sur le sol jusqu'au séjour, et je le sortis sur le balcon. Comme un corps qui a été traversé par la mort pèse lourd, la vie est légère, il ne faut permettre à personne de nous la rendre pesante. Je regardai un peu le poil du chien-loup agité par le vent, puis je rentrai et, malgré la chaleur, je refermai soigneusement la fenêtre.

La maison était silencieuse, elle me semblait petite maintenant, intime, dépourvue de recoins sombres, dépourvue d'ombres, rendue presque gaie par les voix des enfants qui, jouant entre eux, ricanant, avaient commencé à m'appeler. Ilaria disait maman d'une voix de soprano. Gianni répétait maman d'une voix de ténor.

Je me dépêchai de me rendre dans leur chambre, j'ouvris la porte d'un geste plein d'assurance, et je dis gaiement :

« Voici maman. »

Ilaria se jeta sur moi, elle me frappa à plusieurs reprises, à grand renfort de gifles sur mes jambes.

« Tu n'aurais pas dû m'enfermer.

— C'est vrai, excuse-moi. Mais ensuite je t'ai ouvert. »

Je m'assis sur le lit de Gianni, sa fièvre était à coup sûr en train de passer, il avait l'air impatient de se remettre à jouer avec sa petite sœur, hurlements, rires, chamailleries furieuses. Je posai ma main sur son front, les gouttes avaient fait leur effet, sa peau était tiède, imperceptiblement en sueur.

« As-tu encore mal à la tête ?

— Non. J'ai faim.

— Je te ferai un peu de riz.

— Je n'aime pas le riz.

— Moi non plus, précisa Ilaria.

— Le riz que je fais est délicieux.

— Où est Otto ? » demanda Gianni.

J'hésitai.

« De ce côté, il dort, laissez-le en paix. »

Et j'étais sur le point d'ajouter quelque chose d'autre, quelque chose à propos de la grave maladie du chien-loup, quelque chose qui les préparerait à sa disparition de leur vie, lorsque, de façon tout à fait inattendue, la décharge électrique de la sonnette de la porte d'entrée se fit entendre.

Nous fûmes tous trois comme suspendus à cette sonnerie, nous ne bougions plus.

« Papa », murmura Ilaria, pleine d'espoir.

Je répondis :

« Je ne crois pas, ce n'est pas papa. Restez ici, je vous interdis de bouger, gare à vous si vous sortez de cette pièce. Je vais aller ouvrir. »

Ils reconnurent l'intonation de ma voix habituelle, ferme mais également ironique, des paroles volontairement excessives pour des affaires de peu d'importance. Je le reconnus moi aussi, je l'acceptai, ils l'acceptèrent.

Je franchis le couloir, j'atteignis l'entrée. Était-il vraiment possible que Mario se fût souvenu de nous ? Était-il passé voir comment nous allions ? La question ne me procura aucune émotion, je songeai seulement que j'aimerais avoir quelqu'un à qui parler.

Je regardai à travers le judas de la porte. C'était Carrano.

« Que veux-tu ? lui fis-je.

— Rien. Je voulais tout simplement savoir comment tu allais. Je suis sorti tôt ce matin pour aller chez ma mère et je n'ai pas voulu te déranger. Mais je viens de rentrer à l'instant, j'ai trouvé un carreau cassé chez moi. Est-il arrivé quelque chose ?

— Oui.

— As-tu besoin d'aide ?

— Oui.

— Et ne peux-tu pas m'ouvrir s'il te plaît ? »

Je ne savais pas si je le pouvais, mais je ne lui dis pas. Je tendis la main vers la clef, je la saisis entre mes doigts avec résolution, je la fis à peine bouger, je la sentis docile. La clef tourna tout simplement dans le trou de la serrure.

« Oh, bien », murmura Carrano, m'observant non sans embarras, il fit ensuite apparaître une rose qu'il tenait cachée derrière son dos, une seule rose à la longue tige, une ridicule rose offerte d'un geste ridicule par un homme mal à son aise.

Je la pris, je le remerciai sans sourire, je lui lançai :

« J'ai un sale boulot pour toi. »

34

Carrano fut bien aimable. Il enveloppa Otto dans une toile en plastique provenant de sa cave, il le mit dans sa voiture et, après m'avoir confié son téléphone portable, il alla l'enterrer en dehors de la ville.

Je téléphonai aussitôt au pédiatre et j'eus beaucoup de chance, je le dénichai en dépit du fait que nous étions au mois d'août. Tandis que je lui racontais minutieusement les symptômes de l'enfant, je m'aperçus que mon pouls battait fort, si fort que je craignis que le docteur n'en entendît le bruit sourd à travers son téléphone portable. Le cœur recommençait à se gonfler dans la poitrine, il n'était pas vide.

Je parlai longuement au médecin, m'efforçant d'être précise, et sur ces entrefaites, j'allais ici et là dans la maison, j'éprouvais l'articulation des espaces, j'effleurais des objets, et à chaque léger contact avec un bibelot, un tiroir, l'ordinateur, les livres, les cahiers, la poignée de certaine porte, je me répétais : Le pire est maintenant passé.

Le pédiatre m'écouta en silence, il m'assura que je n'avais pas à me faire du souci pour Gianni, il dit qu'il viendrait le voir dans la soirée. Je pris alors une longue douche froide, les aiguilles d'eau me piquèrent la peau, je sentis tout le côté sinistre de ces derniers mois, de ces dernières heures passées. Je vis les bagues que j'avais laissées à mon réveil sur le rebord du lavabo et je passai à mon doigt l'aigue-marine, tandis que, sans hésitation, je laissai tomber mon alliance dans le trou d'évacuation des eaux usées. J'examinai la blessure qu'Ilaria m'avait infligée avec le coupe-papier, je la désinfectai, je la recouvris d'une gaze. Bien calmement, je commençai aussi à séparer les linges de couleur des blancs, je mis la machine à laver en marche. J'aspirais à la plate certitude des journées normales, même si je savais trop bien que dans mon corps un mouvement frénétique vers le haut, un frétillement perdurait, comme si j'avais vu un vilain insecte venimeux tout au fond d'un trou et que toute une partie de ma personne était en train de se retirer en agitant les bras, les mains, tout en ruant. Je dois réapprendre – me dis-je – l'allure paisible de qui croit savoir où il est en train d'aller et pourquoi.

Dès lors je me concentrai sur les enfants, il était nécessaire de les informer de la mort du chien. Je choisis mes mots avec soin, je cherchai le ton juste des fables, mais Ilaria pleura tout de même longuement et, tout en se limitant dans un premier temps à afficher un air torve et, faible écho de ses sentiments menaçants, à dire qu'il fallait en informer Mario, aussitôt après, Gianni recommença à se plaindre de son mal de tête, de sa nausée.

J'étais encore en train de chercher à les consoler l'un et l'autre, lorsque Carrano revint. Je le laissai entrer mais je l'accueillis froidement en dépit de la serviabilité dont il avait fait montre. Les enfants n'en finissaient pas de m'appeler depuis l'autre pièce. Convaincus qu'il avait empoisonné le chien, ils ne voulaient pas qu'il mette les pieds à la maison, et moins encore que je lui adresse la parole.

Moi-même, du reste, j'eus un mouvement de répulsion lorsque je sentis sur sa personne une odeur de terre retournée et, à son ton timidement familier, je répondis par des monosyllabes qui semblaient être des gouttes clairsemées coulant d'un robinet hors d'usage.

Il essaya de me dire où le chien-loup avait été enterré, mais comme je ne me montrai guère intéressée par le lieu de sa fosse ni par les détails de cette triste tâche, c'est le terme qu'il utilisa pour en parler, et que, de temps à autre, je l'interrompais en criant à Gianni et Ilaria : Taisez-vous, j'arrive tout de suite, il fut bien embarrassé, il coupa court. Afin de couvrir les hurlements gênants des enfants, il commença à parler de sa mère, des problèmes qu'il lui fallait affronter pour s'occuper de cette vieille dame. Il continua jusqu'à ce que je lui dise que les enfants des mères qui vivent longtemps ont le désavantage de ne pas véritablement savoir ce qu'est la mort et donc de ne jamais s'émanciper. Il le prit mal, il prit congé avec un malaise évident.

Au cours de la journée, il ne fit aucune autre tentative pour me voir. Je laissai sa rose se faner dans un vase posé sur ma table de travail, celle qui était péniblement dépourvue de fleurs depuis ces temps reculés où Mario m'offrait à chacun de mes anniversaires un cattleya à l'imitation de Swann, le personnage de Proust. Dans la soirée, sa corolle était déjà noirâtre et inclinée sur sa tige. Je la jetai à la poubelle.

Le pédiatre fit son apparition après le dîner, un vieil homme, très maigre, que les enfants trouvèrent très sympathique parce que, lorsqu'il les examinait, il leur faisait continuellement des courbettes et les appelait monsieur Giovanni, mademoiselle Illi.

« Monsieur Giovanni, dit-il, montrez-moi immédiatement votre langue. »

Il examina le petit garçon bien attentivement et attribua la responsabilité de son malaise à un virus estival qui provoquait des troubles intestinaux. Il n'exclut cependant pas que Gianni ait mangé quelque chose de tourné, un œuf, par exemple, ou – me dit-il ensuite dans le séjour, à voix basse – qu'il ait réagi de cette façon à un gros chagrin.

Tandis qu'il était assis à ma table de travail et qu'il s'apprêtait à rédiger son ordonnance, paisiblement, comme si nous avions pour habitude de nous faire des confidences de cette sorte, je lui racontai ma rupture avec Mario, la journée effroyable qui était finalement sur le point de s'achever, la mort d'Otto. Il resta là à m'écouter avec attention et patience, désapprobateur, il hocha la tête et il prescrivit des ferments lactiques et des cajoleries pour les enfants, la tisane de la normalité et du repos pour moi. Il me promit de revenir dans quelques jours.

Je dormis longuement, profondément.

Dès le lendemain matin, je pris le plus grand soin d'Ilaria et de Gianni. Dans la mesure où j'eus l'impression qu'ils me surveillaient attentivement pour comprendre si j'étais en train de redevenir leur mère de toujours ou s'ils devaient s'attendre à de nouvelles transformations imprévues, je fis tout pour les rassurer. Je leur lus des fables, je jouai avec eux à des jeux ennuyeux des heures et des heures durant, j'exagérai un filet de joie avec lequel je tenais en respect les régurgitations du désespoir. Aucun d'eux, peut-être d'un commun accord, ne mentionna jamais son père, pas même pour répéter qu'ils devaient lui apprendre la mort d'Otto. Je fus gagnée par l'anxiété, peut-être évitaient-ils de le faire parce qu'ils craignaient de me blesser et de me pousser ainsi à sortir de nouveau des rails. Je commençai alors à mettre Mario sur le tapis, racontant de vieilles aventures au cours desquelles il avait été très amusant, ou avait fait preuve d'inventivité et de finesse, ou s'était laissé aller à des entreprises téméraires. Je ne sais quelle impression leur firent mes histoires, ils les écoutèrent certes avec beaucoup d'attention, parfois ils sourirent de satisfaction. Pour ce qui me concerne, elles me causèrent un sentiment de gêne. Tandis que je parlais, je sentis qu'il m'était désagréable de compter encore Mario au nombre de mes souvenirs.

Lorsque le pédiatre revint pour sa seconde visite, il trouva Gianni en pleine forme, parfaitement guéri.

« Monsieur Giovanni, lui dit-il, vous avez un teint très rose, êtes-vous sûr de ne pas être devenu un petit cochon ? »

Dans le séjour, après m'être assurée que les enfants ne pouvaient pas entendre, je lui demandai, pour voir clairement moi-même jusqu'à quel point je devais me sentir coupable, si un insecticide que j'avais pulvérisé dans la maison pour lutter contre les fourmis pouvait avoir nui à Gianni au cours de la nuit. Il l'exclut, il me fit remarquer qu'Ilaria n'avait présenté aucune sorte de trouble.

« Mais à notre chien ? » demandai-je en lui montrant la petite bombe cabossée et dépourvue du poussoir servant à nébuliser le poison.

Il l'examina, mais sembla perplexe, il conclut qu'il n'était pas en mesure de se prononcer. À la fin, il revint dans la chambre des enfants et prit congé d'eux en leur disant, non sans avoir fait une courbette :

« Mademoiselle Illi, monsieur Giovanni, c'est avec un vrai chagrin que je vous quitte. J'espère que vous tomberez bientôt malades, afin que nous puissions nous revoir. »

nouveau dans mon ancienne désinvolture envers les restes de nourriture poisseux abandonnés par les enfants sur la nappe, sur le sol. Je râpais parfois du fromage et mon geste devenait si mécanique, si distant et indépendant que le métal me coupait les ongles, la peau du bout des doigts. Je m'enfermais par ailleurs souvent dans la salle de bains – chose que je n'avais jamais faite auparavant – et je consacrais à mon corps de longs examens, pointilleux, obsessionnels. Je palpais mes seins, je faisais glisser mes doigts entre les bourrelets de chair qui plissaient mon ventre, j'examinais mon sexe dans un miroir afin de comprendre à quel point il était fané, je vérifiais si un double menton était en train d'apparaître, si ma lèvre supérieure présentait des plis. Je craignais que l'effort que j'avais accompli pour ne pas me perdre m'ait vieilli. Il semblait que j'avais des cheveux plus clairsemés, les fils blancs étaient plus nombreux, il me fallait les teindre, je les sentais graisseux et je les lavais sans cesse, les séchant ensuite avec mille précautions.

Mais c'étaient surtout les images imperceptibles de mon esprit, les rares syllabes que je prononçais qui me faisaient peur. Il suffisait d'une pensée que je ne parvenais pas même à fixer, d'un simple frétillement de signification violacé, un hiéroglyphe vert de mon cerveau, pour que le malaise réapparaisse et que la panique croisse en moi. Qu'en certains recoins de la maison revinssent à l'improviste des ombres trop drues, humides, avec leurs murmures, les mouvements rapides de masses sombres et j'étais saisie d'épouvante. Alors, je me surprenais à allumer et à éteindre mécaniquement la télévision, rien que pour me tenir compagnie, ou, encore, à chantonner une berceuse dans le dialecte de mon enfance, ou l'écuelle vide d'Otto près du réfrigérateur me causait une souffrance insupportable, ou bien, en proie à une somnolence immotivée, je me retrouvais étendue sur le divan, occupée à me caresser les bras non sans les marquer du tranchant de mes ongles.

D'autre part, découvrir que j'étais de nouveau capable de bonnes manières m'aida beaucoup au cours de cette période. Le langage obscène disparut tout à coup de mes lèvres, je n'éprouvai plus aucune envie de l'utiliser, j'eus honte d'y avoir eu recours. J'en revins à un langage livresque, recherché, un tant soit peu confus, qui me procurait cependant de l'assurance et du détachement. J'en revins à contrôler l'intonation de ma voix, mes colères se déposèrent sur le fond, elles cessèrent de charger les mots de tension. En conséquence, mes rapports avec le monde extérieur s'améliorèrent. Avec cet entêtement dont la gentillesse est capable, je parvins à faire rétablir mon téléphone et je découvris même que mon vieux portable était réparable. Le jeune vendeur du magasin que je trouvai miraculeusement ouvert me le prouva.

Afin de m'arracher à mon isolement, je me mis aussitôt à passer une série de coups de téléphone. Je voulais renouer avec des connaissances qui avaient des enfants d'un âge proche de ceux de Gianni et d'Ilaria et organiser des vacances, ne serait-ce qu'un jour ou deux, qui les dédommage-raient de ces mois sombres. D'appel téléphonique en appel téléphonique, je m'aperçus que j'avais un grand besoin de dénouer ma chair endurcie en sourires, paroles, gestes cordiaux. Je renouai des liens avec Lea Farraco et je réagis avec beaucoup de désinvolture lorsqu'une fois elle vint me rendre visite avec l'air prudent de celle qui a une chose urgente et délicate à rapporter. Comme elle avait l'habitude de le faire, elle fit traîner la conver-sation en longueur, je ne la bousculai pas, je ne manifestai aucune anxiété. Après s'être assurée que je ne m'emporterais pas, elle me conseilla d'être raisonnable, elle me dit qu'une relation peut s'interrompre mais que rien ne peut priver un père de ses enfants ou des enfants de leur père et d'autres choses du même ordre. Elle finit par conclure :

« Tu devrais fixer les jours où Mario pourra voir ses enfants.

— C'est lui qui t'envoie ? » demandai-je sans agressivité.

Mal à son aise, elle admit que oui.

« Dis-lui que lorsqu'il voudra les voir, il lui suf-fira de téléphoner. »

Je savais qu'il me fallait trouver avec Mario un ton juste pour nos rapports futurs, ne serait-ce que pour Gianni et Ilaria, mais je n'en avais nul-lement envie, j'aurais préféré ne jamais plus le revoir. Le soir, après cette rencontre, et avant de m'endormir, je sentis que son odeur continuait à provenir des armoires, elle s'exhalait du tiroir de sa table de nuit, de l'armoire à chaussures. Les mois passés, ce signal de l'odorat m'avait procuré bien de la nostalgie, du désir, de la colère. Je l'associais maintenant à l'agonie d'Otto et il ne causait plus aucune émotion en moi. Je découvris qu'il était devenu comme le souvenir de l'odeur d'un mâle vieillissant qui, dans le bus, a frotté sur notre corps les envies de sa chair mourante. La chose m'agaça, me déprima. J'attendis que cet homme qui avait été mon mari réagît au message que je lui avais envoyé, mais sans tension, rien qu'avec résignation.

37

Otto resta longtemps ma hantise. Je me mis fort en colère lorsqu'un après-midi je surpris Gianni occupé à boucler le collier du chien-loup autour du cou d'Ilaria ; tandis qu'elle aboyait, il lui criait après en tirant sur sa laisse : Fais le beau, couché, je vais te flanquer un coup de pied si tu n'arrêtes pas. Je m'emparai du collier, de la laisse et de la muselière, je les fis disparaître, et je m'enfermai dans la salle de bains en proie à la plus grande agitation. Là pourtant, d'un mouvement soudain, comme si l'intention était d'essayer un ornement punk tardif devant mon miroir, je cherchai à boucler ce même collier autour de mon cou. Lorsque je me rendis compte de mon geste, j'éclatai en sanglots et je courus tout jeter à la poubelle.

Un matin de septembre, tandis que les enfants jouaient dans le jardin de rocaille et se chamaillaient par moments avec d'autres enfants, il me sembla apercevoir notre chien, précisément lui, qui, rapide, passait. J'étais assise sur un banc à l'ombre d'un grand chêne, non loin d'une petite fontaine sous le jet permanent de laquelle des pigeons se désaltéraient, trois écailles d'eau rebondissant sur leur plumage. J'étais occupée à coucher mon histoire sur le papier avec beaucoup de difficulté et j'avais une perception faible du lieu, j'entendais seulement le murmure de la fontaine, de la petite cascade entre les rochers, l'eau parmi les plantes aquatiques. Tout à coup, du coin de l'œil, je vis l'ombre longue et fluide d'un chien-loup traverser la pelouse. Quelques secondes durant, je fus sûre qu'il s'agissait d'Otto revenant de l'île des morts et je pensai que de nouveau quelque chose était en train de se briser en moi, j'eus peur. En réalité – je m'en rendis vite compte –, ce chien, un autre animal, ne présentait aucune vraie ressemblance avec notre malheureux chien, il voulait seulement faire ce qu'il faisait souvent après une longue course en long et en large sur la pelouse : s'abreuver. Il se dirigea en effet vers la petite fontaine, il provoqua la fuite des pigeons, il aboya contre les guêpes qui bourdonnaient autour de la bouche d'eau, et, avec avidité, il morcela le flot lumineux du robinet à l'aide de sa langue violacée. Je refermai mon cahier, je me mis à l'observer, je me sentis émue. C'était un chien-loup plus trapu, plus gras qu'Otto. Il me parut même d'une nature moins bonne, mais il ne m'en attendrit pas moins. À un sifflement de son maître, il fila telle une flèche. Les pigeons reprirent leurs jeux sous le jet d'eau.

Dans l'après-midi, je cherchai le numéro de téléphone du vétérinaire, un certain Morelli, chez qui Mario emmenait Otto lorsque c'était nécessaire. Je n'avais jamais eu l'occasion de faire sa connaissance, mais mon mari m'en avait toujours parlé avec enthousiasme, c'était le frère d'un professeur de l'Institut polytechnique avec lequel il avait noué des rapports de travail et d'amitié. Je lui téléphonai, il fut extrêmement courtois. Il avait une voix profonde, presque comme s'il déclamait, un peu comme celle des acteurs de cinéma. Il me dit de passer le lendemain à sa consultation. Je laissai les enfants chez certaines de nos connaissances et je m'y rendis.

Le vétérinaire dirigeait une clinique pour animaux signalée par un néon bleu allumé de jour comme de nuit. Je descendis un long escalier et je me retrouvai dans une petite entrée bien éclairée à l'odeur très forte. Je fus accueillie par une jeune fille brune qui me dit d'attendre dans une salle latérale : le docteur était en train d'opérer.

Dans la petite salle, différentes personnes attendaient, certaines avec des chiens, d'autres avec des chats, et même une femme d'une trentaine d'années tenant un lapin noir dans son giron, elle le caressait sans trêve ni repos d'un mouvement mécanique de la main. Je passai mon temps à étudier un panneau d'affichage comportant des propositions d'accouplements entre animaux de race qui alternaient avec des descriptions détaillées de chiens et de chats perdus. De loin en loin, des gens qui voulaient avoir des nouvelles d'un animal adoré faisaient leur apparition : l'un demandait des informations sur son chat hospitalisé pour examens, un autre, du chien qui avait été soumis à une chimiothérapie, une femme souffrait à cause de son petit caniche à l'agonie. Dans un tel lieu, la douleur franchissait le seuil fragile de l'humain pour se répandre dans le vaste monde des animaux domestiques. Je fus prise d'un léger vertige et soudainement couverte de sueurs froides lorsque je reconnus l'odeur de la souffrance d'Otto dans cette odeur stagnante, la somme de malaises qu'il savait désormais me suggérer. Très vite, les responsabilités que je redoutais être les miennes dans la mort de mon chien s'accrurent énormément, j'avais été cruellement étourdie, me sembla-t-il, mon malaise augmenta d'autant. Pas même la télévision allumée dans un coin, qui transmettait les dernières atroces nouvelles concernant les vicissitudes humaines, ne parvint à atténuer mon sentiment de culpabilité.

Plus d'une heure s'écoula avant que je sois reçue. J'ignore pourquoi, mais je m'étais imaginée que je me retrouverais face à un énergumène corpulent, à la blouse ensanglantée, aux mains velues, au visage large et cynique. Je fus au contraire accueillie par un homme de haute taille d'une quarantaine d'années, sec, un visage plaisant, des yeux bleus et des cheveux blonds au sommet d'un grand front, propre dans le moindre recoin de son corps et de son esprit, comme les médecins savent donner l'impression de l'être, et, qui plus est, aux manières de gentilhomme cultivant mélancoliquement son âme tandis que le vieux monde s'effondre alentour.

Le docteur écouta bien attentivement ma description de l'agonie et de la mort d'Otto. Il m'interrompit seulement de temps à autre pour me suggérer le terme scientifique qui rendait à son oreille mon lexique prolixe autant qu'impressionniste plus fiable. Sialorrhée. Dyspnée. Contractions musculaires. Incontinence urinaire. Convulsions et attaques épileptoïdes. Il finit par conclure que c'était presque certainement de la strychnine qui avait tué Otto. Il n'exclut pas complètement l'insecticide, sur lequel j'insistai à plusieurs reprises, mais il se montra sceptique. Il prononça des termes obscurs du type dyazine et carbaryl, puis il hocha la tête et il conclut :

« Non, je songerais précisément à de la strychnine. »

Avec lui aussi, comme auparavant avec le pédiatre, j'éprouvai le besoin de raconter la situation borderline où je m'étais trouvée, j'éprouvai une forte envie de trouver des mots justes pour cette journée-là, cela me rassurait. Il resta à m'écouter sans manifester aucun signe d'impatience, il me fixait droit dans les yeux avec un regard attentif. À la fin il me dit, d'un ton paisible :

« Votre seule responsabilité est d'être une femme particulièrement sensible.

— L'excès de sensibilité peut être une faute, répliquai-je.

— La véritable faute est l'insensibilité de Mario », répondit-il, me signalant du regard qu'il comprenait bien mes arguments et qu'il jugeait bien fades ceux de son ami. Il me rapporta même quelques racontars sur certaines manœuvres opportunistes auxquelles mon mari se livrait afin d'obtenir je ne sais quel travail, informations qu'il tenait de son frère. Je m'étonnai, je ne connaissais pas Mario sous ce jour-là. Le docteur me sourit de toutes ses dents plantées de manière très régulière et il ajouta :

« Oh, pour le reste, c'est néanmoins un homme possédant de nombreuses qualités. »

Cette dernière phrase, le saut élégant d'une médisance à un compliment me semblèrent si bien tournés que je pensai à la normalité adulte précisément comme à un art de ce type. Je devais en prendre bonne note.

38

Ce soir-là, lorsque je rentrai à la maison avec les enfants, j'en sentis, pour la première fois depuis ma rupture, sa tiédeur close, confortable, et je plaisantai avec mes rejetons jusqu'à ce que je les aie convaincus de se laver, de se mettre au lit. Je m'étais déjà démaquillée et j'étais sur le point d'aller me coucher, lorsque j'entendis frapper à la porte avec le dos des jointures de la main. Je regardai à travers le judas, c'était Carrano.

Je l'avais rarement croisé, après qu'il s'était occupé de la sépulture d'Otto, et toujours avec les enfants, toujours pour échanger un simple bonjour. Il avait son air habituel d'homme humble, voûté comme s'il avait honte de sa haute taille. Mon premier mouvement fut de ne pas lui ouvrir, il sembla qu'il pût me repousser vers le malaise. Mais je remarquai ensuite qu'il s'était coiffé différemment, sans raie, ses cheveux gris venaient tout juste d'être lavés, et je songeai au temps qu'il avait mis pour soigner son aspect avant de se décider à monter une volée d'escalier et à se présenter devant ma porte. J'appréciai également qu'il ait frappé avec la jointure de ses doigts pour ne pas réveiller les enfants d'un coup de sonnette. Je tournai la clef dans la serrure.

D'un geste mal assuré, il me montra aussitôt une bouteille de pinot blanc glacé, il souligna non sans gêne que c'était le même pinot de Buttrio, année 1998, que je lui avais apporté lorsque je m'étais rendue chez lui. Je lui dis qu'à cette occasion j'avais pris une bouteille au hasard, je ne voulais souligner aucune préférence personnelle. Je détestais les vins blancs, ils me donnaient mal à la tête.

Il rentra la tête dans les épaules, il resta sans mot dire, debout dans l'entrée sa bouteille à la main qui déjà se couvrait d'une condensation toute fragmentée. Je la pris en prononçant un faible merci, je lui indiquai le séjour, j'allais à la cuisine chercher un tire-bouchon. Lorsque je revins, je le trouvai assis sur le canapé, il jouait distraitement avec la petite bombe cabossée de l'insecticide.

« Le chien-loup l'a mise dans un sale état, commenta-t-il. Pourquoi ne la jettes-tu pas ? »

C'étaient des paroles anodines propres à meubler le silence, je fus toutefois agacée de l'entendre citer le nom d'Otto. Je lui versai un verre et lui dis :

« Tu vas boire et puis tu t'en iras, il est tard, je suis fatiguée. »

Il se borna à faire signe que oui d'un air embarrassé, mais il pensa sûrement que je ne parlais pas sérieusement, il s'attendait à ce que je devienne peu à peu plus hospitalière, plus complaisante. Je poussai un long soupir de mécontentement et lui dis :

« Aujourd'hui, j'ai consulté un vétérinaire, il m'a dit qu'Otto est mort empoisonné par de la strychnine. »

Il hocha la tête avec une expression sincèrement désolée.

« Les gens savent être très méchants », murmurat-il, et, un instant, je pensai qu'il faisait de manière incongrue allusion au vétérinaire, puis je compris qu'il en avait après les habitués du jardin public. Je le regardai attentivement.

« Et toi ? Tu as menacé mon mari, tu lui as dit que tu empoisonnerais le chien, les enfants me l'ont rapporté. »

Je lus de la stupeur sur son visage puis un chagrin sincère. Je remarquai le geste anxieux qu'il traça en l'air comme pour éloigner mes paroles. Je l'entendis marmonner, déprimé :

« Je voulais dire tout autre chose, je n'ai pas été compris. La menace d'empoisonner le chien-loup, je l'avais entendu répéter, le bruit courait, je t'ai même prévenue… »

Mais à ce stade, il monta sur ses grands chevaux, il recourut à un ton plus âpre :

« D'ailleurs, tu sais très bien que ton mari se prend pour le maître du monde. »

Je trouvai inutile de lui signifier que je ne le savais absolument pas. De mon mari, j'avais eu une tout autre opinion, et, du reste, je m'en étais vidée, et, avec lui, du sens que j'avais longtemps attribué à ma vie. C'était arrivé à l'improviste comme lorsque dans un film on voit s'ouvrir une déchirure dans un avion volant à très haute altitude. Je n'avais pas même eu le temps de conserver un sentiment de sympathie pour lui, si mince fût-il.

« Il a les défauts de tout le monde, murmurai-je, c'est un individu comme tant d'autres. Parfois nous sommes bons, parfois nous sommes détestables. Lorsque je suis venue chez toi, n'ai-je pas fait des choses honteuses dont je ne me serais jamais crue capable ? C'étaient des gestes dépourvus d'amour, dépourvus de désir, de la férocité pure. Et pourtant je ne suis pas une femme particulièrement méchante. »

Carrano me sembla durement frappé par ces paroles, alarmé, il dit :

« Je ne comptais pas, pour toi ?
— Non.

— Et maintenant non plus, je ne compte pas ? »

Je hochai la tête, je cherchai à lui adresser un sourire qui l'induirait à prendre la chose comme un accident quelconque de la vie, une perte au jeu de cartes par exemple.

Il posa son verre, se leva.

« Pour ce qui me concerne, cette nuit a été très importante, dit-il, et aujourd'hui davantage encore.

— Je le regrette. »

Il eut un demi-sourire, il hocha la tête, esquissant un non : selon lui, je n'éprouvais aucun chagrin, selon lui, c'était seulement une façon de parler pour couper court. Il murmura :

« Tu n'es pas différente de ton mari, vous avez d'ailleurs vécu si longtemps ensemble. »

Il gagna l'entrée, je le suivis sans le moindre entrain. Sur le seuil il me tendit la petite bombe d'insecticide qu'il était sur le point d'emporter, je la pris. Je crus qu'il allait claquer la porte en sortant, mais il la referma derrière lui d'un geste précautionneux.

39

Je fus attristée par l'issue de cette rencontre. Je dormis mal, je décidai de réduire mes contacts avec mon voisin au strict minimum, le peu de choses qu'il avait dites étaient parvenues à me faire souffrir. Lorsqu'il m'arriva de le rencontrer dans les escaliers, je répondis à grand-peine à son salut et je passai mon chemin. Je sentis son regard blessé et déprimé derrière mon dos et je me demandai combien de temps durerait encore cette gêne qui me contraignait à me soustraire à ses œillades chargées de chagrin, à ses muettes requêtes. Je le méritais bien, du reste, j'avais fait preuve de légèreté à son égard.

Mais les choses prirent une tout autre tournure. Jour après jour, et avec beaucoup d'attention, Carrano finit par éviter toute rencontre. En revanche, il me révéla sa présence à distance par des marques de dévouement. Je trouvais devant ma porte tantôt le sachet contenant mes courses que, dans ma hâte, j'avais oublié dans le hall de notre immeuble, tantôt le journal ou le stylo que j'avais laissé sur un banc du jardin public. J'en vins même à éviter ne serait-ce que de le remercier. Mais je continuai à prendre dans ma tête certains lambeaux de phrases de notre rencontre par tous les bouts et, à force d'y penser, je découvris que le fait d'avoir été accusée de ressembler à mon mari était ce qui m'avait tout particulièrement troublée. Je ne parvins pas à me débarrasser de l'impression qu'il m'avait opposé une vérité désagréable, plus désagréable qu'il pût l'imaginer. Je retournai cette idée longuement dans ma tête, tout particulièrement parce que, avec la rentrée des classes, sans la présence des enfants, je disposais de davantage de temps libre pour me creuser la cervelle.

Je passai les tièdes matinées des premiers jours de l'automne assise à écrire sur un banc du jardin de rocaille. C'étaient en apparence des notes prises pour un livre éventuel, du moins est-ce ainsi que je les désignais. Je voulais couper mes vêtements sur moi – c'est ce que je me disais –, je voulais m'étudier moi-même avec précision et médisance, raconter de bout en bout tout le malheur de ces mois détestables. En réalité, je tournais autour de la question que Carrano m'avait suggérée. Étais-je comme Mario ? Mais qu'est-ce que cela pouvait donc bien signifier ? Que nous nous étions choisis par affinités et que, le temps passant, ces affinités s'étaient ramifiées ? En quoi m'étais-je sentie semblable à lui lorsque j'étais tombée amoureuse de lui ? Au début de notre relation, qu'avais-je reconnu en moi-même qui lui appartînt ? Combien de pensées, de gestes, d'intonations, d'habitudes sexuelles, de goûts m'avait-il transmis au cours des années que nous avions passées l'un auprès de l'autre ?

Au cours de cette même période, je remplis des feuilles et des feuilles avec des questions de cet ordre. Maintenant que Mario m'avait quittée, s'il ne m'aimait plus, si je ne l'aimais plus moi-même, pourquoi devais-je continuer à porter dans ma chair tant de choses lui appartenant en propre ? Ce que j'avais déposé en lui avait à coup sûr été déjà effacé par Carla durant les années de leur liaison secrète. Mais, pour ce qui me concerne, si j'avais trouvé aimables tous les signes que j'avais autrefois assimilés à son contact, ils ne me semblaient désormais plus guère aimables, comment devais-je faire pour véritablement les extirper ? Comment pouvais-je, en quelque sorte, les éliminer définitivement de mon corps, de mon esprit, sans devoir découvrir que, de cette façon, c'était moi-même que j'éliminais ?

C'est seulement à ce stade, tandis qu'au cours de la matinée des taches de soleil se dessinaient sur la pelouse entre les ombres des arbres pour ensuite lentement se déplacer comme de verts nuages lumineux sur fond de ciel sombre, qu'avec un peu de honte j'en vins à considérer sous tous ses angles la réflexion hostile de Carrano. Mario était-il véritablement un homme agressif, convaincu qu'il pouvait imposer sa loi sur toute chose et sur tout un chacun, et même capable d'opportunisme ainsi que le vétérinaire me l'avait suggéré ? Que je ne l'aie jamais envisagé comme un individu de cette sorte ne pouvait-il pas signifier que je tenais sa façon de se comporter pour naturelle parce qu'elle ressemblait à la mienne ?

Je passai quelques soirées à regarder des photographies de famille. Je cherchai dans le corps qui avait été le mien, avant que je fasse la connaissance de mon futur mari, les signes de mon autonomie. Je me mis à comparer mes photographies de petite fille avec celles des années qui avaient suivi. Je voulus découvrir quand mon regard s'était modifié à compter du moment où j'avais entamé une relation avec lui, je voulus voir s'il avait fini par ressembler au sien au cours des ans. La semence de sa chair était entrée dans la mienne, il m'avait déformée, élargie, alourdie, j'étais tombée enceinte à deux reprises. Les formules étaient : j'avais porté ses enfants dans mon ventre ; je lui

239

avais donné des enfants. Même si j'essayais de me dire que je ne lui avais rien donné, que ses enfants étaient surtout les miens, qu'ils étaient toujours restés dans mon corps, sujets à mes attentions, je ne pouvais pas m'empêcher de penser à ce qui de sa nature couvait inévitablement chez mes enfants. Mario exploserait soudainement depuis l'intérieur de leurs os, maintenant, au cours des jours, des années à venir, de manière toujours plus visible. Combien de lui-même aurais-je été contrainte d'aimer pour toujours sans même m'en rendre compte, du seul fait que je les aimais ? Quel écumeux et complexe mélange est un couple. Bien que la relation s'effiloche et puis cesse, elle continue à agir par des voies secrètes, elle ne meurt pas, elle ne veut pas mourir.

Au cours d'une longue soirée, je découpai aux ciseaux les yeux, les oreilles, les jambes, les nez, les mains des enfants, de Mario comme de moi-même. Je me mis à les coller sur du papier à dessin. J'obtins un corps unique à la monstrueuse indéchiffrabilité futuriste, que je me hâtai de jeter aussitôt à la poubelle.

40

Lorsque, quelques jours plus tard, Lea Farraco refit son apparition, je compris aussitôt que Mario n'avait aucune intention d'avoir affaire directement à moi, pas même par le truchement du téléphone. Héraut ni messager ne doivent être en danger, me dit mon amie : après l'agression en pleine rue dont il avait été l'objet, mon mari jugeait qu'il était préférable que nous nous voyions le moins possible. Il entendait néanmoins revoir les enfants, ils lui manquaient, il me demandait si je pouvais les lui envoyer au cours des week-ends. Je dis à Lea que je consulterais mes enfants et que je les laisserais libres de choisir. Elle hocha la tête, elle m'adressa des reproches :

« Ne procède pas de cette façon, Olga, que veux-tu donc que tes enfants décident ? »

Je ne suivis pas son conseil, je pensai que j'aurais pu gérer cette question comme si nous étions un trio capable de discuter, de nous affronter, de prendre des décisions à l'unanimité ou à la majorité. C'est pourquoi j'en parlai avec Gianni et Ilaria dès qu'ils revinrent de l'école, je dis que leur père voulait les avoir auprès de lui en fin de semaine, j'expliquai qu'il leur appartenait de décider, d'accepter de le voir ou non, je tins à les prévenir du fait qu'ils feraient probablement la connaissance de la nouvelle femme (je dis précisément femme) de l'auteur de leurs jours.

Ilaria me demanda aussitôt, sans moyen terme :
« Toi, que veux-tu qu'on fasse ? »
Gianni s'ingéra :
« Idiote, elle a dit que c'était à nous de décider. »

Ils étaient visiblement anxieux, ils me demandèrent la permission de se consulter. Ils s'enfermèrent dans leur chambre et je les entendis longuement se quereller. Lorsqu'ils en sortirent, Ilaria me demanda :

« Est-ce que cela te fera plaisir si nous y allons ? »

Gianni lui donna une bien vilaine bourrade et dit : « Nous avons décidé de rester avec toi. »

J'eus honte de cette marque d'affection à laquelle j'avais cherché à les conduire. Le vendredi après-midi, je les obligeai à se laver bien soigneusement, je les habillai de leurs plus beaux vêtements, je préparai leurs petits sacs à dos avec leurs affaires et je les accompagnai chez Lea.

Tout le long du chemin, ils continuèrent à soutenir qu'ils n'avaient pas envie de se séparer de moi, ils me demandèrent cent fois comment j'occuperais mon samedi et mon dimanche, ils finirent par monter dans la voiture de Lea et disparurent avec toutes leurs attentes émouvantes.

Je me promenai, j'allai au cinéma, je revins à la maison, je dînai debout sans mettre la table, je me mis à regarder la télévision. Lea me téléphona tard dans la soirée, elle dit qu'une rencontre aussi belle qu'attendrissante entre le père et ses enfants avait eu lieu, elle me révéla l'adresse de Mario avec un certain malaise, il habitait le quartier de Crocetta en compagnie de Carla, dans une belle maison appartenant à la famille de la jeune fille. Elle m'invita enfin à dîner pour le lendemain et, même si je n'en avais pas envie, j'acceptai : le cercle d'une journée vide est bien horrible, lorsque le soir se resserre autour de votre cou tel un nœud coulant.

Je me rendis chez les Farraco, j'arrivai trop tôt. Ils cherchèrent à me tenir compagnie et je m'efforçai d'être cordiale. À un moment, je jetai un regard à la table déjà mise, je comptai mécaniquement les couverts, les chaises. Il y en avait six. Je me raidis : deux couples, et puis moi, et puis un sixième convive. Je compris que Lea avait voulu s'occuper de moi, qu'elle avait songé à me ménager une occasion de rencontre pour une aventure, une relation provisoire, un arrangement définitif, sait-on quoi d'autre. J'en eus la confirmation lorsque arrivèrent les Torrieri, que j'avais connus lors d'un dîner de l'année précédente en qualité d'épouse de Mario, et le vétérinaire, le docteur Morelli, celui-là même auquel je m'étais adressée pour en savoir davantage sur la mort d'Otto. Morelli, un bon ami du mari de Lea, agréable, bien au fait de tous les commérages sur tout le beau monde de l'Institut polytechnique, avait été clairement invité pour me charmer.

La chose me déprima. Voici ce qu'on exige désormais de moi, pensai-je. Des soirées de cette sorte. Faire mon apparition chez des étrangers, marquée par ma condition de femme attendant de refaire sa vie. Être à la merci d'autres femmes mal mariées, qui s'épuisent à me proposer des hommes qu'elles tiennent pour charmants. Devoir accepter ce jeu-là, ne pas savoir avouer que ces hommes font seulement naître en moi un malaise du fait de leur dessein explicite, connu de tous les convives, consistant à chercher à établir le contact avec ma personne glacée, à s'échauffer afin de m'échauffer et puis à m'écraser avec leur rôle de séducteur-né, des hommes aussi seuls que je le suis, aussi atterrés que moi par l'étrangeté, abat-

« Qu'avez-vous fait ? » demandai-je.

Gianni répondit :

« Rien. »

J'appris par la suite qu'ils étaient allés faire des tours de manège, qu'ils étaient allés voir la mer à Varigotti, qu'ils avaient déjeuné et dîné au restaurant. Ilaria tendit les bras et me dit :

« J'ai mangé une glace grosse comme ça.

— Non, dit Gianni.

— Si, dit Ilaria.

— Carla était-elle là ? demandai-je.

— Oui, dit Ilaria.

— Non », dit Gianni.

Avant de s'endormir, la petite fille me demanda avec une légère anxiété :

« Nous laisseras-tu encore y aller, la semaine prochaine ? »

Depuis son lit, Gianni me regarda, plein d'appréhension. Je répondis que oui.

Dans la maison de la nuit, silencieuse, tandis que j'essayais d'écrire, je me souvins que, semaine après semaine, les deux enfants s'imprégneraient de la présence de leur père. Ils en assimileraient mieux les intonations, les gestes pour les mêler aux miens. Notre couple dissous, pétri en eux, se conjuguerait ultérieurement pour continuer à vivre, à exister, alors qu'il était désormais dépourvu de fondement et de justification. Peu à peu, ils feront une place à Carla, pensai-je, écrivis-je. Ilaria l'étudierait sans le lui donner à voir afin d'apprendre les gestes présidant à son maquillage, à sa démarche, à sa manière de rire, à son choix des couleurs, et ajoutant et ôtant, elle la confondrait avec mes propres traits, mes goûts, mes gestes, si contrôlés ou distraits qu'ils pourraient être. Gianni concevait de secrets désirs pour elle, rêvant d'elle du fin fond du liquide amniotique où il avait nagé. Chez mes enfants, s'introduiraient les parents de Carla, la foule de ses ancêtres bivouaquerait avec mes aïeux, et ceux de Mario. Un murmure métis enflerait en eux. Raisonnant de cette façon, il me sembla saisir toute l'absurdité de mon adjectif possessif, « mes » enfants. Je ne cessai d'écrire que lorsque je perçus un lèchement, la pelle vivante de la langue d'Otto contre le plastique de son écuelle. Je me levai, j'allai vérifier qu'elle fût bien vide, sèche. Le chien-loup avait une âme fidèle et vigilante. Je me mis au lit, je m'endormis.

Le lendemain, je commençai à me chercher un travail. Je ne savais pas faire grand-chose, mais grâce aux déplacements professionnels de Mario, j'avais longuement vécu à l'étranger, je connaissais bien au moins trois langues. Avec l'aide de certains amis du mari de Lea, je fus engagée par une agence de location de véhicules pour m'atteler à la correspondance internationale.

Mes journées devinrent plus haletantes que de coutume : le travail, m'occuper des courses, faire la cuisine, tout remettre en ordre, les enfants, l'envie de me remettre à écrire, les listes des affaires urgentes à expédier rédigées soir après soir : acheter des marmites neuves ; appeler le plombier parce que l'évier fuit ; faire réparer la persienne

du séjour ; acheter une nouvelle tenue de gymnas-
tique pour Gianni, de nouvelles chaussures pour
Ilaria, son pied avait grandi.

Du lundi au vendredi commença une course-
poursuite énergique et sans fin, mais débarrassée
des obsessions des mois précédents. Je tendais un
fil qui trouait mes journées et je glissais tout du
long, rapidement, sans pensées d'aucune sorte,
dans un faux équilibre, avec une habileté toujours
plus grande, jusqu'à ce que je confie les enfants à
Lea, qui à son tour les confiait à Mario. S'ouvrait
alors le temps vide de la fin de la semaine et je
me sentais comme si je me tenais en équilibre
instable au-dessus de la margelle d'un puits.

Quant au retour des enfants, le dimanche soir,
il devint le bulletin ordinaire de mes amertumes.
Tous deux finirent par s'habituer à passer de mon
appartement à l'appartement de Mario et ils cessèrent de prendre garde à ce qui aurait pu me
blesser. Gianni commença à louer la cuisine de
Carla et à détester la mienne. Ilaria raconta qu'elle
prenait sa douche avec la nouvelle épouse de son
père, elle me révéla qu'elle avait de plus beaux
seins que moi, elle s'étonna de découvrir qu'elle
eût des poils blonds sur le pubis, elle me décri-
vit minutieusement ses dessous, elle me fit jurer
que, dès qu'elle aurait de la poitrine, je lui achè-
terais des soutiens-gorge de la même couleur que
les siens, de la même qualité. Mes deux enfants
acquirent de nouveaux tics de langage, ne m'appartenant assurément pas ; ils disaient continuellement le mot « pratiquement ». Ilaria m'adressa

des reproches parce que je refusai de lui acheter un vanity-case extrêmement luxueux dont Carla faisait étalage. Un jour, au cours de l'une de nos disputes à propos d'un petit manteau que je lui avais acheté et qu'elle n'aimait pas, elle me hurla : « Tu es méchante, Carla est plus gentille que toi. »

Il arriva un moment où je ne savais plus si je me sentais mieux lorsqu'ils étaient à la maison ou lorsqu'ils étaient absents. Je m'aperçus, par exemple, que, même s'ils ne se souciaient désormais plus guère du mal qu'ils me faisaient en me parlant de Carla, ils veillaient hargneusement à ce que je me consacre à eux seuls à l'exclusion de tout autre. Un jour qu'ils n'avaient pas école, je les emmenai à mon travail. Contre toute attente, ils furent extrêmement sages. Lorsque mon collègue nous invita tous trois à déjeuner, ils s'assirent bien poliment à table, silencieux, attentifs, sans se chamailler, sans échanger de petits sourires allusifs, sans s'adresser des mots codés, sans salir la nappe avec leur nourriture. Je compris plus tard qu'ils avaient passé leur temps à étudier comment cet homme se conduisait avec moi, quelles attentions il avait pour moi, les intonations avec lesquelles je répondais, captant, comme savent si bien le faire les enfants, la tension sexuelle, au demeurant minime, un pur jeu de la pause-déjeuner, dont celui-ci témoignait à mon égard.

« As-tu remarqué comment il faisait claquer ses lèvres à la fin de chacune de ses phrases ? » me demanda Gianni avec un amusement hargneux.

Je hochai la tête, non, je ne l'avais pas remarqué. Pour que je m'en rende compte, il claqua les lèvres de manière comique, gonflant ses lèvres rougies afin de les rendre proéminentes, de produire un « plop » tous les deux mots. Il rit finalement aux larmes, à chaque exhibition, souffle coupé, il demandait : Encore. Au bout d'un certain temps, je commençai moi aussi à rire, même si j'étais un peu déconcertée par leur malicieuse vivacité.

Le soir, Gianni vint dans ma chambre à coucher pour le baiser rituel de bonne nuit, il me prit soudainement dans ses bras et m'embrassa sur la joue en faisant un « plop » tout en m'éclaboussant de sa salive ; puis sa sœur et lui gagnèrent leur chambre en riant. Et depuis cet instant, ils prirent tous deux l'habitude de critiquer tout ce que je faisais. Parallèlement, ils commencèrent à louer ouvertement Carla. Ils me soumettaient les devinettes qu'elle leur avait apprises afin de me prouver que je ne savais pas y répondre, soulignant comme on se sentait bien dans la nouvelle maison de Mario et comme la nôtre était laide et désordonnée. Gianni, tout particulièrement, devint rapidement insupportable. Il criait sans raison apparente, il brisait des objets, il se battait avec ses camarades de classe, il frappait Ilaria, parfois il se mettait même en colère contre lui-même et, dans ces cas-là, il voulait se mordre un bras, une main.

Un jour de novembre, il revenait à la maison avec sa sœur et tous deux s'étaient acheté une énorme glace. Je ne sais trop ce qui se passa. Peut-être Gianni avait-il fini son cornet, il exigea qu'Ilaria lui donne le sien, il était gourmand, il avait toujours faim. Le fait est qu'il lui administra une bourrade telle que la petite fille alla bousculer un autre garçon d'environ seize ans, non sans tacher sa chemise de crème et de chocolat.

Ce garçon sembla dans un premier temps se soucier seulement de ce qui venait d'être taché, puis, soudainement, il s'emporta et s'en prit à Ilaria. Gianni le frappa alors en plein visage avec son sac à dos, il lui mordit une main et ne lâcha prise que lorsque l'autre commença à le bourrer de coups de poing, de gifles à l'aide de sa main libre.

Lorsque je revins de mon travail, j'ouvris la porte avec ma clef, j'entendis la voix de Carrano dans mon appartement. Il était en train de bavarder avec les enfants dans le séjour. Je fus tout d'abord plutôt froide, je ne comprenais pas pourquoi il était là, chez moi, pour quelle raison il s'était permis de s'introduire dans mon domicile. Puis, lorsque je vis l'état dans lequel était Gianni, un œil au beurre noir, la lèvre inférieure ouverte, je l'oubliai et, gagnée par l'angoisse, je me précipitai sur l'enfant.

C'est seulement petit à petit que je compris que, revenant chez lui, Carrano avait vu mes enfants en mauvaise posture, il avait arraché Gianni à la fureur du garçon mortifié, il s'était employé à calmer Ilaria en proie au désespoir, et il les avait raccompagnés à la maison. Mais ce n'est pas tout : il les avait également mis de bonne humeur avec certaines historiettes de coups qu'il avait donnés et reçus au cours de son enfance. En fait, maintenant, les enfants me repoussaient et ils insistaient afin qu'il puisse poursuivre son récit.

Je le remerciai de ce qu'il avait fait et pour toutes les autres gentillesses qu'il m'avait prodiguées. Il sembla content, il eut seulement le tort de prononcer encore une fois une phrase maladroite. Il salua en disant :

« Peut-être sont-ils trop jeunes pour rentrer tout seuls à la maison. »

Je répliquai :

« Jeunes ou non, je ne peux pas faire autrement.

— Je pourrais parfois m'en occuper moi-même », hasarda-t-il.

Je le remerciai de nouveau, plus froidement. Je répondis que je pouvais m'en tirer toute seule et je refermai ma porte.

42

Gianni et Ilaria ne devinrent nullement meilleurs après cette aventure, ils continuèrent d'ailleurs à mettre sur mon compte des fautes qu'ils imaginaient être les miennes, mais que je n'avais pas commises, c'étaient seulement les rêves sombres de l'enfance. Sur ces entrefaites, dans un retournement soudain, et difficilement explicable, ils cessèrent de considérer Carrano comme un ennemi – l'assassin d'Otto, c'est ainsi qu'ils le désignaient auparavant – et, désormais, lorsqu'ils le rencontraient dans les escaliers, ils le saluaient toujours avec une sorte de camaraderie, comme s'il était l'un de leurs compagnons de jeux. Il avait tendance à répondre par des clins d'œil quelque peu pathétiques ou par des signes mesurés de la main. C'était comme s'il redoutait d'en faire trop, bien évidemment il ne voulait pas me choquer, mais les enfants en exigeaient davantage, ils ne se contentaient pas de ce qu'il leur donnait.

« Salut, Aldo », lui criait Gianni, et il n'arrêtait pas tant que Carrano ne se décidait pas à marmonner, les yeux rivés au sol : Salut, Gianni.

Devant de tels comportements, je secouais mon fils et lui disais :

« Pourquoi te montres-tu si familier ? Tu dois te comporter en enfant bien élevé. »

Mais il ne tenait pas compte de mes remarques, il me provoquait avec des demandes du type : Je veux me percer l'oreille, je veux mettre une boucle d'oreille, demain je me teindrai les cheveux en vert.

Le dimanche – chaque fois que Mario ne pouvait pas les garder, ce qui n'était pas rare –, les heures passées à la maison étaient surchargées de tensions, de reproches, de scènes. Je les emmenais alors au jardin public, ils faisaient là un nombre invraisemblable de tours de manège, tandis que le vent d'automne emportait les feuilles jaunes et rouges en nuées, pour les projeter sur le pavé des allées, ou les abandonner sur les eaux du Pô.

Mais parfois, tout particulièrement lorsque les dimanches étaient humides ou brumeux, nous nous rendions dans le centre-ville, ils se poursuivaient autour des fontaines qui projetaient des jets blancs depuis leur pavement, j'allais et venais nonchalamment en tenant en respect le bourdonnement des images et des voix superposées qui dans les moments d'épuisement me revenaient encore à l'esprit. En certaines circonstances, qui me paraissaient particulièrement alarmantes, je cherchais à capter les voix méridionales sous l'accent turinois, ce qui me conférait un semblant de tendre et fausse enfance, me donnant une impression de passé, d'années accumulées, de juste distance vis-à-vis des souvenirs. Le plus souvent, j'allais m'asseoir à l'écart, sur les marches situées derrière le monument à Emanuele Filiberto, tandis que Gianni, toujours armé d'une mitraillette de science-fiction particulièrement bruyante, que son père lui avait offerte, infligeait à sa sœur d'atroces leçons sur la guerre de 1915-1918, il s'enthousiasmait à cause du nombre des soldats morts, à cause des visages noirs des combattants de bronze, à cause des fusils posés à leurs pieds. Alors, regardant l'allée, je contemplais les trois cheminées raides et mystérieuses qui se dressaient sur l'herbe et semblaient surveiller le château gris tels des périscopes, je sentais que rien, rien ne parvenait à me consoler, même si – pensai-je –, je suis maintenant ici, mes enfants sont en vie et jouent ensemble, la douleur s'est distillée, elle m'a avilie mais elle ne m'a pas brisée. Du bout des doigts, j'effleurais parfois, au-dessus de mon bas, la cicatrice de la blessure qu'Ilaria m'avait infligée.

Il arriva ensuite un événement qui me surprit autant qu'il me troubla. Au beau milieu de la semaine, au terme d'une journée de travail, je trouvai un message de Lea sur le répondeur de mon téléphone portable. Elle m'invitait à un concert pour le soir même, elle disait qu'elle y tenait beaucoup. J'entendis sa voix légèrement plus animée qu'à l'ordinaire, avec ce je ne sais quoi de verbeux qu'elle affectait lorsqu'elle parlait de musique classique, pour laquelle elle nourrissait la plus grande passion. Je n'avais pas envie de sortir mais, comme pour tant d'autres choses de la vie, au cours de cette période, je m'obligeai à le faire. Puis je craignis qu'elle eût secrètement organisé une nouvelle rencontre avec le vétérinaire et j'hésitai longuement, je n'avais nullement envie d'être sous tension tout au long de la soirée. Finalement, je décidai que, vétérinaire ou pas, le concert me détendrait, la musique produit toujours un bon effet, elle dénoue les nœuds des nerfs refermés autour des émotions. C'est ainsi que je passai de nombreux coups de téléphone afin de trouver un arrangement pour Gianni et Ilaria. Après y être parvenue, je dus les convaincre que les amis auxquels j'avais décidé de les confier n'étaient pas aussi détestables qu'ils le prétendaient. Ils finirent par se résigner, même si Ilaria déclara à brûle-pourpoint :

« Puisque que tu n'es jamais à la maison, laisse-nous aller vivre pour toujours avec papa. »

Je ne répondis rien, toute tentation de me mettre à hurler était contrebalancée par la terreur d'emboucher de nouveau quelque voie obscure où je m'égarerais, c'est pourquoi je me contins. Je rejoignis Lea, elle était seule, je poussai un soupir de soulagement. Nous nous rendîmes en taxi dans un petit théâtre situé hors de la ville, une coquille de noix, dépourvue d'angles, polie. Dans cet univers, Lea connaissait tout un chacun et elle était connue de tous, je me trouvais à l'aise, par contrecoup, je profitai de sa notoriété.

La petite salle ne fut assez longtemps qu'un murmure, des voix discrètes de gens qui s'appellent, des signes de salut, une nuée de parfums et de souffles. Puis nous nous assîmes, on fit silence, les lumières se tamisèrent, les musiciens, la chanteuse firent leur entrée.

« Ils sont excellents », me chuchota Lea dans le creux de l'oreille.

Je ne répondis rien. Incrédule, je venais tout juste de reconnaître Carrano parmi les musiciens. Sous les projecteurs, il semblait différent, encore plus grand. Il était mince, élégant, chacun de ses gestes laissait un sillage lumineux coloré, ses cheveux brillaient comme s'ils étaient d'un métal précieux.

Lorsqu'il commença à jouer du violoncelle, il perdit toute caractéristique résiduelle de l'homme qui habitait dans mon immeuble. Il devint une hallucination exaltante pour l'esprit, un corps plein de séduisantes anomalies qui pouvait tirer de lui des sonorités impossibles, tant l'instrument semblait faire partie de lui-même, vif, né de son thorax, de ses jambes, de ses bras, de ses mains, de l'extase de ses yeux, de sa bouche.

Poussée par la musique, sans anxiété, je revisitai l'appartement de Carrano, la bouteille de vin sur la table, les verres désormais pleins, désormais vides, la chape sombre de la nuit de ce vendredi-là, le corps masculin nu, la langue, le sexe. Je cherchai parmi ces images du souvenir de l'homme en peignoir de bain l'homme de cette soirée, cet autre homme qui était en train de jouer et je ne le trouvai pas. Quelle absurdité, pensai-je. Je suis allée au fin fond de l'intimité avec ce monsieur habile et séduisant, mais je ne l'ai pas regardé. Maintenant que je le regarde, il me semble que cette intimité ne lui appartenait pas, qu'elle appartenait à un autre qui s'est substitué à lui, peut-être le souvenir d'un cauchemar de mon adolescence, peut-être l'imagination les yeux grands ouverts d'une femme défaite. Où suis-je ? En quel monde ai-je sombré, en quel monde ai-je réémergé ? Et dans quel but ?

« Qu'y a-t-il ? » me demanda Lea peut-être préoccupée par quelques signes d'agitation.

Je susurrai :

« Le violoncelliste est mon voisin, il habite le même immeuble que moi.

— Il est excellent, le connais-tu bien ?

— Non, je ne le connais pas le moins du monde. »

Au terme du concert, le public applaudit et applaudit encore à tout rompre. Les musiciens sortirent, revinrent, le salut de Carrano fut profond et fin comme l'incurvation d'une petite flamme poussée par un coup de vent, et ses cheveux de métal se renversaient d'abord vers le sol, puis, d'un coup, lorsqu'il redressa son dos et tira sa tête énergiquement en arrière, ils se retrouvèrent bien en ordre. Un autre morceau fut exécuté, la belle chanteuse nous émut avec sa voix énamourée, nous recommençâmes à applaudir. Les spectateurs n'avaient plus envie de les laisser partir et, sous la vague des applaudissements, les musiciens semblaient d'abord de nouveau absorbés dans l'ombre des décors, puis expulsés par quelque commandement rigide. Je me sentis étourdie, j'avais le sentiment que ma peau enveloppait trop étroitement mes muscles, mes os. Telle était la vraie vie de Carrano. Ou la fausse, qui pourtant me semblait maintenant plus sienne que la vraie.

Je cherchai à atténuer la tension euphorique qui était la mienne mais je n'y parvins guère, c'était comme si la petite salle s'était dressée verticalement, que l'estrade avait fini par se retrouver tout en bas et que je me trouvais, pour ma part, comme en surplomb penchée sur le rebord d'une déchirure. Même lorsqu'on entendit l'aboiement ironique d'un spectateur qui voulait évidemment aller dormir, et que beaucoup rirent, et que peu à peu les applaudissements cessèrent, que l'estrade se vida pour se colorer d'un vert défraîchi, il me sembla que l'ombre d'Otto traversait joyeusement la scène comme une veine sombre dans une chair vive et brillante, je ne m'épouvantai pas. Le futur

– pensai-je – sera tout entier ainsi, la vie vive mêlée à l'odeur humide de la terre des morts, l'attention confondue avec l'inattention, les élans enthousiastes du cœur enchevêtrés aux brusques chutes de la signification. Et il ne sera pas pour autant pire que le passé.

Dans le taxi Lea me demanda longuement de lui parler de Carrano. Je lui répondis avec circonspection. Alors, de façon incongrue, comme piquée par la jalousie, parce que je gardais l'homme de génie pour moi, elle commença à se plaindre de la qualité de son exécution.

« Il était comme troublé », dit-elle.

Aussitôt après, elle ajouta des phrases du genre : il est resté à mi-chemin ; il n'a pas su faire un saut qualitatif ; un grand talent gâché par ses propres incertitudes ; un artiste évoluant en dessous de ses possibilités du fait de son manque de confiance en lui-même. Avant de nous saluer, alors que nous étions en bas de chez moi, elle entreprit tout à coup de me parler du docteur Morelli. Elle lui avait amené son chat en consultation et il lui avait demandé de mes nouvelles avec insistance, si j'allais bien, si j'avais surmonté le traumatisme de ma séparation.

« Il m'a dit de te faire savoir, me cria-t-elle tandis que je pénétrais dans l'entrée de mon immeuble, qu'il a réfléchi, il n'est pas sûr qu'Otto soit mort à cause de la strychnine, les informations que tu lui as communiquées sont insuffisantes, il faut que tu en reparles avec lui de façon plus circonstanciée. »

Elle rit malicieusement derrière la vitre du taxi qui repartait :

« J'ai le sentiment que c'est un prétexte, Olga. Il veut te revoir. »

Naturellement, je ne suis plus jamais retournée chez le vétérinaire, même si c'était un homme agréable, et qu'il donnait l'impression d'être fiable. Je redoutais les rencontres sexuelles irréfléchies, chez moi, elles ne suscitaient que du dégoût. Mais surtout, je ne voulais plus savoir si c'était de la strychnine ou quelque autre substance qui avait causé la mort d'Otto. Le chien s'en était allé à travers une déchirure dans le réseau des événements. Nous en laissons beaucoup du fait de notre négligence, de ces déchirures, lorsque nous nous mêlons de mettre bout à bout la cause et l'effet. L'essentiel était que la corde, le tressage qui me soutenait, tînt bon.

43

Après cette soirée-là, je dus batailler bien des jours contre une aggravation du mécontentement de Gianni et d'Ilaria. Ils me reprochèrent de les avoir laissés chez des étrangers, ils me reprochèrent de prendre du bon temps avec des étrangers. Avec des voix dures, dépourvues d'affection, dépourvues de tendresse, ils m'accusèrent.

« Tu as oublié de mettre ma brosse à dents dans ma trousse de toilette », disait Ilaria.

« Je suis enrhumé parce que là où nous sommes

allés, le chauffage central était éteint », me répondait Gianni.

« On m'a fait manger du thon de force. J'ai vomi », me jetait au visage la petite fille.

Jusqu'à ce que le week-end arrive, je fus la cause de leur mésaventure. Tandis que Gianni me regardait ironiquement – ce regard m'appartenait-il ? est-ce la raison pour laquelle je le détestais ? appartenait-il à Mario ? l'avait-il tout droit copié sur Carla ? – en s'entraînant à garder de troubles silences, Ilaria lançait de longs hurlements lancinants pour de petits riens, elle se roulait par terre, me mordait, profitant de menues contrariétés, elle me donnait des coups de pied, un crayon qu'elle ne trouvait pas, une bande dessinée avec une page très, très imperceptiblement déchirée, ses cheveux qui étaient ondulés et qu'elle voulait au contraire plats, c'était ma faute si elle les avait souples, son père avait de beaux cheveux.

Je les laissai faire, j'avais eu l'expérience du pire. Qui plus est, il me sembla à l'improviste qu'ironies, silences et hurlements étaient leur manière personnelle, peut-être tacitement convenue entre eux, propre à mettre à distance leur effarement et à s'inventer des raisons propres à l'atténuer. Je craignais seulement que les voisins s'adressent à la police.

Un matin nous étions sur le point de sortir, ils étaient en retard pour se rendre à l'école. Ilaria était nerveuse, mécontente de tout et de rien, elle s'en prenait à ses chaussures, les chaussures qu'elle portait depuis au moins un mois et qui, maintenant, de but en blanc, lui faisaient mal. Elle se roula en larmes sur le palier et elle commença à lancer des coups de pied à tort et à travers contre la porte d'entrée de notre appartement que je venais tout juste de refermer. Elle pleurait, elle hurlait, elle disait que ses pieds la faisaient souffrir, qu'elle ne pouvait pas aller à l'école dans ces conditions. Je lui demandai où elle avait mal, sans sollicitude mais avec patience ; Gianni répétait en boucle en riant : Débite ton pied en tranches, raccourcis-le, comme ça ta chaussure t'ira ; je dis : Assez, allez, silence, partons, il se fait tard.

À un moment, on entendit le déclic d'une serrure à l'étage du dessous et la voix engourdie de sommeil de Carrano dit :

« Avez-vous besoin d'aide ? »

Je m'empourprai de honte comme si j'avais été surprise à faire des choses répugnantes. Je mis une main sur la bouche d'Ilaria et l'y maintins de force. De l'autre, je l'obligeai, énergiquement, à se remettre sur pieds. La petite fille se tut aussitôt, étonnée par mon comportement qui avait cessé d'être conciliant. Interrogateur, Gianni me regarda, je cherchai ma voix au fin fond de ma gorge, une intonation qui parût normale.

« Non, répondis-je, merci, excuse-nous.

— Si je peux vous être de quelque utilité…

— Tout va bien, ne te fais pas de soucis, merci encore pour tout. »

Gianni s'essaya à crier :

« Salut, Aldo », mais je le serrai fortement contre l'étoffe de mon manteau, nez, bouche, et tout.

La porte se referma discrètement, avec regret, je pris acte du fait que Carrano m'inspirait désormais un sentiment de gêne. Même si je savais bien tout ce qu'il pouvait m'apporter, je ne croyais plus à ce que je savais. À mes yeux, cet homme de l'étage au-dessous était devenu le gardien d'une puissance personnelle mystérieuse qu'il gardait cachée par modestie, par politesse et parce qu'il était bien élevé.

44

Au bureau, je travaillai toute la matinée sans concentration. La femme de ménage devait avoir un peu forcé la dose avec un produit détersif parfumé, car une intense odeur de savon et de cerises flottait partout, que les radiateurs surchauffés rendaient acide. Des heures et des heures, mais sans ardeur aucune, j'expédiai une correspondance en allemand, il me fallait consulter sans cesse mon dictionnaire. Tout à coup, j'entendis une voix masculine provenant du salon où le public était reçu. La voix arriva à mes oreilles très distinctement, elle était pleine de hargne glacée à cause de certains services réglés à prix d'or et qui, une fois sur place, s'étaient révélés parfaitement défaillants. Je l'entendis toutefois dans les lointains, comme si elle me parvenait non pas d'une distance de quelques mètres à peine, mais d'une localité de mon propre cerveau. C'était la voix de Mario.

J'entrouvris la porte de mon bureau, je regardai dehors. Je le vis assis devant un bureau, sur le fond d'un poster très coloré représentant Barcelone. Carla l'accompagnait, elle était assise à ses côtés et elle me sembla jolie, plus adulte, imperceptiblement moins mince, pas belle. Tous deux m'apparurent comme sur un écran de télévision tels des acteurs connus qui interpréteraient un fragment de ma vie dans quelque soap opera. Mario surtout me fit l'effet d'un étranger ayant fortuitement les traits labiles d'un individu qui m'avait été très familier. Il s'était coiffé de manière à mettre en évidence un grand front, bien délimité par ses cheveux épais, par ses sourcils. Son visage était devenu plus sec et les lignes marquées de son nez, de sa bouche et de ses pommettes traçaient un dessin plus agréable que le visage dont je me souvenais. Il avait l'air d'avoir dix ans de moins, la lourde tuméfaction de ses hanches, de sa poitrine, de son ventre avait disparu, il paraissait même plus grand.

Je sentis une sorte de coup léger mais décidé au centre de mon front et mes mains devenir moites. Mais l'émotion fut des plus agréables, si surprenant que cela puisse paraître, comme lorsque ce sont un livre ou un film qui nous font souffrir, et non la vie. D'une voix tranquille, je dis à l'employée qui était mon amie :

« Une difficulté avec nos clients ? »

Carla et Mario se retournèrent l'un et l'autre

brusquement. Visiblement épouvantée, Carla bondit même sur ses pieds. Mario resta, au contraire, assis mais il toucha son nez, tourmentant sa cloison nasale du pouce et de l'index quelques longues secondes, comme il le faisait toujours lorsque quelque chose le troublait. Avec une joie non dissimulée, je m'adressai à eux :

« Je suis très contente de vous revoir. »

Je me dirigeai vers lui, et Carla tendit mécaniquement la main pour l'attirer auprès d'elle, afin de le protéger. Mon mari se leva, il était bien évident qu'il ne savait ni que faire ni à quoi s'attendre. Je lui serrai la main, nous nous embrassâmes sur la joue.

« Je vous trouve en pleine forme », poursuivis-je, et je saisis tout pareillement la main de Carla, qui ne serra pas la mienne en retour, elle m'abandonna d'ailleurs quelques doigts et une paume qui me semblèrent d'une chair humide venant à peine d'être décongelée.

« Toi aussi, tu es en pleine forme, dit Mario avec une intonation perplexe.

— Oui, répondis-je avec orgueil, je n'éprouve plus de chagrin.

— Je voulais te téléphoner pour te parler des enfants.

— Le numéro n'a pas changé.

— Nous devrions également parler de notre séparation.

— Quand tu le voudras. »

Ne sachant quoi dire d'autre, il fourra nerveusement ses mains dans les poches de son manteau et il me demanda d'un ton distrait s'il y avait quelque chose de nouveau. Je répondis :

« Bien peu. Les enfants te l'auront déjà dit : j'ai été bien déboussolée, Otto est mort.

— Mort ? ». Il sursauta.

Comme les enfants sont mystérieux. Ils ne lui avaient rien dit, peut-être pour ne pas lui faire de peine, peut-être convaincus que rien de ce qui appartenait à notre ancienne vie commune ne pouvait l'intéresser encore.

« Empoisonné », lui dis-je, et il demanda non sans colère :

« Par qui donc ?

— Par toi, lui répondis-je tranquillement.

— Moi ?

— Oui. J'ai découvert que tu es un homme impoli. Les gens répondent aux impolitesses par de la méchanceté. »

Il me regarda sans comprendre si le climat amical était sur le point de se modifier, si j'avais l'intention de recommencer à faire une scène. Je cherchai à le rassurer en prenant un ton détaché :

« Ou peut-être avait-on simplement besoin d'un bouc émissaire. Mais puisque je n'ai pas voulu jouer ce rôle-là, c'est Otto qui a dû l'assumer. »

À ce moment-là, je fis malgré moi un geste irréfléchi, je lui ôtai quelques pellicules de sa veste, c'était une habitude des années passées. Il se recula, il bondit presque en arrière, je lui demandai pardon, Carla intervint afin d'achever avec davantage de minutie ce que j'avais aussitôt cessé de faire.

Nous nous saluâmes après qu'il m'eut assuré qu'il me téléphonerait pour me fixer un rendez-vous.

« Si tu le souhaites, tu peux venir toi aussi », proposai-je à Carla.

Sans même la consulter du regard, Mario dit sèchement :

« Non. »

45

Deux jours plus tard, il vint à la maison les bras chargés de cadeaux. Contrairement à ce à quoi je m'attendais, Gianni et Ilaria le saluèrent plutôt de façon rituelle, sans enthousiasme, évidemment les habitudes des fins de semaine lui avaient restitué sa normalité de père. Ils se mirent aussitôt à déballer leurs présents, ils les trouvèrent à leur goût, Mario chercha à s'ingérer, à jouer avec eux, mais sans parvenir à se faire accepter. À la fin, il allait et venait à travers la pièce, il toucha quelques objets du bout des doigts, il regarda par la fenêtre. Je lui demandai :

« Veux-tu un café ? »

Il accepta immédiatement, il me suivit dans la cuisine. Nous parlâmes des enfants, je lui dis qu'ils traversaient une mauvaise passe, il tomba des nues, il m'assura qu'avec lui ils étaient sages, très disciplinés. À un moment, il sortit un stylo et du papier, il rédigea un programme chicaneur des jours où il se consacrerait à eux, et de ceux qu'il m'appartiendrait, à moi, de leur consacrer, il dit que les voir systématiquement chaque fin de semaine était une erreur.

« J'espère que la pension que je te verse chaque mois te suffit, souligna-t-il à un moment.

— Ça va, répondis-je, tu es généreux.

— C'est moi qui vais m'occuper de notre séparation. »

Je tins à lui préciser :

« Si je découvre que tu te débarrasses des enfants et que tu les refiles à Carla, pour vaquer à tes occupations professionnelles sans prendre soin d'eux, tu ne les reverras plus. »

Il prit un air embarrassé et regarda fixement sa feuille, peu sûr de lui.

« Tu ne dois pas te faire de soucis, Carla a beaucoup de qualités, dit-il.

— Je n'en doute pas, mais je préfère qu'Ilaria n'apprenne pas à faire gnangnangnan comme elle le fait. Et je ne veux pas que Gianni désire lui mettre ses mains sur la poitrine comme toi tu le fais. »

Il abandonna son stylo sur la table, et dit, désolé :

« Je le savais bien, rien n'est passé pour toi. »

Je fis une grimace toutes lèvres serrées, puis je répétai :

« Tout est passé. »

Il regarda le plafond, le sol, je sentis qu'il était mécontent. Je m'abandonnai contre le dossier de ma chaise. Celle sur laquelle il était assis me sembla sans espace derrière son dos, une chaise collée au mur jaune de la cuisine. Je m'aperçus qu'il avait toujours un rire muet aux lèvres que je ne lui connaissais pas. Il lui allait bien, on aurait dit un homme sympathique qui entend montrer qu'il en sait long.

« Que penses-tu de moi ? me dit-il.

— Rien. Je m'étonne seulement de ce que j'ai entendu raconter à droite et à gauche.

— Qu'as-tu entendu ?

— Que tu es un opportuniste doublé d'une girouette. »

Il cessa de sourire, il répondit d'un ton glacial :

« Ceux qui le prétendent ne valent pas mieux que moi.

— Ce qu'ils sont ne m'intéresse guère. Je veux seulement savoir comment tu es et si tu as toujours été ainsi. »

Je ne lui expliquai pas que je voulais l'effacer de tout mon corps, ôter de moi également ces qualités appartenant à lui seul et que, en vertu d'une sorte de préjudice positif, ou du fait d'une connivence, je n'avais jamais été capable de percevoir. Je lui cachai que je voulais échapper au ressac de sa voix, de ses formules verbales, de ses manières, de sa façon de concevoir le monde. Je voulais être moi-même, si tant est que cette formule pouvait encore avoir un sens. Ou, à tout le moins, je voulais voir ce qui restait de moi, une fois qu'il ne serait plus là.

Il me répondit avec une fausse tristesse :

« Comment suis-je, comment ne suis-je pas, comment le savoir ? »

Puis il me montra sans aucun entrain l'écuelle d'Otto qui était encore abandonnée dans un coin, près du réfrigérateur.

« Je voudrais offrir un nouveau chien aux enfants. »

Je hochai la tête, Otto se déplaça à travers la maison, je sentis le son léger de ses pattes ongulées sur le sol, un tic-tac. Je joignis les mains et les frottai l'une contre l'autre, lentement, afin d'effacer la vapeur de mon malaise depuis mes paumes.

« Je ne suis pas capable d'opérer des substitutions. »

Ce soir-là, lorsque Mario s'en alla, je recommençai à lire ces pages où Anna Karenine va au-devant de la mort, je feuilletai celles qui parlaient de femmes rompues. Je lisais et, sur ces entrefaites, je me sentais en lieu sûr, je n'étais plus comme les femmes de ces pages, je ne les sentais plus comme un tourbillon qui m'entraînait. Je m'aperçus que j'avais même enseveli quelque part l'épouse abandonnée de mon enfance napolitaine, mon cœur ne battait plus dans sa poitrine, les tubes de ses veines s'étaient brisés. La pauvrette était redevenue comme une vieille photographie, un passé pétrifié, dépourvu de sang.

46

De but en blanc, les enfants commencèrent eux aussi à changer. Tout en demeurant hostiles l'un envers l'autre, toujours prêts à se crêper le chignon, ils cessèrent petit à petit de s'en prendre à moi.

« Papa voulait nous acheter un autre chien, mais Carla n'a pas voulu, me dit un soir Gianni.

— Tu en auras un lorsque tu vivras seul, le consolai-je.

— Aimais-tu Otto ? me demanda-t-il.

— Non, répondis-je, aussi longtemps qu'il a été en vie, non. »

J'étais étonnée par la tranquillité pleine de franchise avec laquelle je parvenais maintenant à répondre à toutes les questions qu'ils me posaient. Papa et Carla feront-ils un autre enfant ? Carla abandonnera-t-elle papa et se trouvera-t-elle un homme plus jeune ? Sais-tu que, tandis qu'elle utilise le *bidet**, il entre dans la salle de bains pour faire pipi ? J'argumentais, j'expliquais, je parvenais parfois même à rire.

Je m'habituai également rapidement à rencontrer Mario, à lui téléphoner pour des ennuis quotidiens, pour protester s'il tardait à verser ma pension sur mon compte bancaire. À un moment donné, je m'aperçus que son corps était de nouveau en train de se modifier. Il grisonnait, ses pommettes étaient enflées, ses hanches, son ventre, son thorax recommençaient à s'alourdir. Parfois, il essayait de se faire pousser des moustaches, parfois il se laissait pousser une longue barbe, parfois il se rasait complètement, bien soigneusement.

Un soir il fit son apparition à la maison sans m'en avoir préalablement avertie, il me sembla déprimé, il avait envie de bavarder.

« J'ai une mauvaise nouvelle à t'annoncer, me dit-il.

270

— Parle.

— Gianni m'est antipathique, Ilaria me tape sur les nerfs.

— Il m'est également arrivé de le penser.

— Je ne me sens bien que lorsque je ne suis pas en leur présence.

— Oui, il en va parfois ainsi.

— Ma liaison avec Carla se brisera si nous continuons à les voir aussi souvent.

— Peut-être.

— Toi, tu vas bien ?

— Moi, oui.

— Est-il vrai que tu ne m'aimes plus ?

— Oui.

— Pourquoi ? Parce que je t'ai menti ? Parce que je t'ai quittée ? Parce que je t'ai blessée ?

— Non. Lorsque je me suis sentie trompée, abandonnée, humiliée, je t'ai précisément aimé énormément, je t'ai désiré plus qu'à toute autre époque de notre vie commune.

— Et alors ?

— Je ne t'aime plus parce que, pour te justifier, tu as dit que tu était tombé dans un vide, dans le vide de sens, mais ce n'était pas vrai.

— C'était vrai.

— Non. Maintenant, je sais ce qu'est un vide de sens et ce qui arrive si l'on ne parvient pas à remonter à la surface. Toi, non, tu ne le sais pas. Tu as, tout au plus, lancé un regard dans l'abîme, tu as été effrayé, tu as colmaté cette brèche à l'aide du corps de Carla. »

Il eut une grimace d'agacement, il me dit :

« Tu dois garder davantage les enfants. Carla est fatiguée, elle doit passer des examens, elle ne peut pas s'occuper d'eux, leur mère, c'est toi. »

Je le regardai attentivement. C'était précisément ainsi, il n'y avait plus rien qui pût m'intéresser encore chez lui. Il n'était pas même un lambeau de mon passé, il n'était plus qu'une tache, comme l'empreinte qu'une main a laissée bien des années auparavant sur un mur.

47

Trois jours plus tard, revenant à la maison après mon travail, je trouvai un objet minuscule, enveloppé dans une feuille de Sopalin, déposé sur le paillasson devant ma porte, que j'eus toutes les peines du monde à identifier. C'était un nouveau présent de Carrano, j'étais désormais habituée à ses cadeaux silencieux : tout récemment encore, il m'avait remis de cette façon un bouton que j'avais perdu, et même une barrette pour mes cheveux à laquelle je tenais beaucoup. Je compris qu'il s'agissait cette fois d'un cadeau d'adieu. C'était le poussoir blanc d'une petite bombe de spray.

Je m'assis dans le séjour, la maison me sembla vide comme si elle n'avait jamais été habitée sinon par des marionnettes en papier mâché ou par des vêtements qui n'auraient jamais emmitouflé des corps vivants. Puis je me levai, je me rendis au débarras afin de chercher la bombe avec laquelle Otto avait dû jouer la nuit qui précéda cette triste journée du mois d'août. Je cherchai les marques de ses dents, je passai mes doigts sur le récipient afin d'en sentir les empreintes. Je m'essayai à fixer le poussoir à l'extrémité de la bombe. Lorsqu'il me sembla y être parvenue, j'appuyai avec mon index mais aucune nébulisation ne s'ensuivit, seule une légère odeur d'insecticide se répandit dans la pièce.

Les enfants étaient chez Mario et Carla, ils reviendraient dans deux jours. Je pris une douche, je me maquillai avec beaucoup de soin, je mis un tailleur particulièrement seyant et j'allai sonner chez Carrano.

Je me sentis observée à travers le judas, longuement : j'imaginai qu'il était en train de chercher à calmer les battements de son cœur, qu'il voulait effacer de son visage l'émotion suscitée par cette visite inattendue. Exister c'est cela, pensai-je, un sursaut de joie, une pointe de douleur, un plaisir intense, des veines qui battent sous la peau, il n'y a rien d'autre de vrai à raconter. Afin de l'émouvoir encore davantage, je me montrai impatiente, j'appuyai de nouveau sur la sonnette.

Carrano ouvrit la porte, il était décoiffé, ses vêtements étaient en désordre, la ceinture de son pantalon desserrée. À le voir, il m'était pénible de penser qu'il sût moduler des notes douces et chaudes, capables de procurer le plaisir de l'harmonie.

Je l'interrogeai à propos de son dernier présent,

je le remerciai pour les précédents. Il s'esquiva, il fut très laconique, il dit seulement avoir trouvé ce poussoir dans le coffre de sa voiture et pensé qu'il aurait pu m'aider à mettre de l'ordre dans mes sentiments.

« Il était à coup sûr dans les pattes, dans le poil ou même dans la gueule d'Otto », dit-il.

Je pensai avec gratitude qu'au cours de ces derniers mois il s'était dépensé avec discrétion afin de recoudre un monde fiable autour de moi. Il en était arrivé à faire maintenant son geste le plus aimable. Il voulait me faire comprendre que je n'avais plus à m'effarer, que tout mouvement était racontable avec toutes ses bonnes et ses mauvaises raisons, que, bref, il était temps d'en revenir à la solidité des liens qui nouent les uns aux autres les espaces et les temps. Par ce don, il était en train d'essayer de se disculper, il me disculpait, il attribuait la mort d'Otto au hasard des jeux du chien-loup au cours de la nuit.

Je décidai d'abonder dans son sens. De par son oscillation constitutionnelle entre l'image de l'homme mélancolique et dépourvu de couleurs et celui du virtuose exécutant des sons lumineux capables de gonfler votre poitrine, susceptibles de vous donner un sentiment de vie intense, à cet instant, il me sembla être la personne dont j'avais besoin et je doutais, naturellement, que ce poussoir fût véritablement celui de ma bombe insecticide, qu'il l'avait véritablement retrouvé dans le coffre de sa voiture. Toutefois, l'intention avec laquelle il me l'avait offert faisait que je me sentais légère, une ombre attrayante derrière une vitre dépolie.

Je lui souris, j'approchai mes lèvres des siennes, je l'embrassai.

« Ce fut horrible ? me demanda-t-il embarrassé.

— Oui.

— Que t'est-il arrivé cette nuit-là ?

— J'ai eu une réaction excessive qui a défoncé la surface des choses.

— Et puis ?

— Je suis tombée.

— Où t'es-tu retrouvée ?

— Nulle part. Il n'y avait nulle profondeur, il n'y avait aucun précipice. Il n'y avait rien. »

Il m'embrassa, me garda un moment serrée contre lui, sans mot dire. Il était en train de chercher à me communiquer silencieusement, pour sa part, qu'il savait fortifier le sens, inventer un sentiment de plénitude et de joie, en vertu d'un don personnel mystérieux. Je feignis de le croire et c'est pourquoi nous nous sommes aimés très longtemps, les jours et les mois qui suivirent, bien tranquillement.

DU MÊME AUTEUR

Aux Éditions Gallimard

L'AMOUR HARCELANT, 1995.
LES JOURS DE MON ABANDON, 2004 (Folio n° 6165).
POUPÉE VOLÉE, 2009 (Folio n° 6165).
L'AMIE PRODIGIEUSE, 2014 (Folio n° 6052).
LE NOUVEAU NOM, 2016 (Folio n° 6232).
CELLE QUI FUIT ET CELLE QUI RESTE, 2017.

COLLECTION FOLIO

Composition Nord Compo
Impression Novoprint
à Barcelone, le 3 janvier 2017
Dépôt légal : janvier 2017
1er dépôt légal dans la collection : mai 2016

ISBN 978-2-07-079319-8./Imprimé en Espagne.